OUR SYMPHONY
WITH ANIMALS

Aysha Akhtar

[美]阿伊莎·阿赫塔 著　　小庄 译

伴生

上海译文出版社

四岁时的西尔维斯特,刚刚他和我在树丛里玩了一个下午。

一个无家可归者和他的动物家人。

每年这名男子都会带他的狗狗来这家由"为无家可归者喂养宠物"资助的免费兽医诊所。一旦有人靠心爱的伙伴太近，狗狗就会冲着对方低声咆哮。

这张照片引发了公众对于无家可归者及其动物伴侣困境的关注。

一名无家可归二十三年的男子,与他的狗狗马蒂一同生活在加州圣罗莎的一个帐篷中。马蒂的眼睛严重受伤后,该男子向"为无家可归者喂养宠物"求助。

布鲁克林的"钻石项圈"精品店中,詹姆斯·朱利安尼抱着被营救的流浪猫靴子。

印第安纳彭德尔顿惩教所的猫咪庇护所，我愉快地安身于猫猫们之间。

1979年，俄亥俄州，利马州立医院的社工大卫·李。

许多动物为利马州立医院病患的生活加油添彩。

利马州立医院的这位病患拒绝离开医院,除非能带上心爱的猫咪伴侣。

利马州立医院一个号称"联邦调查局"的家伙和他珍爱的猫咪朋友。

这些动物是利马州立医院病患最好的"治疗师"。

利马州立医院坟地无人认领的患者墓碑。

温德尔农场的鸡群。这些母鸡一辈子就生活在一张信纸大小的空间里。我管右图中的那只母鸡叫三叶草地。

温德尔农场的母鸡。即所谓的"自由放养的有机母鸡"。

我管图里的这位猪妈妈叫潘塔尼亚。她的女儿们将被带往俄克拉何马州立大学,生活在分隔的妊娠箱里。她的儿子们则会变成培根和香肠。

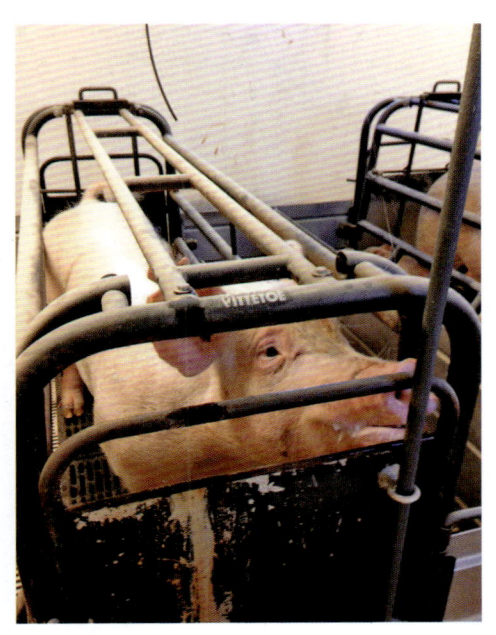

像我一样,小玩意对待食物非常认真。不一样的是,每到放饭时间,小玩意就会把你挤开排到队伍的第一个。

母鸡露露去世前,她和蕾妮在"吵闹女孩保护区"的合影。

汤米试图安抚母牛,后者的四肢深陷在水塘里。这头母牛二十一岁,是保护区年龄最大的奶牛,也是三个孩子的母亲。

油面酱是小玩意和佩妮最好的朋友。她喜欢同保护区的来访者玩追逐游戏。

日出是从一个斗鸡场被营救出来的。他保护着他的女性朋友们(十一只母鸡),非常受欢迎。

阿莱娜与小玩意。阿莱娜每年为小玩意举行生日派对,并给他戴上了派对帽。小玩意最爱他的生日蛋糕!

给常春藤一些好吃的,你就能收获一位一生的朋友。

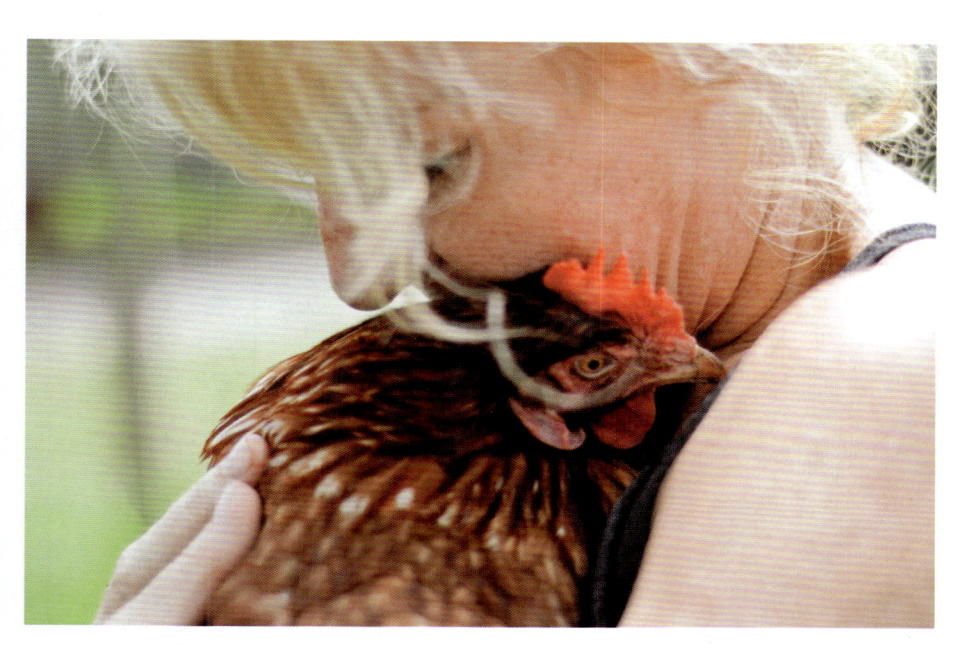

保护区的志愿者和露露，后者会奔跑着去迎接所有的访客。

胡椒，喜欢站在他的临时演讲台上，观察保护区里的每一位。

我与常春藤的第一次相遇。

充电头（左侧）正在接受保护区其他奶牛的欢迎。

保护区的奶牛们沿着篱笆排成一行，用鼻子触碰新来的充电头（左侧），以表示欢迎。

穆雷，在佛罗里达的一个残酷案件中获救，钟爱香蕉。

献给西尔维斯特

目 录

前言 ·· 001

序言 ·· 001

第一部　与动物同愈 ································· 011
 第一章　何以为家？ ································ 013
 第二章　寻找我们的发声 ···························· 043
 第三章　人性化我们自己 ···························· 074

第二部　与动物分界 ································· 105
 第四章　制造一个谋杀犯 ···························· 107
 第五章　动物而已 ·································· 142
 第六章　我们和动物一起受伤了吗？ ·················· 175

第三部　与动物同行 ································· 213
 第七章　和动物站在一起 ···························· 215
 第八章　朋友们 ···································· 239

后记 ·· 270

前　言

卡尔·萨芬娜

　　和往常一样，早上5点，黎明前的一个小时，我感觉我们的狗跳上了床。它们蜷缩在我们脚边，大家都继续打了个盹儿，直到我妻子说"早上好"。我们的第一句话就是一个提示，狗狗们开始了这一天的问候和舔舐。这是它们自行养成的习惯，并没有刻意训练过。接下来就是新一天的开始。每天拂晓它们都会把我们从床上弄醒。虽然我并不总是喜欢如此——如果前一天夜里我写作到很晚或者我们外出了——黎明总是我最喜欢的时间。所以我一直很感激它们推着我们走。下楼把它们放出去，喝杯咖啡，然后让它们回屋里进食。吃完后它们又来找我们，好像在表达感谢之情，然后它们休息，我加满喂鸟器，喂我们救的鹦鹉。接下来一般就是做早餐了，通常会分给它们一点，或是让它们舔剩菜。再接下来就该把鸡放出来了。鸡在黎明时不急着外出冒险，那是老鹰捕猎的时候，也是最后一只狐狸赶去睡觉的时候。所以它们就在里面等着，当我看到它们出现在屏风鸡笼时，我和狗狗都出去了，我打开鸡笼，母鸡们会跑到后廊台阶上，我在那里喂它们，狗狗也会在那里表演。过去几年里，我们承担了更多的责任：一只失去双亲的松鼠或浣熊，或是一只被人发现坠落濒临死亡的小猫头鹰。治愈它们，它们的需要和对我们照护的看似感激，它们在我们面前感到舒适和安全，都是我们莫大的荣幸，也是每天的功课。

它们每天给我上一堂新课：现在，我们活着。它们提醒说要活在当下，并准备好感恩所经历的一切。它们使我们突破了人类为自己制造的伤害、悲伤和忧郁，以及失望和幻灭。它们和我们一样，赤条条来到这个世界。当你有机会去善待它们时，它们每天都在提醒你，生命之间可以多么纯粹和纯真地彼此对待。如果我们如此选择。

每个人都吃完后，在开始工作之前，我们会带狗狗去海滩，它们喜欢。我也喜欢。看着它们奔跑、追逐、游泳，浑身湿透，满身沙土，我重新意识到，它们给我们带来的微笑比生活中任何事物都要多。它们用混乱带给我们福祉。我经常想起我的朋友、英雄彼得·马蒂森①在《雪豹》一书中所说的话："这是一种深刻的慰藉，也许是唯一的慰藉，对这种忧心忡忡的动物来说，它浪费了大部分漫长而游荡的生命，用后腿徘徊在未来和过去，寻找意义，却只在同类的眼中看到它必须死。"而我在非我同类眼里看到的却是：活着，就这么活着。

在一个满是创伤的世界里，同情的邀请是一个人能得到的最好的礼物。那曲交响是我们清晨被控制的混乱，无论是鸡的吵闹还是蹭到我屁股上的沾着沙的小鼻子，都唤醒并提升了我的精神，就像音乐一样。这是我们摆脱悲伤的最佳途径。

---

① Peter Matthiessen, 1927—2014, 颇具传奇色彩的美国荒野作家和环保活动家，文学杂志《巴黎评论》的联合创始人，他还曾为美国中央情报局工作，同时也是一位禅修人士。——译者

我是一名科学家，但许多科学家长期以来错误地认为，只有人类是有意识的，能够感觉到任何东西。这种看法是不科学的。这也是人类虐待我们中的非人类的一个借口。这样的事情太多了。当然，对其他人类的虐待也太多了。其他的动物被视为"畜生"或"野蛮的兽"。但是，正如赫尔曼·梅尔维尔在他伟大的心理学经典小说《白鲸》中指出的那样，"世上禽兽的愚蠢，无一不被人类的疯狂所超越"。虐待动物的行为往往和虐待人类的行为相伴相随。学会温柔地对待动物也能使人温柔待人。人文关怀从整体上对人和人性都是有益的。

所有生物学的组织原则是，一切生命都是亲属，相互联系，并通过数十亿年不间断的由祖先和存活后代所组成的链条保持遗传连接。我们的许多基因已在地球上存在了数亿年。可以这样想：你在其他物种那里看到的身体相似之处，如眼睛、耳朵、骨骼、器官、心跳，带来了我们看不到的大脑及其运作上的相似之处。但你可以在行为的逻辑中看到心的作用。更正式地说，行为神经科学已有长足的进步。这些科学分支的研究人员采用核磁共振成像机器和其他现代技术观察大脑的运作。他们观察到，在向其展示认识的人和狗的照片时，狗狗的大脑会亮起，并且观察到睡着的老鼠的大脑在做梦。毫无疑问，而且有大量证据表明，它们的心和我们的心基本上是一样的，就像它们的身体。鉴于这么多的新证据，许多科学家现在同意，科学的现实是：生物世界中的一切事物都在一个连续的范围内，这包括各种生物神经系统的相似，以及它们的心智功能和情感能力。

当我们失去亲人，包括爱宠时，我们会悲伤。有些动物也会悲伤。如果你对此有所预期，任何能够建立情感纽带的动物都会表现出悲伤。悲伤并不只关乎生死,更主要的是关乎失去同伴,失去存在感。作家芭芭拉·金说,当两个或两个以上的动物共度一生时,"悲伤源于失去的爱"。

我们知道,人类可以享受生活和爱,也会失去伴侣。剩下的问题是,我们倾向于否认或不相信其他生物也可以做到这一点。这是我们欣赏和理解中的一个巨大缺口,关于我们是谁,以及我们和谁一起生活在这个已知唯一有生命的星球上。

阿尔伯特·爱因斯坦曾说,我们的任务是"扩大我们的同情范围,拥抱所有生物和大自然的美"。需要的统一成为目标的统一。为了避免灾难,这是我们下一步必须前行的方向。

如果想知道这对你有什么好处,据信孔子有这样一句名言:"我欲仁,斯仁至矣。"艾伯特·史怀哲[1]博士指出:"我确信一件事,你们中唯一真正幸福的,是那些寻求并发现如何为别人服务的人。"

查尔斯·达尔文认识到:"随着人类文明的进步,小的部落联合成大的社群,最简单的理由会告诉每个人,他应该把他的社会本能和同情心扩展到所有国家和种族的人……我们的同情变得越来越柔软,并越来越广地扩散,直到延伸至所有有知觉的生命。"

这里有一种精神成分,即便对非宗教人士而言也是如此。与他人一同感受的能力是宗教信仰的最低标准,"因为在同情之中,"前修女和作家凯伦·阿姆斯特朗说,"我们将自己赶下了世界中心的宝座。"

人类进步的几何结构是一个不断扩大的同情圈。每次像哥白尼、

---

[1] Albert Schweitzer,1875—1965,法国神学家、哲学家、人道主义者,因其主张"敬畏生命"的哲学思想而获得1952年诺贝尔和平奖。——译者

达尔文和爱因斯坦这样的人把我们从宇宙中心、时间中心、创造顶点拉开更远时，我们对自己是谁就会有更好、更现实的看法。我们更好地理解了我们并不孤单，在这里我们有同伴。我们每个人都必须通过自己去学习这一点，所以进步的到来会很缓慢。

扩大视野使我们更加文明。但文明只能让我们走这么远。现在的挑战是如何变得更有人性。这听起来有点讽刺，但关爱其他动物确实有助于使我们更有人性。人类有同情的能力，所以富有同情心的行为可以发挥我们的人类潜能。所有生命都是一体的，这是最大的领悟。在我一生中，在它们和我们共有的世界里，与许多别的动物一起生活、学习和工作，只会拓宽、加深和更加确认我对我们共享的生活以及非人类的亲密和关怀给予的丰富礼物的印象。

在接下来的篇幅中，阿伊莎·阿赫塔扩展并阐述了这种巨大的潜能。她通过分享关爱的故事，当然还有虐待的故事和悲伤的故事，来阐明上述潜能。但最重要的是，这些故事关乎痊愈、复兴和希望。你会被它们以及书中写到的共同命运和治愈所抚慰，然后思考自己怎样才能找到帮助治愈他者的途径。这就是我们治愈这个世界的方式，一次一个生命。

序　言

"给你看样东西。"

我一走出我家伦敦东区排屋的浴室，塔卢普叔叔就朝我走来。我刚花一下午看了个电视节目，讲的是一个女孩与巨型泰迪熊相伴的故事，我的两个妹妹在午睡，哥哥带着他的火柴盒玩具小汽车在附近闲晃。塔卢普叔叔经常照看我们，直到我的父母下班回家。虽然他只是一个亲密的家族友人，但按照巴基斯坦传统，我们称呼所有成年人阿姨或叔叔，以示尊重。

我让塔卢普叔叔牵着手走上黑暗狭窄的楼梯。也许他有新的游戏要给我看。但我们走过我平时和哥哥妹妹们玩耍的卧室，走进了父母的卧室。他关上门，我们坐在双人床的床沿。我眯起眼睛，看着刺眼的阳光从黄褐色条纹窗帘的边缘透入，被落地镜反射。我常常站在这面镜子前，问里面对看的那个女孩，她生活的世界是否和我生活的世界有所不同。但这一天，镜子里并没有显示我想象中的朋友。有些不太对劲。

"看这儿。"塔卢普叔叔说。我顺着他的视线向下看，看到了他那条宽松的白色纱丽克米兹裤。①

塔卢普叔叔第一次猥亵我的时候，我刚满五岁。性虐待持续了五年多，跨越了两个大洲。他住在伦敦我家附近时，每周都对我性侵。

我们家搬到美国后,他每年来探望我们四次,有时五次,并继续性侵,就好像我们从未分开过。这些年里我一直保持沉默,没有告诉任何人他对我做了什么,甚至是我的父母。这是他的规矩,他知道我会遵守。我是一个听话的女孩。别和任何人说。

塔卢普叔叔的性虐待为我开启了一个充满困惑的童年。虽然当时太小,无法表达自己的想法,但我有很多问题,主要是关于自我的——作为一个守规矩的巴基斯坦好女孩,我对长辈的责任,我的自我价值。我在寻求这些问题的答案时,感到害怕、难堪和孤独。

但是,在我只有九岁时,一天晚上,问题变得明朗起来。

这是生命中不可多得的时刻,洞察力不再像平常那样一点点渗入潜意识,直到大得无法忽视。这一次,问题的答案在急流中向我涌来。一旦拥有,答案是如此显而易见。

答案是一条狗,名叫西尔维斯特。

这是我仅有的一张他②的照片。11 月下旬一个晴好的日子,我们刚刚从树林里玩耍回来,采了松果,洒上金银闪片作为冬季礼物。我总是被他绊到,因为他的脚步如此靠近,从未远离我身旁。照片中,他望着花园大门外我看不见的什么东西。棕色毛发。棕色眼睛。一条红白相间的大手帕缠在他的脖颈上,立刻就显得健壮、英俊,还很可爱。

在我九岁那年,西尔维斯特进入了我的生活。我的外公外婆和舅舅戴夫跟着我的父母从英国伦敦来到美国弗吉尼亚州,在那里他们从

---

① 纱丽克米兹(Shalwar Kameez)是巴基斯坦的民族服饰,一套包括裤子和衬衣。——译者
② 本书中关于动物的第三人称代词,如果原文使用了 he 或 she,则将翻译成他或她,其他还是按照惯例翻译成它。——译者

一窝被遗弃的小狗中收养了西尔维斯特。他有部分德国牧羊犬血统，天鹅绒般的脸，胸前一撮白毛。就像我，就像每个人一样，西尔维斯特有他自己的故事。

在我童年的大部分时间里，我们的生活交织相连，如果把西尔维斯特从中删除，我的故事就会瓦解。以前我从未结识过任何动物，但第一眼就和西尔维斯特结下了不解之缘。在弗吉尼亚，外公外婆住在我们那套复式公寓的隔壁楼里，离我的住处不到50码[1]。我想不起有哪一天西尔维斯特和我是不在一起的。我们分享友谊、亲情和强烈的爱。我们就是那个女孩和她的狗。

我们还分享另一些东西：被虐待。

第一次看到西尔维斯特被人（也是被一个我很熟悉的男人）摔到墙上的那一刻，激发了我寻找勇气的决心，不仅为了结束他的被虐待，也包括我自己的。

西尔维斯特是我认识的众多动物中的第一个。通过他，我对周围其他动物的世界有了更多了解，并对它们产生了一种强烈的亲近感。

孩童时期，我援救过失去双亲的鸟儿，帮它们康复。我通过阅读，学会如何将煮熟的鸡蛋捣碎（现在看来这是错的），用镊子喂食小鸟。我学会了如何将鸟儿安置在温暖的鞋盒窝中，如何训练它们在岩石下找虫子，如何在它们准备好的时候放飞。我还救过受伤的兔子、松鼠和老鼠，母亲开着我们绿色的别克旅行车，我则把它们抱腿上一起坐在副驾，去看当地的兽医。

通过动物，我有了治愈的愿望。我很容易把从照顾动物中学到的技能运用到人类身上。我的母亲是一名护士，她教导我，无论是照护人类还是动物，基本原则是一样的。她告诉我，要想成为一个好的治

---

[1] 差不多是45.72米。——译者

疗者，你需要了解别人是如何受伤的，你需要有帮助他们的渴望。每当我的妹妹或哥哥生病时，我就经常在妈妈身边当她的"小护士助手"，以至于家里人都知道我长大后会成为什么样子。

"阿伊莎将成为一名医生。"

开启学医生涯后，我继续寻求动物的陪伴。当我在弗吉尼亚威廉斯堡的东部州立精神病院读到医科三年级时，我的猫咪阿斯兰突然病了。在医学院期间，阿斯兰（这名字来自我最喜欢的一本童年书籍）[①] 一直相伴左右，漫长而寒冷的夜里，在我研读解剖学、生理学和分子生物学书籍时，他总是趴在我的肩上。相伴四年后，阿斯兰罹患猫科白血病，他在被我从街上救回来之前就感染了这种传染病。

一个星期四的晚上，我驱车三个半小时，带阿斯兰去一家动物专科诊所。但没有什么办法可以救他。他的心脏衰竭。肺里充满了液体，呼吸困难。我做出人道的决定，结束了阿斯兰的痛苦。他呼噜着死在我怀里。

当我离开诊所时，已近周五凌晨 5 点。三小时后，我就要开始在精神病院值班。当天早上晚些时候，我泪流满面地打电话给负责排班的精神科医生，解释了发生的一切，询问可否请一天假哀悼。他说不行。

我毫不怀疑，如果我的母亲、兄弟或朋友去世，甚至是病重，这位精神科医生至少会批准我休假一天。无论如何，对于精神病院而言，我来不来值班并不重要。作为一名医学生，我的主要工作是干点杂活，为员工们跑跑腿。所以我对他的回答感到震惊和沮丧。他怎么能认识不到失去心爱动物伴侣的意义呢？或者至少，他怎么就认识不到这次失去对我而言的意义？我不明白一个医生，一个研究心灵的医

[①] 《纳尼亚传奇》中狮王的名字就叫阿斯兰。——译者

生，竟然会看不到动物在我们生活中的重要性。

我太天真了。这位精神科医生对动物的看法绝非孤例。医生们倾向于忽视我们与动物之间关系的重要性。在我接受医学训练期间，唯一一次涉及我们与动物之间关系的讨论，就是强调它们如何伤害我们，并成为传染病来源。这两点确实构成了相关议题，但给出了一个狭隘的观点。

我觉得，由于没有通盘考虑我们与动物之间的关系，医学忽略了人类健康的一个重要组成部分。在医学训练中，我被教导而懂得，健康不仅仅是没有疾病。1946年，世界卫生组织将健康定义为"一种身体、精神和社会关系都安康的状态"。今天，疾病很大程度上与我们在医疗中心大厅中的经历有关，而健康则反映了我们在医院和医生办公室之外的生活。要真正治愈和保持一个人的健康，作为医生，我们必须把目光从诊断、医疗程序和药物的清单上移开，去考虑医院白墙之外发生的诸多影响。

每个人就像一幅连点图。为了勾勒正确的健康图景，我们需要：(a) 找到包含构成我们生活的相关点，(b) 以正确的方式连接这些点。每个点都影响着每个人身体、精神和社会关系的安康。我们如何互动和对待彼此，如何分享（或不分享）资源，如何与环境相处，如何保护自己，如何管理自己，如何花钱，如何吃饭，如何工作，如何玩耍——简而言之，如何生活，都会影响我们的健康。

我亲身体会到有诸多因素影响着自己的健康。我并不是毫发无损地从塔卢普叔叔那里逃脱。我一生都在同抑郁症斗争。虽然内在的生理因素确实起了一定作用，但我发现陷入绝望的倾向往往受到周围事态的影响。这一点上，我远非孤例。过去几十年里，尽管一些身体疾病的发病率有所下降，但一种影响所有人的痼疾却在增长。每当我们听到另一个有关暴力、悲伤和挣扎的故事时，这种病就会慢慢地在我们的现代文明中蔓延,并像癌细胞一样呈倍数分裂。

我们共同遭受着一种深刻的精神和情感折磨。即使像史蒂芬·平克在他的著作《人性中的善良天使》(*The Better Angels of Our Nature*)中所说的那样,当今的暴力行为有所减少,但我们感觉上却并非如此。不仅是暴力,还有悲观和无望,不断冲击着所有人。每当我们为又一场大规模枪击事件而悲痛,每当我们听到又一宗仇恨犯罪,每当我们看到又一名儿童挨饿,我们与这种痼疾的斗争就又一次遭受到挫折。全世界几乎有三分之一的人无法入睡,五分之一的人至少服用一种精神药物。我们服用药物以缓解悲伤、孤独和最深的恐惧。我们可能活得更长,但未必活得更好。

健康涉及我们生活的方方面面——不仅是作为个人,而且是作为集体。我们的精神状态深受他人的影响。我们是一个社会性物种,彼此间的关系很重要,因为大家相互依存,在这个全球化的世界里,依存程度也许超过了以往任何时候。随着我们越来越意识到他人,同理心和同情也会增加。随着每一代人的更迭,我们的同理心圈子就会一点点扩大至那些以前被忽视的人——比如被虐待的妇女、智障人士和跨性别者群体。我们不断扩大的同理心反映了我们愈加明白自己的幸福与他人的幸福息息相关。当你受苦时,我也在受苦。他们大笑时,我们也在笑。遥远的陌生人的生活、挣扎和快乐影响着我们所有人。

那么,动物的生活会如何影响我们呢?尽管医生们正将我们生活中的更多点联系起来,但很大程度上我们仍然忽视了自人类诞生之初就存在的一个重要影响:人与动物的关系。当医生们偶尔把目光转向动物,我们就很少能看到表面之外的东西。我们只关注少数动物和少数情形。但是我同西尔维斯特的经历以及我童年被虐的经历,激发我去寻找更多有关动物如何影响我们健康的信息——这是医生们常常会忽略的一个点。

在医学生涯的大部分时间里，当我和同事们在一起的时候，会淡化自己对动物的喜爱。我觉得尴尬。我知道有许多医生也不愿承认自己与动物的亲情，好像承认了这一点，我们就在某种程度上更不像科学家和医生了。就好像对动物的同情是个错误。但事实是，我全心全意地爱动物，完全不作他想。这非但无损我作为医生的工作，反而使我成为一个更好的治愈者。

不管多么黏糊、粗糙、味大，甚至吓人，动物对我来说都很重要。如果否认这一点，我就否认了自我不可分割的一部分。这会蒙蔽我理解自己痛苦的能力——这种痛苦不仅受到其他人类生活的影响，也受到动物的影响。有了这种意识，我可以用更敏锐的眼光看待我与塔卢普之间发生的事情，以及和西尔维斯特的关系。无论我的生活可能会有怎样的轨迹，我和西尔维斯特的纽带以及我对他的同理心都使我的生活变得更好。现在，作为一名神经科学家，我发现自己一次又一次地追问同一个问题：对动物的同理心从何而来？

在其开创性的著作中，生物学家爱德华·威尔逊介绍说，亲生物性（biophilia）是"……人与其他生物天生的情感联系"。亲生物性是一种假设，认为人类与自然和动物有着天然的联系，我们对它们的亲和力根植于我们的生物性。用最简单的定义来说，就是对生命的热爱。这是我们在这个星球上作为动物同伴部分的身份确认。威尔逊所指的不仅是动物，还有植物和所有其他"生命系统"。我们追求自然。我们对城市绿色空间的需求，我们对森林徒步的渴望，以及我们保护自然公园的努力，都是亲生物性的证据。

威尔逊并不是说所有人都在寻求与动物的纽带关系，但我相信，我们的亲生物性尤为明显地表现在我们与动物的关系中。如果你去看一下19世纪和20世纪西方国家从农村向城市的人口迁移，会发现作为宠物豢养的动物数量稳步增长。历史学家追踪了宠物饲养的兴起，它与我们日益发展的城市化进程平行。当我们远离乡村生活，失去与许多动物的日常接触，我们就用其他方式寻求它们，把猫、狗、鸟、仓鼠和兔子带回家。

我们选择把动物带入自己的生活。它们让这个世界少了点寂寞，多了些乐趣。如果无法把动物带回家，我们就到其他地方去追寻它们：参观野生动物保护区；参加观鸟俱乐部；去动物园和马戏团，尽管我们越来越不愿看到动物被关在铁栏里或为娱乐而表演；去非洲旅行。我们与动物在一起的需要是如此深刻，发自本能的强烈，这不仅仅是亲生物性，而是动物情谊（animalphilia）。

美剧《X档案》系列中有一集，以幽默的视角讲述了动物如何陪伴和抚慰我们。在常见的狼人故事中，一般都是怪物咬了人，然后那人晚上就变成了狼人。然而剧中出现了截然不同的桥段，主角穆德和史考莉遇到了一个被人咬了一口的类爬行怪物。某天早上这只安静、知足、以昆虫为食的动物醒来，发现自己摇身一变，成了一名矮胖的澳洲男子。他不得不开始像人一样思考，发现自己被各种人类独有的忧虑、恐惧和自我怀疑所累。正如他向穆德抱怨的那样，他意识到自己需要一份工作，所以去卖手机。但很快就厌恶这份工作，想辞职去做别的事，但又不能辞，否则怎么支付账单呢？怎么按揭供房呢？怎么才能为退休生活存够钱呢？"如果到现在还没有开始写我的小说，"他对穆德哀叹道，"那就永远不会写了。"

背负着这些人类忧虑的重担，怪物拜访了一位"巫医"（精神科医生），后者非但没有治好他，反而给了一些药物，使得他的思想更加混乱。在摆脱抑郁症的最后一次努力中，怪物得到了一只小狗，他给它取名为达戈。当镜头跟着正在地板上与达戈高兴地打滚玩耍的怪物时，怪物告诉穆德："我很快意识到，作为一个人类，快乐的唯一方式就是把你的所有时间都花在非人类的陪伴中。"

然而,并不是所有人都寻求动物的陪伴或与它们产生同理心。这种友谊和同理心,也没有延伸到所有甚至是大多数动物身上。现在人类对动物造成的苦痛比历史上任何时期都要多。我们与动物的关系极其矛盾:对伴侣动物的喜爱与日俱增,同时,与那些被定义为工具、害虫和食物的物种间的距离越来越远。但我相信,这些隐藏在我们视线之外的动物的生活也融入了我们的生活。只是大多数人还不知道这一点。

本书是一趟旅程,以此去了解人类健康的本质以及它如何受到动物生活的影响。具体而言,我们对动物的同理心——或缺乏同理心——如何在最深层的意义上影响人类的健康?为了回答这个问题,我试着去理解人们思考动物的不同方式,与动物相处的不同方式,以及我们对动物的同理心是如何演变的。

这段旅程让我接触到各色人等,包括一位患有创伤后应激障碍的海军陆战队队员,一个被动物改变了人生的黑帮成员,一名被定罪的连环杀手,一位感染艾滋病病毒的儿科医生,一名前养牛场场主和一名工业化动物农场主。这是一个有关忽视、冷漠和残忍的故事,但最终,这是一个关乎美丽、善良和治愈的故事。

人类学家布莱恩·费根在他的《亲密关系》(*The Intimate Bond*)一书中写道:"我们想与伙伴生物建立联系的冲动是如此强烈,以至于克服它需要付出很大的努力。"如果这种冲动真的如此强烈,那么忽略它,我们会失去什么?是不是失去了自己的一部分?也许,最重要的是,当我们承认自己与动物的亲缘关系时,又能得到什么?

我知道我从同西尔维斯特的亲缘关系中得到了什么。这一认识改变了我的整个人生。

第一部
与动物同愈

第一章　何以为家？

今天早上闹钟没响。我看了看时间，意识到上班迟到了，晚了很多。我从床上跳起，光着脚踩到了一摊温暖、黏稠的呕吐物中。筒仓！那只不干好事的猫科动物跑哪去了？

我们为什么要这样呢？为什么要容忍呕吐物凝结在地板上，粪便在床上翻滚，毛皮粘在衣服上，尿液浸湿了窗帘边，口水沾满拖鞋，家具被捣破，还有酸馊的口气，难闻的食物，污秽的猫砂盆，粗鲁的嗅探（你知道会嗅哪里），无礼的嘶嘶声，挑衅的小便，不停的吠叫，毛球，抓痕，啃咬，咆哮，跳蚤，虱子，耳螨，钩虫，绦虫，蛔虫，等等等等？

动物带来了诸多不便。我们要围绕它们重新安排工作和休假，把辛苦挣来的钱花在它们的医疗账单上，尽一切来纵容它们。这些长不大的孩子，不断考验我们忍耐的极限。它们或像饕餮客似的大吃大喝，或像挑剔的势利小人般对我们的供奉嗤之以鼻。它们毁坏房屋，随处便溺，然后把所有这一切留给我们清理。最糟的是，它们希望我们优雅地低头接受这一切，事实上也的确如此。

在和动物（特别是宠物）的契约中，我们自愿同意承担一定的辛苦劳动。喜剧演员杰瑞·宋飞曾开玩笑说，如果一个外星种族访问地球，看到一大群地球人追着狗跑，并捡走它们拉的屎，对方准会认为是狗狗在掌管这个星球。从某种意义上讲,这个想法并没有那么不着调——只不过,我会把猫和其他伴侣动物一起加入庄园主和夫人的名单中。

没有其他物种会跟人一样惯常收养其他动物。没错,有一些大家都爱读的轶事——一头母牛养育了一只小狗,一只鹅和一只迷路的猫头鹰成为了朋友。但是,动物们不会成群结队地把其他物种的成员带进它们的生活和家庭。是什么驱使着我们这样做?

我坐在位于曼哈顿上东区的美国防止虐待动物协会(ASPCA)收养中心的等候室里思考以上问题。这个星期六下午,收养中心访客如织。上了年纪的男女,夫妇,还有带着孩子的父母来到这里,对那些端庄娴静的狗狗和卖弄风情的猫咪摸摸抱抱,甜言蜜语。来访者心中都有一个目标:为家里添一名成员。当我看到一对年轻夫妇牵着一头梗犬出去时,狗狗欢天喜地的动作也映衬着他们的幸福。尽管有花费、困扰和麻烦,我们依然追寻动物,仅仅因为它们带来了一种不可替代和独特的快乐。

动物身上有一种奇妙的东西。它们以我们甚至不知道怎么去理解的方式体验着世界,它们能看到、闻到、听到和感觉到超出我们能力范围的事物。作为一条狗、一头海豚或一只鼹鼠是什么样的感觉?尽管科学越来越把注意力转向动物行为的研究,但我们用来了解每种动物独特世界的能力却少得可怜。很多时候,我们能做的最多就是想象它们的经历是什么样。当我们花时间去想象其他动物的生活时,常常会被灌输一种孩子般的敬畏和模仿它们的渴望。难怪许多超级英雄的特性都以动物的能力为原型。我们当中有谁没有幻想过在天上飞,在水下呼吸或拥有超强听力?动物把我们从以人类为中心的世界观中拉了出来。我们最初寻求动物的原因,可能是它们与我们的相似之处,共有的生命演化机制。但我们从与它们的差异中获得快乐。因此,动物对我们的吸引力是其他任何事物都无法比拟的。

我和妹妹萨哈尔正坐在公寓的客厅里,这时哥哥从前门冲了进来,说:"阿玛吉和阿贝吉养了一条狗!"我从和妹妹正在玩的拼图中跳了起来。"一条狗?"我捕捉到了哥哥的兴奋,追问了一句。这可是个大新闻!我们认识的人以前从没养过狗,我也从没想过外公外婆会养一条。在巴基斯坦,这闻所未闻。狗——真的,所有的动物——都被认为是肮脏的生物,应该和人类分开。我和萨哈尔都急于了解外公外婆打破传统之举的更多情况,一起从柜子里抓起外套,和卡姆兰奔向隔壁的公寓楼。

自打我们从英国搬到美国后,一家人一直住在弗吉尼亚阿灵顿的一栋复式公寓里。那是 1970 年代末,我们满怀希望来到美国。在华盛顿特区附近的一家汽车旅馆住了三周后,父亲被一家酒店餐厅聘为服务员,他为我们找了一套便宜的公寓。一年后,我的外公外婆、四个阿姨中的两位以及她们的弟弟戴夫也从伦敦过来,搬到隔壁栋的房子里。

萨哈尔、卡姆兰和我迫不及待地想见到外公外婆的新狗狗,我们冲进他们的花园公寓,发现大家都聚集在一间卧室里。外公外婆、阿姨和戴夫都围在床边。他就在那儿。一条棕色的小狗,尾巴飞快地摇着。我挤到床中央,把小狗抱到腿上,好像从来就对狗狗很熟似的。"你打算叫他什么,戴夫?"我问道,狗狗对着我的脸又蹭又舔。戴夫不是他的巴基斯坦真名,他选了一个西方人的名字,以便更好地融入。我从来不叫他"戴夫舅舅",因为他只比我大十岁,更像一个哥哥。

"我们叫他西尔维斯特。"他说。

太好了,我想。每个星期六早上,我和哥哥妹妹们会花几个小时看《乐一通》①。里面所有的卡通角色中，厚脸皮的西尔维斯特是我最喜欢的一个。不必在意它其实是"猫猫西尔维斯特"，如果猫有九条命，那么给我们的新小狗取个猫咪的名字也许会给他带来好运。我的确认为西尔维斯特是我们的小狗，而不仅是外公外婆或戴夫的小狗。我知道他和我会成为好朋友。看着他那双棕色的大眼睛，我脑海里浮现出所有最适合玩耍的地点，以及要带他去参观的公寓楼周围的所有秘密场所。

大约十年前的一天，我开车去上班，突然注意到车道中央有某个不该在那里出现的东西。在早晨的车流中，我和路上的其他人一样都很匆忙，没有理会继续往前开。不过几英里后，挥之不去的疑惑才让人反应过来，我意识到那是一只乌龟。

当我开车经过时，那只乌龟还活着，不过在路中央冻僵了。随着车流涌入，我知道它没有机会逃走。我掉头开回原地。此时，另一辆车停在路边。有人比我先到达那里。我看到一个十几岁的孩子走到路中央，伸出双臂，警告并阻止迎面而来的车辆。他轻轻提起看上去安然无恙的乌龟，把它带到路另一边的安全地带。

急于按时上班的我，并没有走近那个男孩向他道谢。我一直为此遗憾，并常常想，是什么原因促使他在繁忙中抽出时间来帮助一只小乌龟，而其他人却没有这样做。我一直没有想出答案，但确实，这让我发现了某些其他的东西。那天上班后，当回忆起他是如何帮助一只处于危险中的动物时，我笑了。那个男孩的同理心，虽然不是为了我，却让我更加开心。

---

① *Loony Tunes*，是华纳兄弟早期推出的卡通系列之一。——译者

同理心（empathy）一词源自德语单词 einfuhlung，由哲学家罗伯特·费肖尔于 1873 年创造。Einfuhlung 的意思是"感觉进入"。在这个词被引入时，einfuhlung 与一个观察者如何将他或她的感受投射到一个物体或对象上从而使它"活跃起来"有关。比如，有人描述柳树"在哭泣"。直到 20 世纪中叶，同理心才有了另一种含义。心理学家们在将注意力转向社会关系科学的同时，也改变了这个词的定义。随着时间推移，同理心开始意味着理解和分享他人的感受。

我们常常把同理心与同情和善意混为一谈。同情是对另一个痛苦的人的关心。但在同情的状况下，人会产生一种感情上的疏远，有时会转变成怜悯，导致优越感和对他人的贬低。善意是同理心的延伸，可以转化为帮助他人的行动，就像我在救乌龟的男孩身上看到的那样。与同情相比，同理心更有说服力。

灵长类动物学家弗朗斯·德瓦尔认为，同理心在我们的演化史上是有根源的。对动物行为的研究表明，它是我们与许多物种共有的一种特征。也许它最初发展起来是为了帮助母亲更好地照顾孩子，但同理心的表达远远超出了母性关怀。它甚至在我们如何对他人的行动做出反应方面也发挥着作用。

如果你看到有人在尝到苦味后龇牙咧嘴，很可能也会龇牙咧嘴起来。多年来，研究人员一直想知道，为什么我们经常会模仿别人的动作。1995 年，一个神经科学家小组记录了参与者观看一个人抓取物体时的运动诱发电位——即肌肉将要运动的信号。这一运动电位与参与者自己实际抓取物体时记录的电位是一致的。之后，其他研究也支持了这样一种观点，即我们拥有镜像神经元系统，是它使我们能够在自己执行一个动作时和目睹别人执行同样的动作时做出相同的反应。我们每天都能看到这种同理心模仿的例子。打个哈欠试试，周围的人是不是也跟着打起了哈欠。这是本能的。

情绪传染与模仿相似,但我们并非自动去模仿别人的身体动作,而是收集他们的情绪,包括悲伤、喜悦、愤怒和恐惧。当婴儿听到其他婴儿哭时也会哭。如果你在一家电影院,当疯狂挥舞着斧头的小丑从黑影中跳出时,剧院里爆发出阵阵尖叫——即使你对此早有预料——我敢说你不会只发出一声呜咽的短叫。

模仿和情绪传染被认为是更复杂层次的同理心的基石。今天的研究人员通常会区分两种同理心[①]。情感同理心是指我们对他人的情绪做出反应时所体验到的感觉和情绪,这使得我们能分享对方的情绪状态。另一种是认知同理心,这使得我们能从另一个人的心智角度出发,更好地识别和理解此人的想法和感受。同理心的两个组成部分一起帮助我们理解他人的经历、意图和需求。对他人产生同理心的能力让我们能够预测和理解他们的感受、动机和行为。

德国马克斯·普朗克人类认知和脑科学研究所的神经科学家塔尼亚·辛格和她的同事们探索了情感同理心的神经基础,特别是共同的疼痛体验。对于人类来说,不仅能感受到身体上的疼痛,也能感受到情感上的疼痛。当我们受到一种疼痛刺激时,比如电击,信号会从刺激部位传到大脑,而大脑的疼痛中枢和情绪中枢有所重叠。这就导致我们对疼痛的反应可能包括不愉快的情绪,如焦虑、恐惧或悲伤。

为了理解同理心如何影响疼痛的情感体验,辛格小组对十六名女性进行研究,她们都有伴侣随同而来。在一种情况下,这些女性自愿通过连接在手上的电极接受疼痛电击。在另一种情况下,这些女性被允许观看她们的伴侣受到电击。通过对她们进行脑部扫描,辛格发

[①] empathy 除了同理心之外还有两种中文译名,共情或移情,前者更常见一点,严格来说这两个词是有所区别的,但无法简单地对应到文中所说的情感同理心和认知同理心,所以在本书中如非特殊需要一律只译为同理心,有少数几处译为共情。——译者

现,不管是自己还是伴侣受到电击,她们大脑的许多相同部位(小脑和脑干的部分)的活动都有所增加。当看到伴侣被电击时,她们大脑中相同的情感区域被激活,但疼痛区域并没有。"同理心,"辛格说,"是通过利用大脑中已存在的针对我们自身疼痛的机制来发挥作用的。这让我们相信我们在情感上感觉到疼痛,即使我们并没有在身体上感觉到它。"该研究进一步证明了同理心与我们的大脑相关联。

我们对动物的同理心与我们对人类的同理心可能并没有太大区别。来自布兰迪斯大学和宾夕法尼亚州立大学心理学系的研究人员发现,看到人受苦或狗狗受苦的图片时,我们对两者的神经反应有很大的重叠。

同理心是将群体凝聚在一起的黏合剂。当我们同情他人时,我们就是在分享他们的经历,好与坏,快乐与痛苦。它是人类发展的重要组成部分,是善良、同情、道德和利他主义的基础。在《同理心文明》(*The Empathic Civilization*)一书中,社会理论家杰里米·里夫金将同理心描述为"我们创造社会生活和推进文明的手段"。同理心使我们能够在需要的时候互相关心、分享资源、帮助他人,包括动物。

但研究还揭示了另一点:同理心通过相似性、接近性和熟悉性得到加强。我们更同情那些在"圈子里"的人——那些和自己一样,离得近以及私下认识的人。换句话说,我们对"眼前当下"更感同身受。正如克里斯汀·多姆贝克在《他人的自私》(*The Selfishness of Others*)一书中所描述的那样,同理心的准确投射性逐渐演变成一种保护自己的内团体不受外界伤害的方式。而核心的内团体,就是我们的家庭。

我们就从这里开始讲起吧。

2016年6月的一天，在得克萨斯州哈里斯县，来自Cy-Fair志愿者消防部门①的二十来个男女队员和其他执法人员，排成一排荣誉人墙向一名战友敬礼，做最后的告别。亡者身上盖着得克萨斯州州旗，被抬至最后的墓地。这位被致敬者是布列塔尼，她是"9·11"搜救犬中最后去世的一只。

除了救援过被困在"9·11"废墟下的人，布列塔尼还在卡特里娜飓风和丽塔飓风期间搜寻过幸存者，九岁那年退休以后她还在继续帮助他人。她和罗伯茨路小学的一年级学生成为了朋友，孩子们通过给她朗读慢慢获得自信。"她是得克萨斯州第一特遣队的成员，"Cy-Fair志愿者消防部门负责人艾米·拉蒙在布列塔尼的葬礼上说，"她是Cy-Fair消防部门的一员……这非常悲痛。布列塔尼是我们家族的一员。她是我们中的一员。"

拉蒙对布列塔尼的评价引出了一个重要的问题：什么是家？

初看，这似乎是一个简单的问题。根据韦氏词典，家的一种定义是"拥有共同祖先的一群人"，另一种定义是"传统上由双亲抚养子女的社会基本单位"。但这些定义已不太适用了（如果曾经适用过的话）。从统计上来讲，一个家庭已不再由一个母亲、一个父亲和他们的亲生孩子所组成。人们的态度正在改变，对家庭单位的传统看法正在消失。我们正在选择一种更自由的家庭观，其中包括有孩子的未婚夫妇、收养孩子的同性恋伴侣、有孩子的单身母亲或父亲以及选择不生孩子的夫妇。

家庭成员也不限于我们自己这个物种。至少从2001年起，大多数美国家庭都有伴侣动物。如今，这一比例约为70%。领养动物的

---

① 主要为哈里斯县的Cypress和Fairbanks社区提供消防和紧急医疗服务的部门，由志愿者、专职和兼职付费工作人员组成。哈里斯县是一个非建制地区，即不受其当地地方市政公司管辖的定居点。——译者

趋势正蔓延至全世界，甚至传统上不习惯将动物视为家庭伴侣的地方也是如此。在猫和狗的监护方面，中国分别排在美国之后，位居第二和第三。2006 年至 2014 年，印度的伴侣动物数量从七百万只增长到一千万只。我们的语言也正在发生改变，反映了和动物之间的情感联系。自 1990 年代以来，宠物和主人等术语越来越被伴侣、监护人和妈妈或爸爸所取代。随着我们的角色改变，动物的角色也在改变。动物可以在家庭中扮演任何传统意义上的人类角色，甚至是多重角色。在生命中的不同时期，西尔维斯特对我来说是朋友、兄弟、父亲和孩子。但大多数时候，他是独一无二的西尔维斯特。

尽管大多数有动物的美国家庭（也就是大多数美国家庭）都认为宠物是他们家庭的一部分，但美国政府很长一段时间都不这么认为。

直至一次重大事件的发生，才使得政府开始关注。

2005 年 8 月底，当卡特里娜飓风袭击路易斯安那州的新奥尔良时，我和这个国家许多人一样，只能在电视上无助地看着灾难在面前展开。超过一千八百人死于飓风及其余波，其中近一半是老人。

灾难很少是新事态所造成的。大多数情况下，它们只是暴露了一个城市在基础设施和应急规划上潜在的系统漏洞。卡特里娜飓风也不例外。但是，与以往发生在美国的灾难相比，卡特里娜飓风的破坏是如此明显和广泛，让我们真正认识到自己有多么准备不足。

像卡特里娜飓风这样的重大灾难会造成长期的毁灭性影响。灾难中的幸存者患抑郁症、焦虑症、急性应激反应和创伤后应激障碍的比例一直较高。1998 年米奇飓风袭击洪都拉斯和尼加拉瓜后，在受损最严重的地区，那些接受普通医疗服务的患者中有十分之一患有创伤后应激障碍。1992 年安德鲁飓风袭击佛罗里达州六个月后，五分之一到三分之一的幸存者患有创伤后应激障碍。而卡特里娜飓风造成的打击尤为沉重。美国疾病控制和预防中心（CDC）发现，飓风发生七周后仍有近一半幸存者符合被诊断为创伤后应激障碍的标准。而年幼的孩子在重大灾难后特别容易受到精神创伤。他们更难理解这一事件，更难表达事件对自己的情感影响，也更难独立地获得所需的情感帮助。

与所爱者分离，或是在紧急情况下被迫离开他们，可能是我们所能想象的最最难以承受之事，它会加剧我们的精神重压。美联社记者玛丽·福斯特曾捕捉到卡特里娜飓风灾难中最具标志性的一个瞬间，充分表明了人与心爱的动物分离有多么痛苦。在混乱、恐慌和对飓风的恐惧中，一个小男孩和他的家人离家去新奥尔良的超级穹顶①避难。但超级穹顶不久就变得不安全。巴士很快到来，把这些绝望的家庭送往别处。当小男孩抱着他的小狗雪球和父母一起登上一辆开往休斯敦的巴士时，一名警察把狗带走了。小男孩歇斯底里地叫道："雪球，雪球！"然后开始呕吐。

这样的故事一次又一次发生。当来自当地警察和消防部门、美国海军、海岸警卫队和国民警卫队的救援人员被派往执行营救任务时，他们并没有把动物包括在撤离行动中。救援人员救助幸存者时已不堪重负，而疏散动物也构成了额外而特殊的后勤障碍。大部分动物不像人类这样容易配合，你无法命令它们等上船和大巴。它们会害怕并躲起来，你可能不得不去抓。有些可能会威胁到你或你正在营救的人的安全。你需要装小型动物的运载容器和中型动物的板条箱，还有拴大型动物的皮带。对此，救援人员毫无准备。

救援人员强制许多居民遗弃伴侣动物，有时甚至以逮捕相威胁。

---

① 指的是梅赛德斯-奔驰超级穹顶，是一座有 72 000 个座位的多功能穹顶型体育馆。——译者

由于救援人员拒绝把动物带上船只、直升机和公共汽车，也不让它们进入紧急避难所，成千上万的动物死去。据美国人道主义协会前主席恩·帕西勒的说法，考虑到大约70%的美国家庭有伴侣动物（新奥尔良在这方面与其他城市没有区别），有可能救援人员在每三栋房子里就会发现两栋有动物——或是和家人们抱作一团，或是被孤零零遗弃。

然而，大多数动物都被留下等死。虚弱、惊恐的动物们在上涨的毒水中挣扎，在屋顶上发抖，紧紧抓住漂浮的木板，这些画面象征着联邦和州级机构广泛地漠视它们在美国家庭中的角色。这些机构也不明白另一件事：随着这些动物被遗弃，救援人员也让他们试图拯救的许多人濒临困境。

在男人最喜欢的狗和女人最喜欢的猫（如果你也相信这番陈词滥调的话）都难以得到帮助的情况下，你又能如何鼓起足够的同情心，来帮助拯救一只大多数人眼中只是一块盘中肉的动物呢？如果你家有一头300磅重的猪，该怎么办？

退休教师吉姆·帕森斯很快就会知道答案。2000年左右，如果你在路易斯安那的花园区漫步，会看到许多修建于美国内战前的宅邸，有维多利亚风格、希腊复古风格和意大利风格，它们奢华地装饰着彩色玻璃窗、装饰支架、罗马立柱、圆屋顶和山形屋顶。透过锻铁栅栏，可以看到这些大房子附带凉爽、郁郁葱葱的私人花园。你可能一不小心就会走入有近两百年历史的拉斐特公墓，那里排满了怪异的地上墓穴。在花园区的梦幻和奢华的环境中，你会惊讶地发现一头不起眼的猪和她更不起眼的人类老父亲在林荫道上闲逛。

镇上的人都知道吉姆是"猪佬"。每天早上，他和大腹便便的母猪罗蒂会在镇上散步一个半小时，罗蒂吸引了很多人的注意，成了小名流。"人们会看我们散步,"吉姆告诉我,"会停下来,想和我聊聊她。他们想要我们和猪猪合影的照片,妈妈和猪猪,爸爸和猪猪,孩子们和猪猪,全家和猪猪。"罗蒂喜欢走圣查尔斯大道,在那里优雅的橡树给她准备了成堆的橡子。"有时候我们正在散步,罗蒂会看看我,然后跑到街上去。附近餐馆边上有片大灌木丛,她会在里面翻找橡子。餐馆里要是有人发现了罗蒂,过不了一会儿,里面一半的人都会过来看她。"虽然有法令禁止在城里出现传统的养殖动物,但当地警方却给这头欢快的粉色猪破了例。警察没有给吉姆开出传票,反而是要求拍一张照。

从罗蒂还是小猪仔的时候吉姆就认识她了。卡特里娜飓风来袭的十年前,吉姆的女朋友康妮(现在是他妻子)哄他从一窝小猪中领养了罗蒂。康妮小时候读过《夏洛的网》,打那时起她就想要一头猪。吉姆勉为其难地把这一窝里最胆小的那只带回了家,从此以后,就爱上了她。

很快,小猪开始了与康妮和吉姆在一起的新生活。吉姆习惯了罗蒂,轻轻松松就训练好了她。她很快就知道如何得到她想要的东西。罗蒂总是充满好奇,她强行打开冰箱,打开橱柜,翻箱倒柜。她像狗狗一样围着吉姆转,睡在他脚边,晚上用鼻子蹭他。吉姆深深爱着她。他从未料到有一天,对罗蒂的爱会迫使他做出一个可怕的决定。

2005年8月25日,星期四,卡特里娜飓风在迈阿密北部登陆,那时被定为一级飓风,最大持续风速为每小时75英里。第二天,它被重新定级为二级飓风。到星期天早上7点,变成了五级,最大持续风速为每小时160英里。8月29日,星期一,飓风袭击新奥尔良时摧毁了该市的电力系统,并在超级穹顶上打了一个洞。

和许多新奥尔良居民一样,吉姆和康妮低估了卡特里娜飓风的影响。他们认为自己那地板超出地面8英尺高的百年老屋是一个安全处所，可以安然度过这场风暴。但到了星期一晚上，房子被越来越强劲的风力摇得嘎嘎作响，就好像巨人手里的玩具。吉姆开始担忧。他没那么在意自己，而是担心屋子里的其他住户，包括康妮、两个朋友、两只猫和罗蒂。当房子摇晃时，罗蒂变得非常焦虑，吉姆喂了她一碗酒帮助她平静下来，并在壁橱里用毯子做了一个藏身处，让她躲在下面过夜。

第二天早上，吉姆看到残骸废弃物满地都是。倒下的电线杆和树木挡住街道，玻璃碎片散落在前庭后院。但他们的房子完好无损。吉姆和康妮认为最糟的情况已经过去。康妮离家去当地医院护理那些没那么走运的人时，吉姆就留下来清理废墟，照顾动物。他在后院为罗蒂清出一小块没有玻璃碴的地方，等罗蒂自己呆着的时候，吉姆走到屋前，以便更好地检查受损情况。他看了看街中央的一个下水道检修孔，不禁倒吸一口凉气。水正在渗出。吉姆站在那里，感到困惑。水是从哪里来的？由于固定电话、手机和电力系统都没法用，吉姆不知道其实是附近的堤坝刚刚被冲垮了。

水涌得很快。当吉姆急忙跑到后院时，水已经淹到罗蒂的膝盖。吉姆用通向前门的台阶来测水位，一共十二级。不到两小时，水就淹到了第三级台阶，鱼儿在他们的前院游来游去。几个小时后，水漫过了第五级台阶。夜幕降临时，第九级。

虽然吉姆的房子在这一带所处地势较高，但他担心水会很快渗进来。那时，洪水已经淹没了周围所有的房子。接下来的几天，直升机飞来疏散了大部分社区居民，但没有疏散动物。所以吉姆留在了原地。除非能带上动物，否则他是不会走的。

水一直上涨，到达5.5英尺的高点，越过了停在隔壁的一辆皮卡车顶。日子一天天过去，水从破损的污水池中溢出，发出的臭气越来越浓。街道上的活物都消失了，变得更加悄无声息。一天晚上，在一

伴生：我们与动物的故事

片寂静中,吉姆听到邻居家传来哭号。"我带着斧子穿过污水,砸开了屋门,天花板从屋顶上掉了下来,里面有一只猫。房东留了食物和水,以为过几天就会回来。"

这是一个屡见不鲜的场景。人们在灾难发生时把动物留下的最常见原因之一,是相信灾难持续的时间不会长。其他原因还包括低估灾难的严重性,糟糕的应急计划,无法运输动物以及难以找到适合动物的庇护所。不管如何解释,失去一个动物伴侣都会让你付出代价。当小男孩和雪球分开时,他不仅失去了心爱的狗狗,也失去了雪球提供给他的支持。

压力来袭之际,我们会抓住任何可以让自己安心和稳定的东西不放。对很多人而言,其中就包括动物。在克罗地亚被战争严重影响的地区之一斯拉沃尼亚,当地小学生中有动物为伴的孩子比没有动物的孩子应对得更好。前一组在表达情感、寻求社会支持和解决问题方面的能力都发展得更好。因此,与没有宠物的孩子相比,有宠物的孩子更不容易遭受情感创伤。

类似的结果也出现在人口统计数据上。不管你年轻还是年老,富有还是贫穷。动物帮助我们在压力大的时候舒缓情绪,失去它们则会加重创伤。在一项针对三百六十五名低收入非洲裔美国女性的研究中,失去宠物这一点显著预示了她们的灾后忧虑和丧亲之痛,这种影响甚至超过了其他损失和压力来源[1]。同样,在卡特里娜飓风期间失去宠物对心理健康造成的负面影响比失去家园更大——与没有失去宠物的人相比,那些失去宠物的人更有可能遭受严重的急性压力、创伤周围分离(源自急性创伤经历的情感分离)、抑郁和创伤后应激障碍。

---

[1] 这是一项 2009 年发表在《创伤应激期刊》(*Journal of Traumatic Stress*)上的研究,三百六十五名调查对象都是单身母亲,其中六十三人失去了宠物。——译者

2008年的艾克飓风过后，在得克萨斯州加尔维斯顿的幸存者中，失去宠物是心理健康水平下降的一个重要预测因素。失去动物同伴会给我们带来独立于其他损失之外的痛苦。

在混乱中动物提供了稳定的慰藉。就像人类间的依恋一样，对动物的爱可以助长我们的安全感和幸福感，保护我们远离压力、焦虑和抑郁。动物提供的情感依靠、保护和全心全意的支持使我们变得更有韧性。研究发现，大多数有伴侣动物的人都认为这对他们的健康很重要。动物给我们可以触摸的安心，让我们远离烦扰——当你摩挲一只呼噜的猫或是和一条狗玩球，就会明白我说的意思。也许最重要的是，动物是可靠的存在，会一直在那里等着我们。作为回报，我们也不能放弃它们。

在他拥挤的屋子里，吉姆又添了一只被遗弃的猫咪。洪水涨到第六天，戴着红色贝雷帽的士兵来敲门，他们是第82空降师的。新奥尔良市长已下令全市强制疏散，吉姆所在社区的最后一批拒不撤离的居民也离开了。然而，让救援人员震惊的是，吉姆仍然不走。"士兵们乘船过来，"他说，"他们带着摄像机拍我，把我骂了一通。他们说我是个疯子，我他妈在这里干什么，我他妈为什么还没走？我告诉他们我有一头300磅重的猪，自己养的两只猫，还有邻居的一只猫，我哪儿也不去，然后我就回屋了。"

尽管在士兵们看来，吉姆的拒绝撤离似乎很荒谬，但他不是唯一这么做的人。灾难在考验我们，挑战我们是否认识到什么才是真正重要的。一般来说，我们都很清楚，重要即所爱。家人是第一位的，灾难迫使我们迅速定义谁是家人。在卡特里娜飓风期间，成千上万的人明确表示他们的狗、猫、猪和其他动物是亲人。几乎有一半的人因为拒绝把动物扔下，留在风暴中度过。他们有充分的理由不撤离。后来

伴生：我们与动物的故事　　**027**

的研究表明，逃离的人更有可能失去伴侣动物。这场灾难中只有15%—20%的动物和人类家庭重聚了。大多数动物，包括雪球，永远消失了。

在许多灾难中，有五分之一到三分之一的人员疏散失败和动物监护有关。1997年的一次大洪水之后，加利福尼亚州的尤巴县颁布了强制疏散令，但很多没有孩子的家庭拒绝离开，最大原因就是不想把动物留下。而且，每户人家只要多增加一只狗或猫，疏散失败率就会翻倍。而那些离开的人中，有许多仍然流落在外，住在汽车或露营地里，和他们的动物呆在一起。此外，调查人员调查了两次独立发生的灾难——一次洪水和一次危险化学品泄漏，发现过早返回不安全地点的人有80%是为了去营救自己的动物。他们冒着生命危险这么做。

吉姆心甘情愿为了他的动物们冒生命危险。但是，日子一天天过去，他越来越担心。差不多过去了一个星期，积水只退到皮卡车的引擎盖位置。吉姆意识到自己和室友们将会被困很长一段时间。最大的担忧，并不是闷热的天气和从下水道涌进屋内的臭虫，而是新鲜的水和食物。吉姆和他的两个朋友开始定量分配水，食物只够他们和猫多吃几个星期。不过罗蒂很快就要没得吃了。

吉姆该怎么办？他的选择不多。即使他能救出猫咪，救助者也不会带罗蒂走。难道他要看着她慢慢饿死吗？"我意识到，如果这种情况持续一整个月，那么我们就不得不看到这种情况发生，"吉姆抽泣着说，"我在想，我们可能必须让士兵们把她带出去。但接着所有可怕的事情都涌到我的脑子里。如果他们射杀了她，我们怎么处理遗体？"

十二天过去了，洪水仍然有5英尺高。吉姆做了个艰难的决定，要求国民警卫队射杀罗蒂。

想象一下吉姆当时所经历的悲伤。很多人都不理解或者不能理解。尽管这种情况正在逐渐改变，但经常有同事、朋友甚至家人不仅不会对此有同理心，反而会告诉那些哀悼动物的人，在意这么多真是太愚蠢了——毕竟，只是动物而已。忘掉它吧，他们说。振作起来！

人类可以共同欢笑，却只能独自哭泣。要是为动物之死而悲伤就更孤独了，远不如因另一个人类死去所产生的悲伤那样被重视。社会学家、心理学家和精神病学家（就像我在猫咪阿斯兰去世时发现的那样）对这一点的理解来得很慢。事实上，动物的死亡会导致失眠、误工、严重的痛苦和抑郁。在那些失去深爱的动物的人身上，悲痛程度与那些失去深爱之人的人是相似的。

由于吉姆面临的特殊情况，他可能会因为失去罗蒂而感到更大的绝望。想想被迫丢下一只动物的心碎。一组研究人员发现，在卡特里娜飓风中，失去动物的痛苦在那些曾遗弃它们的人身上更为严重。因为被强迫遗弃而失去不仅会加重人的创伤，也会减缓创伤的康复。如果像吉姆一样，需要决定对动物实施安乐死，最终导致了动物的死亡，这可能会加剧负罪感、悔恨甚至挫败感。研究人员甚至发现，被迫抛弃一只动物更有可能引起创伤后应激障碍症状，而动物的实际死亡则更有可能引起严重的抑郁症。对吉姆来说，丧亲之痛再加上沉重的罪恶感，足以让他悲伤至极。

正当吉姆失去解救罗蒂的希望时，奇迹发生了。电话铃响了。自卡特里娜飓风来袭以来，他的座机第一次工作了。"我接起电话，"吉姆回忆道，"是一个叫杰弗里·谭的家伙，加拿大 AM[1] 的制片人。他问我是不是那个和猪一起的人。他看到了第 82 空降师士兵录的视频。我说，是的。然后他说，我们要来救你的猪。"

---

[1] Canada AM，加拿大的一档早餐电视新闻节目。——译者

伴生：我们与动物的故事

谭打电话给吉姆后,加拿大电视台的工作人员联系了国际动物福利基金会(IFAW)的一个搜救队,他们在这个地区搜寻被遗弃的动物。对 IFAW 的摄影记者斯图尔特·库克来说,拯救罗蒂是一次引人注目的救援行动。斯图尔特写道:

走近那所房子,我们看见两个人站在台阶上。"你有动物需要营救吗?"有人问道。"是我的猪,"男人叫道,"你们能带上我的猪吗?"我们走进他家,认识了越南种的大肚猪罗蒂。"她是我的孩子,"男人满怀爱意地说,"我不能扔下她。"就在前一天,新奥尔良下达了强制撤离令,国民警卫队正驾着汽艇巡逻,执行这项命令。"我要求他们开枪打死她,"这名男子说,眼里噙满泪水,"但他们不肯。我不能让她活活饿死。"

罗蒂获救后被带到一个避难所,那里有各种被拯救的动物——猫、狗、牛、马和比利山羊,包括一头名叫歌利亚的山羊很快就和罗蒂成了朋友。当家乡的洪水退去后,吉姆和罗蒂团聚了。在避难所见到他时,吉姆告诉我,罗蒂"跑了出来,在我身上蹭来蹭去"。

罗蒂于 2015 年去世,享年十五岁。吉姆说到她的死就忍不住落泪。"你可以想象,如果你养了一只宠物十五年……她是我生命中非常重要的一部分。罗蒂成了家里的一员,每个人都知道这一点。他们管她叫我女儿。"

和吉姆谈话十天后,我收到了一本书。在我们整个谈话过程中,他不断地提到一本书,并告诉我,这本书非常详细地描述了他在卡特里娜飓风期间的经历。"我会把我写的那本书寄给你,"他说,"你要找的所有信息都在书里。我们经历的一切。都在里面。"

我从邮寄包裹里拿出这本书,读了读书名,《我们的罗蒂:新奥尔良猪的真实故事》（*Our Rooty: The True Tale of a New Orleans Pig*）。封面是一幅画，一只猪鼻子从一条红白相间的毯子里探出来。我翻阅起来，准备读吉姆记录下的那些令人痛苦的细节。这是一本带插图的儿童读物，所有的字数和你正在读的这本书一页的字数差不多。

直到几个月后，我才明白这件事的重要性。

虽然不是首次对动物造成冲击的灾难，但卡特里娜飓风第一次唤起了全世界去关注动物（以及爱它们的人）的困境。像吉姆这样的故事（尽管是大团圆结局）在电视屏幕、报纸和网站上播放，极大引发了人们的同理心。美国人捐出了4 000多万美元来帮助受飓风影响的动物。

美国政府显然低估了人与伴侣动物间纽带关系的强度。幸运的是，随之而来公众的怒火带来了具有里程碑意义的变化。卡特里娜飓风过后不到一年，国会通过了《宠物疏散运输标准法案》，该法案要求州政府和地方政府将动物救援作为紧急疏散计划的一部分。它还授权将资金用于"采购、建造、租赁或翻新紧急收容设施和材料，以供人们带着宠物和服务性动物居住"。民主党和共和党在这件事情上团结努力，这在政治上是罕见的。该法案在两党支持下轻松通过。

这是一个决定性的时刻。联邦政府第一次理解了公众已然知道的事情：帮助人类和帮助动物并不是两种孤立的努力。如果你想保存前者，你就必须保存后者。卡特里娜飓风和《宠物疏散运输标准法案》带来的意识产生了积极可衡量的影响。2011年，当下一场艾琳飓风袭击东海岸时，大多数居民带着他们的动物安全撤离。

不过，尽管防灾准备工作取得了进展，但在其他情况下，人们对人与动物关系的认识却始终落后。

你可能以为在卡特里娜飓风之后,我们会认识到人类与动物在生活各个方面的紧密联系。但实际上,人类大脑有一种非凡的能力,只会将新的智慧应用于特定情况,而忽略其更大的含义。我们就像一条被带去看兽医的狗,蜷缩下巴,低着眼睛,拖着脚,不想学任何新的东西。

家庭暴力的受害者至今仍在斗争,为了让他们的动物伙伴被承认为家人。直到某天谢里琳·格兰特的男朋友回到家想掐死她之后,她才明白这场斗争有多么艰难。

我在东华盛顿的一栋棕色石头建筑里见到了谢里琳。一个五十多岁的漂亮女人,染着蜜金色的头发,暂住在朋友的公寓里。当我走进公寓,一条名叫切尔西的西施-约克郡梗和一头名叫布兰迪的拉布拉多小猎犬立刻跑来迎接我。谢里琳给我讲她的故事时,切尔西坐在我们中间的沙发上,布兰迪把壮硕的头枕在谢里琳的脚上。她告诉我,自己原先和男朋友相处得很好,直到两人搬到一起。这个以前很细心、说话很温和的男人开始喝酒,开始骂人。一天晚上,他带着酒气回到家,掐她的脖子。当她挣扎着呼吸时,能听到切尔西和布兰迪在后台狂吠。一个邻居听到骚动,报了警。谢里琳选择不起诉她的男友,但由于位于华盛顿特区的这套房子是他的,他把她和两条狗赶了出去。突然间,这位残疾退伍军人无家可归。

当地的家暴服务部门为谢里琳提供了九十天的酒店住宿,但切尔西和布兰迪不在协议之内。服务人员让她把狗交给动物收容所。她不同意。"这不仅仅是狗,"她愤怒地回忆起那次谈话,告诉我,"她们是我的孩子,这些人居然要我放弃?"

于是谢里琳选了一个折中方案。她到酒店房间里换衣服、洗澡,同时和她的狗一起睡车里。为期九十天的酒店安排结束后,谢里琳从家庭暴力庇护所转到家人和朋友那里,寻求一个住处。很少有人允许她的狗一起住进来。之后的两年，在很长一段时间里，谢里琳、切尔西和布兰迪一直住在她的车里。

如今，在遭受男友殴打三年后，谢里琳仍然居无定所。"突然间破产了，"她说，"饿肚子，没钱，到处找地方住。"她摇摇头，把切尔西拉到自己腿上，抚摸着那毛茸茸的脸，哭了起来。"是这些女孩让我不至于崩溃。没有她们，我的心就空落落的。她们是我继续前进的动力，"她抬起头，看着两条狗，"我会一直确保她们得到需要的东西，确保她们有新鲜的水和食物。只要我还有一口气，我们就要在一起。"

尽管谢里琳的处境令人不安，但真实的情况可能更糟。普利策奖获奖作家苏珊·格拉斯佩尔撰写于 1917 年的小说《同命人审案》(*A Jury of Her Peers*)，是最早聚焦家庭暴力这一此前被忽视真相的作品之一。故事中，主人公黑尔夫人被要求陪同丈夫前往犯罪现场，一起赶过去的还有警长和他妻子彼得斯夫人。就在前一天，黑尔先生发现了邻居的尸体，其被绳子勒死在床上。而死者的妻子米妮一直平静地坐在楼下。

警长和其他男人一边四处找证据给米妮定罪，一边嘲笑这房子太凌乱，嘲笑女人们关心的都是些琐碎。但黑尔夫人和彼得斯夫人注意到，支配米妮生活的琐碎有某些令人细思恐极之处。屋内各种小细节叠加起来，揭示了一种平静绝望的生活。最能说明问题的是她们发现了一个空鸟笼，鸟笼的门坏了，就好像有人对它施暴过。几分钟后，她们又发现了一具脖子折断的金丝雀尸体。

随着对事态的了解逐步加深，女人们看到了她们丈夫没有看到的东西。米妮的丈夫支配和控制了她一生，还杀死了她心爱的鸟。这导致米妮勒死了她虐待成性的丈夫。作为声援，两位女士把鸟的尸体藏了起来——这是唯一能让米妮被定罪的证据。

1990年代中期，艾莉·菲利普斯是密歇根州兰辛市的一名年轻律师，她在起诉家庭暴力案件时发现了一个令人不安的模式，支持了格拉斯佩尔笔下故事的设定。在菲利普斯通常的出庭日，90％的受害者不会出现。她猜测，他们中的许多人害怕面对施虐者，或者对采取法律行动不感兴趣（通常是因为害怕）。然而，还有第三个原因她一直没有意识到，直到有一天，一个受害者来得很晚，解释说："我昨晚回到他身边。他杀了我的一条狗，我还有两条狗和一头山羊。我宁愿回去丢了命，也不愿带着让他杀死我宠物的罪恶感活下去。"她说话的时候没有看菲利普斯的眼睛。

菲利普斯惊呆了。"在90年代中期，没有人真正谈论对动物的暴力和对人的暴力之间的联系，"二十多年后，她告诉我，"我从来没听说过这样的事情。"菲利普斯暴露了她的天真，她打电话给当地的家庭暴力庇护所，问他们是否有房间收留这个女人。庇护所说有。"然后我说马上就让警察把她带过来，她还有两条狗和一头山羊，所以我们也要带过来。电话那头的女士大笑，挂断了电话。"

菲利普斯很生气，也做了个决定。在接下来的十五年里，她着手调查这一问题，她发现美国的两千多个家庭暴力庇护所中，只有四家能收容动物。这是个大问题。"当我开始研究有多少家庭宠物时，我意识到许多受害者没有出现在法庭上，是因为他们的动物让他们不得不留在家里。"

菲利普斯是对的。已发表的研究一再表明，美国、欧洲、新西兰、澳大利亚和其他地方的家庭暴力受害者，无论是男性、女性还是变性人，往往会因为担心施暴者攻击自己的动物而拒绝逃离。在一项对一百零七名受虐女性的调查中，47％有伴侣动物的女性报告说，虐待她们的人威胁或伤害了动物。超过一半的被调查者说，他们的伴侣动物是情感支持的重要来源。另一项研究表明，有伴侣动物的女性推迟寻求庇护的最常见原因之一就是对动物的威胁。进入庇护所后，许多人继续担心动物的安全。施虐者伤害动物是为了报复或从心理上控制伴侣。在大多数情况下，动物在受害者在场的情况下被伤害，而且往往当着他们孩子的面。

如果你受到亲密伴侣的折磨，又有动物同伴，你会怎么做？大多数庇护所和安全之家（它们常常被这么称呼）不允许动物进入。就算你有经济能力，租房可能也不是一个好选择。卡罗琳·琼斯是弗吉尼亚阿灵顿市安全之家的执行董事，她告诉我，许多房东不愿意把房子租给家庭暴力受害者，因为担心自己的财产遭到暴力侵害。所以租房在很大程度上已经不用考虑了。幸运的话，会有关爱的家人和朋友为你和动物提供住所，但如果你没有呢？

2012年，一名走投无路的女性正面质询一家庇护所的管理人员，要求他们彻底改革自己的做法。这名女子的男友曾试图用锤子打死她，但是她的丹麦种大狗汉克跳到两人中间，用身体保护她，承受了大部分的重锤。之后，这个男人把汉克和女子从二楼窗户扔了出去。虽然汉克多处骨折，但他俩都活了下来。当这名女子和她的狗来到密苏里堪萨斯城的罗斯·布鲁克斯中心寻求庇护时，他们给了她一张床，但拒绝让汉克入内。女人决意挑战这一规定。最后，在它的历史上，这家庇护所第一次向非人类敞开了大门。

而今，罗斯·布鲁克斯中心有一个最高水平的室内动物庇护所，带有给狗、猫和其他家庭动物居住的窝舍。中心的首席执行官苏珊·米勒将这一必要的改变归功于汉克强烈的献身精神和他拯救的那名女子坚定不移的爱。"她不会把她的宠物独自留下（给男友）。他救了她的命。"

他救了我的命。他们慰藉着我。她给了我一个继续下去的理由。当家庭暴力受害者谈论他们的伴侣动物时,你通常会听到这些话。在遭受暴力期间,动物往往是受害者唯一的慰藉和陪伴来源。2007 年,加拿大安大略省温莎大学的安·菲茨杰拉德博士发表了一项题为《"它们给了我一个活下去的理由":伴侣动物对受虐待妇女自杀行为的保护作用》的研究。研究中,菲茨杰拉德发现,动物的存在既帮助了受虐女性,也增加了她们的危险。她注意到,一些女性"与施虐伴侣在一起的时间比本该忍受的时间要长,因为是'宠物让她们坚持下去',后者为她们提供应对虐待所需的社会支持"。

好在随着像艾莉·菲利普斯这样的人投身这项事业,当下兴起了一个为家庭所有成员提供庇护的运动。菲利普斯与"红色漫游者"(RedRover)开展合作,"红色漫游者"是一家成立于 1987 年的组织,目的是在灾难期间救助和庇护动物。2008 年,"红色漫游者"开始帮助那些陷入家庭暴力的动物。这一变化很大程度上是由于埃斯佩兰萨·祖尼加的努力。从小和动物朋友们一起长大,目睹了继父虐待动物,长大后的祖尼加极力为动物代言。她曾对家庭暴力庇护所的动物住房能力进行了需求评估。"我们了解到一些非常令人担忧的数据,"祖尼加告诉我,"第一,只有不到 5% 的家庭暴力庇护所有宠物;第二,有六岁以下孩子的家庭超过 70% 养有宠物。所以我们意识到,如果 70% 的家庭有宠物,而只有不到 5% 的家庭暴力庇护所愿意收留它们,那么很明显,这些宠物或家庭会遇到一些问题。"

"宠物往往首当其冲,因为它们没法说话,"祖尼加继续说,"它们无法回嘴说发生了什么。所以我们意识到,在这些家庭暴力事件中,宠物经常被当作棋子,受害者被告知:'如果你告诉别人我在做什么,我就杀了这条狗。'"

根据祖尼加的研究结果,"红色漫游者"成立了两个项目来帮助家庭暴力受害者。首先，如果没有收容动物的家庭暴力庇护所，"家庭暴力安全逃逸"补助金计划可以帮助它们找到寄养所。"红色漫游者"有一个志愿者、寄宿设施和兽医诊所构成的网络，为动物提供临时住所。虽然许多人不会放弃他们的动物，但寄养是一个可行的选择，使得人和动物都处于更安全的环境中。另外，"红色漫游者"的"安全住房"补助金给家庭暴力庇护所提供经济援助，为动物就地建造住房。

撰写本书时，在艾莉·菲利普斯和"红色漫游者"的共同努力下，全美能收容动物的庇护所数量从一百个增加到一百三十二个。只剩下两千五百个了，他们决心继续前进。增加的三十二个庇护所已对人类和非人类的生活产生了巨大影响。

位于亚利桑那州凤凰城的"寄居者中心"（The Sojourner Center）是美国最大、运营时间最长的家庭暴力庇护所之一。2015 年，在"红色漫游者"的资助下，它在凤凰城建立了第一个现场动物收容所，让一对母子得以与他们的橘猫克拉克·肯特团聚。当詹妮弗和罗伯特·普雷斯勒到达"寄居者中心"时，他们不想把克拉克落下。但该中心的动物庇护所还没完工。"红色漫游者"为克拉克在其他地方找到了临时居所。对十二岁的罗伯特来说，与克拉克分开是"毁灭性打击"。每天，罗伯特都在帮忙施工，尽其所能加快进程，好把克拉克带来庇护所。工程完成后，庇护所不仅向克拉克敞开大门，还迎来了另一只猫和两条狗。"知道我就在我的猫身边，这感觉真好，"罗伯特说，"每当我需要安慰时，他都在。"母亲、儿子和猫终于团聚了。

1993 年 1 月一个寒冷的下午，结束了在一家艾滋病慈善机构的轮班实习后，我匆匆穿过华盛顿特区的街道。差不多快下午 5 点了，我希望能去国家广场上心爱的美国国家航空航天博物馆呆个几分钟。

一路上肚子咕咕叫，我停下来从街头小贩那里买了一包炸薯条。当我到达博物馆时，它已经关门了。

虽然有好几个人在前门的台阶上转来转去，但我特别注意到一个人。一位女士穿着不合体的衣服，在博物馆门外的垃圾桶里拼命扒拉。她撕开食品包装，查看里面的东西，然后把它们扔到一边。这个女人似乎在寻找她的晚餐。我走到她跟前，把我那包还热着的、没动过的薯条递给她。

她接下来对我说的话是我完全没想到的。她不是为自己寻找食物，而是为流浪猫。

这名女子解释说，她每天翻垃圾桶差不多有五年了，是为了喂一群猫。她一天都不曾缺席，即使生病的时候。她深爱它们。我还没来得及询问更多，她就迅速离开去别处寻找了。从那天起，我经常想，为什么这个无家可归的女人会花这么多时间照顾无家可归的动物。

我们大多数人都见过他们。男男女女，有时是十几岁的孩子，有时是带着孩子的夫妇，裹着破毯子在寒冷街道上挤作一团，向我们乞讨零钱。

美国联邦法规将无家可归定义为缺乏"固定、定期和适当的夜间住所"。无家可归者会从一个朋友家搬到另一个朋友家（即"沙发冲浪"），要么睡在汽车、庇护所、垃圾场、空置的建筑物或街道上。根据美国住房和城市发展部（HUD）的数据，2017年仅一个晚上就有553 742名美国人无家可归。不过，由于流动率很高，在任何一年的某个高峰阶段都会有三百五十万人无家可归。但吉纳维夫·弗雷德里克认为这个数字实际上要高得多。"我不同意HUD的说法，"她告诉我，"他们的方法太离谱了。如果我是一个无家可归的人，特别是做了一些不太合法的事，要是看到一个像是中产阶级的中年白人拿着调查本走过来，我会赶紧躲开。"从2006年开始，弗雷德里克一直致力于帮助无家可归者，但她所用的方式之前几乎闻所未闻。

弗雷德里克和丈夫从内华达去纽约的时候，看到一个无家可归者，身边有一条"漂亮、健康的混种狗"。"我很难不去想这件事，"她对我说，"这个连自己都没法照顾的人有一条狗，他是怎么照顾狗的？我忍不住思考，想到我的狗对我来说有多么重要。"

回到内华达，弗雷德里克有了一个想法，她可以帮助喂养家乡卡森市那些无家可归者的伴侣动物。她联系了她的兽医加里·艾尔斯医生，请求在他的接待区放置一个收集箱，以便人们捐赠宠物食品。这些食物将给到当地的食品银行，在那里可以直接分发到无家可归者手中。艾尔斯不仅同意了放置收集箱，还向当地报纸发出一份新闻稿，宣布这场食品募捐。在他和弗雷德里克反应过来之前，活动就开始了。数以百计的市民捐出了食物。

自此弗雷德里克创立了一个非营利慈善机构"为无家可归者喂养宠物"(Feeding Pets of the Homeless)。它是唯一专注于帮助无家可归者照顾伴侣动物的全国性组织。除了向食品银行和无家可归者收容所提供宠物食品外，该组织在全国范围内赞助健康诊所，同兽医们合作，让他们到社区里为无家可归者的动物接种疫苗并提供治疗。这项工作通过预防狂犬病和其他传染病帮助了更大的社区。也许对该组织的员工来说，最有价值的工作是直接为动物安排医疗护理。全国各地无家可归的男女都可以使用项目提供的预付费手机打电话过来，为受伤或生病的动物寻求援助，该组织会帮他们找一家当地医院进行治疗，并直接向医院支付动物护理费用。

有些人可能会感到困扰，为什么"为无家可归者喂养宠物"的工作重点不是无家可归者，而是他们的动物。对弗雷德里克来说，帮助动物就是帮助人类。

多达四分之一的无家可归者有伴侣动物，大部分是狗，尽管弗雷德里克也见过猫、雪貂、龙蜥、猪和兔子。有时，他们拥有动物是在变成无家可归之前。正如我们所看到的，这在家暴受害者和因自然灾害而流离失所的人当中很常见。有时，无家可归的人会遇到流浪狗或流浪猫。弗雷德里克说："动物们开始跟着他们，他们形成了一种依恋关系。"

弗雷德里克告诉我，这种关系是很牢固的。"我有一堆的故事可以告诉你。我们见过那些处于自杀边缘的人，如果不是因为那条狗，他们早就这么做了。但狗狗让他们在现实中待了足够久，这样他们就可以度过那个糟糕的时刻，继续前进。他们常常会觉得，做一个有责任心的人的最后机会就是照顾好自己的动物，所以他们可以不吃东西，可以放弃医疗，为宠物做出牺牲。"

科罗拉多大学社会学教授莱斯利·欧文对无家可归者进行了深度访谈，关于他们养的动物，她的发现证实了弗雷德里克的观察。其中一名受访者告诉欧文，狗狗"在我吃之前先吃。他们会比我先吃，就这样"。许多无家可归的人都重复了这一说法。他们还忿忿不平于任何关于他们不能照顾动物（一种常见的批评）和不应该养它们的建议。一位受访者认为："人们认为因为你无家可归，你就不能照顾狗……有些有房子的人也会虐待、忽视他们的动物，所以这跟你有没有房子无关。"

对于受访者的一个观点，弗雷德里克表示了极大赞同。她指出，这些动物"一直和它们的主人在一起，这使它们成为地球上最快乐的动物。因为它们每天二十四小时都受到主人的关注。我自己的狗现在呆在家里，都不知道主人在哪儿。我可以告诉你，我和兽医聊过，还去参观过这些健康诊所，这些动物中大多数都非常健康"。在那些无家可归的人不能照顾他或她的动物的某些情况下，"为无家可归者喂养宠物"也许能帮到忙。

就像有一个绝望的人某天打来电话请求他们的帮助。虽然他活不长了,但并不担心自己的健康,担心的只是他的狗。他是"一个露宿街头的老兵,毁容非常非常严重。他的狗芝利患有严重的胰腺炎和肾衰竭。他给许多组织打过电话,但没有人愿意帮忙。我们的执行董事接了电话说:'我们马上把你的狗送到医院去。'"

他们救了那条狗的命。这个人非常感激,他写了一封信给"为无家可归者喂养宠物",信中写道:

当我终于不得不为我珍爱的生命——我留在这个世界上唯一的生命——寻求帮助时,没有一家机构,没有一家所谓的慈善机构,没有一个我联系过的兽医前来帮忙……我不知如何表达我的感激之情,"为无家可归者喂养宠物"不仅是唯一(作出回应)的组织,他们迅速而果断的行动拯救了我的伴侣动物,它就像我的孩子一样,而且也拯救了我。就像我无法将我的无地自容告诉没有经历过孤独无助的任何人,当你亲爱的朋友病得如此之重,而你没有足够的资源来赢得拯救它们生命所需的关注,你做了一切你能做的,它们依然在慢慢死去。

尽管有这样的成功案例,弗雷德里克仍在全力以赴地做事。大多数无家可归者收容所不允许收留动物(听起来很熟悉吧)。和家庭暴力庇护所正在这方面努力的情况不同,在无家可归者收容所建造现场动物居所的呼吁并不普遍。也许是因为无家可归者被社会边缘化了,他们很少受到关注。在有更好的措施之前,"为无家可归者喂养宠物"的办法是把宠物箱送到国内任何无家可归者收容所。这些板条箱是全新可折叠的,并将成为收容所的财产,可以重复使用。不管室外温度是20华氏度还是120华氏度,无家可归者和他们的动物都可以安全地呆在里面。弗雷德里克告诉我，帮助人和动物呆在一起很重要。"动物给予这些人无条件的爱，这是整个社会不曾给予他们的。在社会上他们是不被看见的。动物是他们唯一的同伴。这些人需要动物。"

弗雷德里克的话让我想起我在航空航天博物馆外遇到的那名女子。那个女人告诉我，那些猫认识她，并且依赖她。她没有告诉我但我现在怀疑的一点是，她也开始依赖它们了。

虽然我很幸运，总能有个栖身之所，但弗雷德里克的故事和看护猫咪的女子让我想起了家的概念。这是你存放物品的地方，你吃饭、睡觉、洗澡和看电视的地方。但这指的只是一栋房子，一间寓所，一个公寓——一个物理结构。而当我们想到"家"这个词，脑海中浮现的是一种宁静、安全和支持的景象，在本质上它不那么具体有形，更多的是情感。

那么是什么造就了一个家？是某些人以及你跟他们的情感联系吗？那些依赖你的人和你所依赖的人吗？那些当你感到孤独、低落或害怕时会跑去找的人吗？那些当你有一些想要分享的快乐时首先想到的人吗？对我们大多数人来说，家意味着家人。

对于那些没有实际住所的人，或是由于受虐待而有一个不安全住所的人，也许通过让他们和心爱的动物呆在一起，就能提供某种程度的家。

家是某个安慰你，帮你感到安全的人。当我九岁时，塔卢普叔叔在公寓等我回去，我的家是西尔维斯特。

第二章　寻找我们的发声

过去我常常幻想我们在弗吉尼亚阿灵顿的家对面那幢高耸宽阔的公寓楼。跟我们的大楼不同，那栋楼的停车场没有杂草丛生，没有破烂不堪，也没有到处扔着尖玻璃、啤酒罐和烟屁股。它有一块草坪斜坡，让人忍不住想去那里的枫树底下睡一觉。毫无刮痕、熠熠发光的小汽车开到前门，里面走出穿着定制套装、戴着合体帽子的小姐们，还有晃着卡雷拉太阳镜的父亲们，炫着乔达什牛仔裤的母亲们。我想象那栋楼里通风的大厅有红长毛绒地毯、镜面墙和枝形吊灯，还有新剪的鲜花和弥漫在空气中的女人香水味。

我们的公寓楼散发着大蒜和洋葱的味道。像我们这样来自巴基斯坦、印度、中国、西印度群岛、韩国、加纳的移民，偶尔还有一些白人家庭混杂其中，你走进来之前就能闻到一股恶臭。各种各样的堂兄弟表姐妹、叔伯舅爷、爷爷奶奶外公外婆——还有那个永远没有人知道他是如何融入这个家庭的食客——一起挤在狭小、发着汗臭的两居室或三居室的公寓里。晚餐时间一到，你可以嗅一嗅门缝下飘出的烹饪气味，有时可以据此来判断里头的住户来自哪个国家。不过最终，这些气味将混在一起，你能分辨的只有煎炸的大蒜和洋葱。墙壁闻起来是这个味。衣服闻起来是这个味。我的皮肤闻起来也是这个味。我恨死这个味了。

伴生：我们与动物的故事　　043

我的一些同学会跟在后面,叫我"布朗尼"①,取笑我走到哪里大蒜和洋葱的味道就跟到哪里。他们还嘲笑我瘦骨嶙峋,为了让腿看起来不那么瘦,我在裤子里面又穿了裤子。不止他们,骚扰我的还有那些在我们停车场闲逛的陌生男人。

也不全都是坏事。我们有一个可以滑滑梯的小山头,还有想要的一切自由。但这栋公寓大楼里也有可怕的帮派斗争,就像那些操场上的领地之战。这里还有令人毛骨悚然的都市传说,比如电梯坠落时里面的男孩都摔死了。还有令人沮丧的盗窃案,比如我爸爸教我骑车的珍贵二手男式自行车就被偷走了。

即便问题多多,我也绝不会把我们的公寓楼换成马路对面那栋。因为这边允许养狗。

我和西尔维斯特一见如故。我们去公寓后的树丛里探险,一起走过很长的路。对我来说,那就是纳尼亚②,一个只有西尔维斯特和我才能进入的辽阔国度。我们拜访了河狸夫妇在涓涓小溪边的家。我们和马人一起欢蹦乱跳。我们和羊人图姆纳斯先生一起喝茶。我们经常失踪在纳尼亚里几个小时,回家吃晚饭时,身上到处都是擦伤、泥点、污渍等方才伟大冒险的证据。

还有一些游戏,比如"维斯特在中间",就是让西尔维斯特站在我和妹妹们之间,抓住我们来回抛的球。比如在外公外婆的公寓里捉迷藏,玩的时候总是让我躲起来,让西尔维斯特来找。一个妹妹抱着他,数到100,与此同时我努力在这个小空间里寻找更巧妙的藏身之处。西尔维斯特被放开后会跑在前面,嗅着看不见的踪迹,直到找到

---

① Brownie,在美国文化语境中是幼年女童子军的意思,可能来自苏格兰传说中的淘气小精灵,Brown 为棕色,因为这种小精灵总是穿着一身棕色的破衣服。——译者
② 这一段里的设定都来自《纳尼亚传奇》,英国作家 C. S. 刘易斯创作的一系列儿童游历冒险小说,将神话奇幻巧妙地融入其中。——译者

我，兴奋得汪汪叫。我们也试过藏起一个妹妹，但西尔维斯特就根本没想去找她。他只会伸出舌头，摇着尾巴抬头看着我，心满意足地呆在我身边。

也有一些秘密时刻，我坐在纳尼亚的一块大石上，把西尔维斯特抱在怀里，流着泪，不想让别人看见的泪。

当一起坐在树丛里时，我们之间从来不需要说什么。西尔维斯特比以往任何时候都更有耐心地等待，他一边呜咽一边舔我的手和脸。女孩和狗狗都在哭。就好像，不知怎么的，他明白了一切。在那个时候，相信这一点就足够了。

西尔维斯特抚慰我的方式是别人做不到的。是动物提醒我们，世界比我们更大。它们可以教会我们超越生活中的种族主义、贫困和残酷，从日常挣扎中走出来，看到身边的美好。

许多人都有过这样的时刻：一次与动物的邂逅，让我们体验到崇高，想起这个共有的世界。不久前一个春日，我走到一条与小溪平行的林间小路上，在溪流最宽的地方，爬上一棵倾覆的大树，它形成了一座天然的桥。我沿着那根原木行走，小心翼翼注意着自己的脚步。过半之处，听到前面有声响，我抬起头喘着粗气。在前面不到 8 英尺的原木上站着一只狐狸，高而瘦长，竖着一对又大又直的耳朵，脸上有黑色斑点。她浓密的铜色皮毛与刚被唤醒的森林中微微发光的半透明绿色形成了鲜明对比。

我们把对方都惊到了，一起杵在那里动也不动。我有点害怕，因为不知道狐狸是否攻击过人类。在这里挡住了狐狸穿过小溪的路，她可能会认为这是一种威胁。但她只是盯着我看了几秒，然后在原木上稳稳地转过身，朝相反方向跑去。树林里的经历变成了比自身更宏大的东西。和狐狸对视时，我不仅是观察者，也是被观察者。

遇到另一种动物，无论那一刻如何转瞬即逝，我们都知道自己并

伴生：我们与动物的故事

不孤单。这是一种安慰。有时,在最意想不到甚至最需要的时刻,我们会想起这一点。非人类的动物既像我们,又不像我们。我相信最终是两者的不同之处能在最需要时治愈我们。当同情动物并与之建立联系,我们的社交圈就超越了我们的物种。这种扩张能带来显著的、通常是惊人的好处。

我端着一杯白葡萄酒,在一个光线昏暗、洞窟似的房间里踱来踱去,凝视着那些男女毫不掩饰的照片。异性恋,男同性恋,女同性恋,双性恋,变性人。这些照片并不是关于人的,至少不是只关于人的。图像中传达的每个故事的中心,是狗狗和它们人类父母之间的爱,恰巧这些人感染了艾滋病病毒。2015 年 12 月 1 日,世界艾滋病日,我参加了在芝加哥 FLATS 工作室举办的摄影艺术展的开幕式,展览名为"当狗狗治愈时"。

这场展览是摄影师杰西·弗莱丁、记者扎克·斯塔福德和医生罗伯特·加罗法洛共同努力的结果。杰西一直在拍摄全国各地动物收容所的志愿者,探索他们与动物之间的疗愈关系。其间,他、罗伯特和扎克三人想了一个主意:何不拍一组照片来描述艾滋病病毒携带者和他们狗狗之间的关系呢?"我们聊啊聊就想到了,试着去重新讲述与艾滋病病毒共生的故事不是很有趣吗?"杰西告诉我,"尤其是这么久以来这故事已经成了老生常谈,很不幸,我认为人们有点厌倦了。我们的社会听到过太多关于艾滋病的事情,都没兴趣再关心了。所以我们想要讲述一个从没人讲过的故事。"

罗伯特·加罗法洛的个人叙述激发了三人想要讲述的故事。他是芝加哥西北大学卢瑞儿童医院一名国家级的青少年医学专家,主持一个针对男同性恋、女同性恋、跨性别者、性别不明者和艾滋病病毒阳性青少年的临床项目。作为一名对危险因素始终保持警惕的医生,罗伯特从来没有想到，有一天，自己也会被诊断感染了艾滋病病毒。而且，对于一个每天对着艾滋病病毒阳性患者直言不讳的人来说，他非常抗拒公开谈论自己的病情。

精瘦，刮过的脸上还剩了一点点碴，罗伯特显得烦躁不安。他挥着手臂，敲着手指，抓耳挠腮，仿佛在努力摆脱那些仍萦绕心头的鬼魂。他告诉我，有一天在华盛顿，一群抢劫犯袭击并强奸了他。他是否从这群人身上感染了病毒还不得而知。从时间上来说是吻合的。但罗伯特不想给人一个现成的借口来解释他的艾滋病。"如果我谈论这次袭击，人们会想，'好吧，他没有做任何错事'，（但是）我实际上可能像大多数人一样容易感染艾滋病病毒。谁知道我到底是怎么中招的？这不重要。"

罗伯特向同事、朋友及家人公开过自己出柜。但得知自己感染了艾滋病病毒，他担心以前没有的反对意见会突然冒出来。"几年前我患过肾细胞癌，那可不一样，"他告诉我，"癌症给我的健康带来了摧毁和挑战，朋友和家人毫无疑问会予以支持。但是当你感染了艾滋病病毒，这些假设就不存在了。不管是否基于现实，你都将怀疑你的朋友、家人、你周围的人和同事会不会支持你，或者对此评头论足。"

罗伯特也在评判自己。他对最在意的人隐瞒病情。跟我说话时他明显在流泪："是你强加给自己的耻辱，觉得让家人和朋友失望了。我生活在这种自我强加的地狱或孤立中，真的很挣扎。"羞耻感让他封闭起来。"我吃不下，也睡不着，对自己的健康做出了各种糟糕的决定，是如此的自我毁灭。我做出了各种鲁莽的行为——我在这儿说这些不是为了跟你解释什么。我只是不在乎。"

在那段时间里，罗伯特飞到新泽西去看望妈妈。"我记得后来有一天我回到了家，"他说，"然后……这下我要哭了……我妈妈，她……我妈妈捧着我的脸说：'你可以告诉我一切都好，但我知道不是这样。总有一天你会告诉我的。'"那天罗伯特说不出话来,他无法告诉她自己的病情。

五岁那年,我突然停止了说话。父母担心得彻夜难眠,想尽一切办法想找出我不说话的原因。他们带我找听力矫正专家做检查,带我看内科医生以确保没有身体上的疾病,带我去看行为学专家,也找不到任何问题。最后,学校的语言学家说他们找到了原因。我的父母在家里会说英语和乌尔都语①。语言学家告诉我父母,这么做会让我困惑。他们指示我的父母在我面前只说英语。

那根本是胡说八道。我们现在知道,孩子们很容易学会说两种或两种以上的语言。学习第二语言不会导致语言混乱、语言延迟或认知缺陷。事实上,根据康奈尔大学语言习得实验室的研究,学过第二语言的孩子比只懂一种语言的孩子更能保持注意力和专注力。

我没有因为语言混乱而痛苦。我在忍受其他的痛苦。对此我父母和儿童行为学家都毫无头绪。在塔卢普叔叔第一次骚扰我之后,我就不再说话了。

当人们大脑中出现血凝块时,根据发生的部位,语言往往是他们最先失去和最后恢复的。构建、协调我们说话能力和理解人类语言细微差别能力的神经回路,并不像支持我们情感能力的神经网络那样相互关联。控制我们情绪的区域深入到大脑最古老、最原始的部分,而语言中枢则恰恰相反。因为语言是人类最新近发展的特征之一,也是最脆弱的特征之一。

我的个人经历以及后来的临床经验告诉我,大脑不仅是遭受物理创伤后会失去语言,遭受心理创伤也会。面对艰难时刻,无论是孩子

---

① 巴基斯坦国语。——译者

还是成年人，我们常常都会发现自己不知所措。这种时候，我们很难向另一个人描述我们的悲伤、焦虑和恐惧，部分原因是我们意识到语言会失能。它不能完全传达经验。这就好像要在第二天早上向别人解释一场噩梦。噩梦发生之际对你来说很可怕，但当你向别人描述时，听起来却很平庸。语言永远无法描述你经历的心情和氛围。

更糟的是，言语不可信。它们可以被随意说出。它们可以被用来误导、假装、撒谎或伤害。因此，我们会缩退到本性中一个更基本、更深层的部分——一个不那么容易欺骗的部分。我们隐藏在本能和情感之中。

一年多以后，我又开始说话了。不是因为父母或心理学家的成功干预，而是因为我逐渐适应了生活的新常态，它包括塔卢普叔叔。但我常常想，如果当时就认识西尔维斯特，我的语言能力会不会早一点恢复。

1961年，美国心理学学会（APA）的年会在纽约举行，其间，儿童心理学家鲍里斯·莱文森站起来发言。蓄着山羊胡的莱文森身材瘦削，个子高高，看上去"更像是一个邪恶巫师，而不是一个儿童心理学家"。在一间挤满人的房间，莱文森郑重描述了一个令人费解的病例，病例是八年前一个绝望的家长带来的。当他完成发言后，听众爆发出笑声和嘘声。

莱文森陈述的病例是一个越来越孤僻的小男孩。孩子的母亲带他去见了许多心理学家和精神科医生，但他们无法与他交流。经过几次努力，他们放弃了那个男孩。这位急疯了的母亲恳求莱文森看看她的孩子。第一次治疗那天，莱文森碰巧把他的金毛猎犬叮当也带到了办公室。当男孩走进他的办公室时，叮当做了一件经常做的事。他跑到男孩跟前舔了舔他的脸。让莱文森感到吃惊的是，小男孩并没有躲避，而是搂着狗说了几句问候的话。

见此情形，莱文森怀疑孩子的问题是不是没有他母亲描述的那么严重，或是今天恰恰赶上了孩子的状态比较好。然而，后来他意识到，对叮当的反应就这孩子而言是不寻常的行为。于是他转而考虑会不会正是叮当促进了男孩的交流。他的想法得到了证实，在后面的治疗课程中，因为有叮当出席，孩子的表现持续改善。

在APA会议上莱文森向听众描述了这个病例，之后还讨论了另外两个，同样是在叮当的陪伴下，精神异常的孩子也得到了类似的改善。莱文森向听众建议，动物可以为孩子们提供安全、可接受的关系，帮助他们敞开心扉。他说，狗狗可以充当合作治疗师。

不过，听众并不认同莱文森的想法。"他们把他的工作当作笑料，"心理学家斯坦利·科伦回忆道，"人们开始大喊：'狗收你多少钱？'然后爆发出一阵哄堂大笑。显然，他被当成一个怪人，被彻底否定了。"

幸运的是，莱文森坚持了下来。其他人的发声也加入了他的行列，最著名的来自西格蒙德·弗洛伊德。弗洛伊德十分珍爱自己的狗狗，尤其是那头松狮犬乔菲，他让他们自由进出办公室。在弗洛伊德对病人实施治疗的过程中，乔菲会躺在沙发旁，弗洛伊德则在一边抚摸她。乔菲最初被带进办公室是为了帮助弗洛伊德在与病人交谈时放松。但弗洛伊德很快就注意到，当乔菲在场时，他的病人会更乐于谈论自己。

如今，在莱文森做出和叮当有关的发现将近六十年后，儿童行为学家已广泛认同动物能给我们带来平静。许多图书馆和学校引进了猫狗，这些动物为有阅读困难、学习障碍或焦虑症的儿童提供了一个心理上的安全空间。通过友好、迷人的猫科和犬科动物的陪伴，与阅读作斗争的孩子们慢慢获得了自信。

在一些虐童案中，动物被招募来帮助受害儿童坦率地说出他们的创伤。长着浅褐色纽扣形鼻头的金毛寻回犬吉特，是第一只获准出庭协助处理性侵犯案件的狗狗。这始于 2003 年，副检察官埃伦·奥尼尔-斯蒂芬斯把儿子的服务犬带到自己工作的一家少年法庭，坐落于华盛顿州西雅图市。吉特轻而易举就和孩子们交上了朋友，关于他具有如此魅力的事迹也传开了。一天，检察官请求吉特在一个案件中帮忙。一对八岁的双胞胎，艾琳和乔丹，曾被她们的父亲性虐待。检方能否成功判定这位父亲有罪取决于女孩们的证词，但女孩们都很害怕。

对小女孩来说，告诉满屋子的陌生人父亲对她们做了什么是多么困难的一件事！如果不是因为吉特，她们可能永远不会这么做，即使在审判九年之后，她们仍然深情地记得这只狗狗。

艾琳说："我记得看到他从浴室的水槽里喝水，觉得好好玩。"

"我记得吉特在我身上流口水。"乔丹补充道。

女孩们非常依赖吉特的安慰，他不在场的情况下会拒绝作证。"这很难解释，"双胞胎的母亲说，"他只是有一种能够帮助她们找到所需力量的温柔，来讲述她们不能讲述的故事。"当女孩们在大厅里等待被传唤时，吉特走近她们，把头放在她们腿上，好像"他知道她们当时需要他"。在吉特的帮助下，女孩们作证指控了她们的父亲。

看到吉特给了这些女孩如此大的安慰，奥尼尔-斯蒂芬斯开始游说，让他正式进入检察官办公室工作，以帮助其他受害者。从那以后，纽约、亚利桑那、爱达荷、印第安纳等地的检察官也开始允许训练有素的狗狗出庭帮助虐待受害者。

当我在芝加哥的 FLATS 工作室里踱来踱去，凝视着狗狗和它们的人类父母一起嬉戏的照片时，我想到了两点。首先，这些照片中，没有主人也没有从属者。男人和女人并不是高高坐在动物之上,让狗被动地趴在脚下。大多数照片中人和狗一起站在地上,或是人把狗举起来抱着。人和狗是肩并肩的。他们是真正意义上的伙伴。其次,我想到了吉姆·帕森斯寄给我的儿童故事,讲述了猪猪罗蒂和他们在卡特里娜飓风中的经历。通过大量的罗蒂插图,吉姆传达了一种不断变化的情绪暗涌——一开始,恐惧,然后悲伤、希望,最后是幸福。这些都是他无法完全向我说清而只能通过一本童书来公开表达的情感。

在经历创伤的时候,作为成年人,我们不仅会退缩到情感自我中,还会退回到童年的自我。当我们对世界的看法在很多方面更加清晰时,会进入过去的自我。诚然,成年让我们获得了智慧和成熟——至少希望如此,但我们也在这个过程中失去了一些东西。当还是孩子的时候,我们还没有被社会风气所束缚。我们没有什么先入为主之见,对世界的看法也没有变得狭隘。接受还没有被评判所取代。惊奇感还没有被怀疑论所劫持。开放的态度还没有受到猜疑的威胁。

就像吉姆的儿童读物一样,我面前这些照片讲述了曾经受创的人们的故事。创伤有多种形式,污名化就是其中之一。尽管美国人已经比以往任何时候都更能接受不同性取向的人,但LGBTQ①群体对社会谴责的恐惧仍挥之不去。许多人害怕由于性取向而被边缘化并且在社会上被排斥。对我们所有人来说,缺乏社会支持是如此痛苦,以至于单独监禁、排斥和流放等手段会被作为对各色人等的惩罚方法来使用。

遭受孤立之苦的并非只有人类。对其他哺乳动物和许多非哺乳动物来说,孤立就是一种惩罚。几年前,当我和丈夫去肯尼亚旅行时,

---

① 指性少数群体,LGBTQ 是 Lesbian、Gay、Bisexual、Transgender 和 Queer 的英文首字母缩略词。——译者

我们的向导对动物非常熟悉，指着一头孤零零吃草的牛羚让我们看。牛羚是群居动物，但向导告诉我们，这只孤独的牛羚在试图取代头领时被打败了。由于他的失败，族群将他排除在外。

非洲灰鹦鹉被单独关在笼子里时，会因社会隔离而产生有害的生理变化。当笼子里的一只鹦鹉死了，她的笼中伙伴往往之后不久也会死去，并非死于任何可识别的生理原因。劳雷尔·布莱特曼在她的《动物也疯狂》（Animal Madness）一书中，描述了 20 世纪初一位动物园管理员对圣地亚哥动物园里的动物们的观察："孤独使得大多数动物陷入抑郁，日益憔悴，因孤独而死，这也解释了它们之间许多奇怪的友谊。"1924 年，在柏林动物园，就有这样一段不寻常的友谊：一只悲伤孤独的猴子，当动物园管理员送给他一只豪猪做伴时，可高兴坏了。

孤独是毁灭性的。讽刺而又悲哀的是，为了避免被人评判，FLATS 工作室照片中的许多人，比如罗伯特·加罗法洛，把自己置于自我放逐的境地。

也难怪，当这个世界令人失望时，我们会逃回童年的自己。这是一种释放。也许这就是为什么，此时我们更愿意拥抱动物，把它们当作知己，联合起来对抗世界的残酷。作为成年人，文化偏见曾教导我们，动物是次等的生物，现在这一点被置之脑后了。一扇大门骤然打开，我们开始欣然接受动物给予的友谊、爱和善良。

历经第一次世界大战的摧残后，博物学家亨利·贝斯顿（Henry Beston）在马萨诸塞的科德角海滩上隐居了一年，在那里大门为他打开。在 1920 年代中期，科德角尚未开发，狂风肆虐，与世隔绝，除了有大量的动物住在那里。在这些动物中，贝斯顿感受到一种他以前从未有过的亲近感。在 1928 年出版的自然传记《最外面的房子》（The Outermost House）的第二章中，他向我们介绍了在海滩上遇到的鸟群。

当贝斯顿审视动物的本性时，他对哲学家笛卡儿及其追随者的主流观点提出了反驳，即动物只不过是没有思想、没有感情的机器：

> 我们需要另一种更智慧，或许更神秘的动物概念。文明社会的人远离自然本性，依靠复杂的技巧生活，通过自己的知识玻璃镜来观察生物，由此看到一根被放大的羽毛和整个被扭曲的形象。我们屈尊俯就它们，因为它们不完整，因为它们的形态比我们低得多所以命运悲惨。在这一点上我们其实错了，而且大错特错……它们不是附属，它们是其他民族，和我们一样陷在生命和时间之网中，同为地球荣耀与苦难的囚徒。

孩子们天生就懂得这些。我们生来就对动物有好奇心。还记得那些到处寻找动物并很容易就跟它们交上朋友的日子吗？这源于一种固有的信念，即动物的地位和我们是一样的，不高也不低。著名的漫画家如华特·迪士尼、查克·琼斯和查尔斯·M. 舒尔茨直觉地知道这一点。他们笔下最令人难忘的卡通人物，如兔八哥、史努比、米老鼠、猪小弟都是动物。在孩子们自己的故事中，动物被描写成同人类一样具有强大内在生命力的角色。孩子们的世界在衣服上、卧室里、书本上、电视上和其他形式的媒体上充斥着动物的形象。儿童读物中近90%的角色来自自然界，绝大多数是动物。故事中的动物被用来教导孩子们认识一些关键问题，比如长大成人和身份认同，以及爱、冲突、遗弃、痛苦、悲伤、忠诚与挑战。讲故事的人会使用狗、老鼠、猫、小鸡和兔子，因为孩子们把它们视为自己。

心理学家鲍里斯·莱文森在给一个名叫大卫的七岁男孩做心理辅导访谈时，用男孩对猫咪的认同来进行治疗。大卫是被收养的，他曾威胁要杀死他的妹妹，另一个被收养的孩子。他认为，他们各自的亲生父母之所以放弃他们，是因为他们活该。"他觉得，"莱文森写道，"养父母不可能爱他，因为他身上一定有某种邪恶的东西导致了他被遗弃。"是莱文森的猫咪改变了大卫的想法。在治疗期间，大卫会爱抚猫咪并喂她。莱文森告诉大卫，他和妻子从一窝被遗弃的小猫中领养了这只，并说"我们非常爱这只猫"，起初大卫似乎很怀疑。然而，随着与猫咪相处的时间越来越长，他开始从她身上看到了自己的影子。他开始明白，如果一只被遗弃的猫咪能得到养父母的爱，那么他也能。"我相信，这是大卫康复的转折点。"

1979年，儿童心理学家芭芭拉·博特博士在北卡罗来纳州研究一个案例，第一次看到孩子们对动物的认同感有多高。当时她正在照顾一对疑似在托儿所受到性虐待的兄妹。"所以这位出色的访谈者想和小男孩聊聊，"她告诉我，"可他真的吓得说不出话来。"然而当访谈者问男孩托儿所里有没有动物时，小男孩眼睛睁得大大的，他问她，她是怎么知道的？接下来，男孩描述一个男人对狗实施可怕的性行为。博特和另一位临床医生意识到，这个男孩不仅是在描述那个人对狗做了什么，也是在描述那个人对他和妹妹做了什么。"动物，"博特博士说，"是看到孩子内心世界的一扇窗户。"

当我们最脆弱的时候——无法诉诸言辞的时候——我们与动物的友谊被证明是如此疗愈，正因为人类的语言并非必需。一种内在的、更直观的认识方式将我们与其他物种联系起来。我们通过转译彼此的身体动作、眼神、姿势和声音来与其他生物交流。以这种方式交流需要我们有能力想象和理解动物的想法和感受。换句话说，它需要同理心这一伟大的连接器。我们可能时不时会误解对方，但我们不能撒谎。在动物面前，我们无法隐藏自己。它们能看穿我们。谢天谢地，它们不在乎我们是同性恋还是异性恋，是美人儿还是疤痕脸，也不在乎我们住在白宫还是无家可归。它们在我们所在的地方遇见我们。它们对我们的需求只是友善和陪伴。

当我们与动物建立了情感的纽带，由于创伤而产生的痛苦、孤独和恐惧就会被陪伴、安慰和勇气所取代。而且，当我们很难和别人讨论自己的时候，往往会发现，谈论动物是一种令人难以置信的联系。这样是安全的。

当罗伯特·加罗法洛第一次去其他城市寻找愿意和自家狗狗一起为艺术展拍照的艾滋病病毒阳性患者时，他对此充满犹疑。"我们不知道人们会不会这么做，"他告诉我，"我认为要找到愿意公开讲述自己故事的艾滋病病毒阳性患者真的很难。我想，好吧，去找一些白人男性，他们是所有艾滋病病毒携带者中最不受歧视的。我们应该很难找到女性、有色人种或变性人。"令罗伯特惊讶的是，很多来自不同背景的人都想讲述他们的故事。或者更具体地说，他们狗狗的故事。"我们只要去一个城市，我就会联系病例管理人员或艾滋病诊所，（故事）提供者的数量之多令人吃惊，就像是，我的病人总会谈论他们的狗。"

对摄影师杰西·弗莱丁来说，每一张照片都揭示了一个从未被讲述的艾滋病病毒感染者的故事，以及他们的狗狗如何给他们勇气去面对恐惧。"这是一次不可思议的美丽动人的经历，我们在摄影棚呆了半个小时，我一边给他们拍照一边聊天。这些人有一种快乐、舒适、解脱和完全诚实的感觉，因为他们知道我在那儿，是为了确认他们一生中最重要的关系，就是和他们狗狗的关系。"

罗伯特把这场艺术展的灵感归功于他的狗狗。那天，母亲捧着他的脸，告诉他她知道有些事情不对劲，罗伯特飞回芝加哥的家。"我想我一直在哭，"他告诉我，"到家后，我坐在床上想，得做点什么。我必须改变这一切。"他决定养只小狗。

带回家的第一天晚上，小狗弗雷德绝望地嚎叫。罗伯特以前从没有养过狗或任何伴侣动物,朋友们建议他防止小狗身上分离焦虑的潜在发展。"他们第一天晚上就告诉我,你应该把弗雷德放进浴室或箱子里,他会哭,但就让他哭吧。别让他出来。"罗伯特试了试,但弗雷德"使尽吃奶的力气尖叫了好几个小时"。最后罗伯特放弃了。"我觉得朋友们是胡说八道。"他打开门,弗雷德跑到他的床上。从那以后,他们就形影不离了。

弗雷德精力充沛的自我给罗伯特的生活带来了平静和快乐,帮助他重新融入了这个世界。随着每个新的一天到来,伴随着弗雷德无条件的爱,罗伯特得以抛开疑虑和孤立的黑暗世界。"他救了我的命。我这么说并没有任何夸张的成分。我不确定当时会去哪里,但我正走在一条毁灭之路上,这只小狗,不知不觉中,纠正了这个方向。"在告诉我有关弗雷德的事时,罗伯特的眼睛又湿润了。但这一次,是喜悦的泪。

在结束和罗伯特的谈话前,我问他还有什么要和我讨论的。

"没有了,"他说,"不过我要给你看我家狗狗的照片。"

收养六个月后,他带弗雷德去新泽西见他的家人。罗伯特变了一个人,精神抖擞,乐观向上。他第一次开口,把自己的病情告诉了母亲。那天晚上,罗伯特冲完澡,发现母亲在客厅里抱着狗狗。她正在跟弗雷德说,是他把儿子还给了她。

我们很早就知道,对动物的恻隐以及与动物的联系可以提升我们的幸福感。几个世纪以来,医生都会给残疾人士开骑马的处方,以治疗他们的情绪和身体。1792 年,英国约克疗养所[1]引进动物来帮助治

---

[1] 著名的 York Retreat,1796 年由 William Tuke 所创建,最初只对贵格会成员开放,因开创"精神治疗"而闻名,并启发了世界各地的类似疗养设施。原文的 1792 年提法不确切,Tuke 是在那一年开始准备筹办这所疗养院。——译者

疗精神病人，这是他们所采取的开明做法的一部分，可以减少管制和药物。就连著名的弗洛伦斯·南丁格尔护士也认识到动物在治疗中的有益作用。动物是南丁格尔童年和成年生活的重要组成部分。她特别喜欢猫，在晚年疗养期间，身边养了一堆猫。

护理生涯期间，南丁格尔注意到动物如何帮助她的病人。在开创性著作《护理札记》（Notes on Nursing，1860）中，她给出了清洁、新鲜空气、阳光和噪音控制等护理建议，这些优点在今天都是显而易见的，但那个时候却并不被重视。此外她还写道："小宠物通常是病人的极好伴侣，尤其对长期慢性病患者而言。"

尽管有这些和其他历史轶事，就如鲍里斯·莱文森的故事，卫生专业人士仍然认为它们是孤例。在科学上，如果森林里的一棵树倒下，周围没有人来测量和量化它，它就不存在。该轮到埃里卡·弗里德曼（Erika Friedmann）出场了。1970年代末，此人在撰写她的生物学论文时，有了一个惊人发现。

弗里德曼和她的同伴们对九十二名在1975年至1977年间因心脏病发作或胸痛而入住重症监护室的患者进行了一项研究。他们的目的是考察社会支持或孤立如何影响患者出院后一年的存活率。每位患者都回答了一长串问题，用以评估他们的生活状况、地域流动、社交网络和社会经济地位。

"那是一个蓬勃发展的时期，人们真正开始关注身体以外对健康的影响，"弗里德曼告诉我，"他们也在研究社会和心理的影响。我当时在宾州大学，周围的人都在关注社会稳定和社会支持。我们也知道宾夕法尼亚州的罗塞托效应。""罗塞托效应"（Roseto effect）指的是宾夕法尼亚一个叫作罗塞托的行政区，在那些关系密切的社区里，居民心脏病发作的风险比附近城镇的居民要低，这表明了社会支持的积极作用。在她的研究中，弗里德曼还询问了患者关于伴侣动物的问题。"我有一条狗,我在研究社会支持,"她说,"动物也是一种社会支持。"

关于动物的问题给出了最令人兴奋的答案。弗里德曼和她的同事发现,到年底,没有伴侣动物的病人有72%还活着,有伴侣动物的病人则为94%；存活率显著提高。在他们的研究中,来自人类的社会支持甚至没有产生像动物那么大的影响。

为什么伴侣动物的存在会延长病人的生存期？有没有可能那些养狗的病人只是通过遛狗得到更多的锻炼,从而改善了心脏健康？并非如此。弗里德曼发现,狗和猫的监护人都活得更长。或许那些有动物的人一开始就更健康？答案依然为否。存活率的差异与心脏病的严重程度无关。独立于所有其他被研究的因素,仅仅是伴侣动物的存在就显著提高了心脏发病后的存活率。这是一个重大的发现。

当我问弗里德曼医学界对她的发现有何反应时,她咧嘴笑了。"詹姆斯·林奇是我论文团队的一员。有一天,他为一大堆听众做报告,讲到我的论文。在没有透露任何信息的情况下,他展示了一项研究,关于一种干预措施被发现是延长心脏病发作后生存期的重要因素。房间里的人都兴奋起来。他们一直在问,是什么干预措施,是什么干预措施？当他最后给出的答案是'宠物'时,这些人真的很惊讶,惊讶于宠物会导致这样的结果,也惊讶于我们竟然在研究这个问题。他们很不以为然。"

科学家们不会长期对此保持不以为然。弗里德曼的开创性工作引起了其他研究人员的注意。很快,有人开始研究与动物的互动如何影响我们的身体和情绪健康。此后的研究表明,与动物接触可以降低我们患心血管疾病的风险,并通过降低血压、基线心率和胆固醇来延长寿命。动物还可以减轻心脏对压力的反应,促进我们更快地从压力源中恢复过来。

当你结束紧张的一天走进家中大门,你的小动物上前问好时,你能不感觉到血压正在下降吗?抚摸动物可以放松我们的自主神经系统,这一点能通过测量血压、皮质醇水平、肾上腺素水平、呼吸频率和皮肤温度加以证实。当然,如果你害怕某些动物,那么抚摸它们并不能让你放松。可以告诉你,当我的猫猫筒仓凌晨3点跳到我肚子上大声喊叫求关注时,我的血压一点也不会下降。但大多数情况下,友好动物的存在会让我们平静下来。我丈夫帕特里克想打个小盹儿时,就会去找筒仓。它那温暖的、呼噜呼噜的身体比任何镇静剂都更能抚慰人心。

动物的陪伴还能减少孤独、抑郁和焦虑,从而改善我们的心理健康。这里有一点很重要:其他物种不仅仅是人类的替代品。动物提供的社会支持独立于人类的社会支持。动物似乎以独特的方式影响着我们。它们不会评判我们(至少我们认为它们不会)。不管发生什么,它们都会在我们身边。它们提供身体接触,使我们摆脱社会束缚。"你可以有二十个朋友,但其中有多少人会拥抱你呢?"弗里德曼问我,"有多少人会看着你的眼睛,和你呆很长一段时间?"和动物在一起,我们学会了停下来,融入当下。

正如我从西尔维斯特身上发现的那样,有时候,当其他一切都无能为力时,最终是动物提供的支持帮助我们克服了生命中最艰难的时刻。

杰森·哈格上尉结束阿富汗之旅回到加州时,他的妻子伊丽莎白立刻意识到有些不对劲。杰森完成了三次战斗任务,率领海军陆战队在伊拉克和阿富汗作战。分别了十个月之久,伊丽莎白和三个孩子在圣迭戈北部的彭德尔顿海军陆战队基地兴奋等待着。但是,当载着归来士兵的巴士在落客点把迫不及待的男女卸下时,杰森是最后一个下车的。他给了妻子和孩子一个僵硬的拥抱,几乎不看他们的眼睛。有一个朋友是和伊丽莎白一起来的,拍下了他们以为会是一个幸福家庭团聚的照片。但她没有跟任何人分享这些照片。她告诉我:"他脸上的表情是空洞的。"

哈格一家在晚饭时间到家,情况变得更糟了。孩子们都围着杰森转,因为爸爸的归来而兴奋不已。他一句话也没说,把孩子们推开,洗了澡,退回到自己的卧室里。晚上 9 点半,他对家人大发雷霆,并出手在墙上砸了一个洞。

接下来的几个星期,杰森继续爆发,他的情绪崩溃了。他晚上外出,喝酒,星期六和星期天都呆在家里,喝酒。当时他仍在服役,每天都要到基地报到,他能够做到这一点而不泄露自己的真实情感。但家人却受到了杰森敌意的冲击。虽然身在家中,杰森仍然让自己的个性留在战场上。

伊丽莎白绝望了。她试着和杰森谈了谈,但一点也没用。当他不大喊大叫时,就会退缩到那个无声的安全世界。她和指挥官还有行政长官的妻子们谈起他,结果适得其反。"她们把它当成一个家庭问题,"她告诉我,"指挥官告诉我,我俩都需要咨询。'你们俩结婚太早了,这只是杰森的中年危机。'他们都不希望自己的部队背负有人出了问题的污名。"行政长官和杰森坐下来,对他说:"你需要找到耶稣。你的妻子需要找到耶稣。"就这样,伊丽莎白和杰森被介绍给了牧师。

七个月后,杰森接到命令去匡提科的海军陆战队基地报到。当一家人收拾行李搬到弗吉尼亚时,伊丽莎白对新环境抱着很高的期望,认为这对杰森有好处。她没有想到,新工作会给他一个沉重的打击,使他一蹶不振。

杰森负责军官候选班,训练新兵。新人们的热情对他这颗历经沧桑的心来说已经够难对付了。更糟糕的是他要执行模拟实战的野外演习。杰森在家里变得越来越暴力。他冲着孩子们大喊大叫。他满屋子乱扔东西。他把伊丽莎白往墙上推。

有位和杰森一起工作的少校看到了他的挣扎，于是介入。在此人的帮助下，心理健康专家给杰森看了病，诊断为创伤后应激障碍，认为他不适合继续工作。由于突然无事可做，杰森的身体和情绪健康进一步恶化。他每天都在和腿脚上的骨刺疼痛作斗争，那是在伊拉克巴格达附近一个尘土飞扬的村庄中，由于一次交火被射中而造成的。除了因脑部创伤引起的偏头痛，杰森还经历了严重的焦虑、抑郁和激烈的记忆闪回。很多个夜晚，他大汗淋漓地醒来，尖叫。

创伤后应激障碍的相关症状首次被提及，可以追溯到公元前480年。希腊历史学家希罗多德写到了一名斯巴达士兵，他在战斗中被吓得抖个不停，以至于被戏称为"战栗者"。那名士兵最终羞愧至上吊自杀。在19世纪中后期，焦虑症状的出现，包括呼吸短促、心悸和胸痛，被称为士兵心症和达科斯塔综合征（以一位在美国内战期间注意到这些异常情况的医生命名）。

第一次世界大战使人们更广泛地认识到这些异常行为和迹象。医生们注意到，许多曾暴露于炮弹爆炸的士兵到达伤员清理站时，身上会出现一些奇怪的现象。虽然他们没有身体上的伤痕，但明显受到了伤害。这些士兵似乎受到了惊吓。他们表现出颤抖（被描述为"像果冻一样发抖"）、头痛、耳鸣、眩晕、注意力不集中、神志不清、记忆力减退和睡眠障碍等症状。1915年，英国皇家陆军医疗队的查尔斯·迈尔斯上尉把这种现象称为"炮弹休克"。

第二次世界大战期间，"战斗应激反应"，也被称为"战斗疲劳"，取代了"炮弹休克"一词。然而，有影响力的美国军事领导人，如乔治·S.巴顿将军，并不相信战斗疲劳是真实存在的。在迈尔斯之后，许多医生被迫勇敢地发起战斗，以唤起人们对士兵在战争结束后很长一段时间里所经历折磨的关注。

直到1980年，美国心理学学会才将创伤后应激障碍作为一种心理和精神残疾引入。从越战归来的士兵那里收集到的证据太过有力，不容忽视。创伤后应激障碍被添加到第三版《精神障碍诊断与统计手册》（DSM-3）中。起初，DSM将创伤归类为存在于"正常人类经验范围之外"的事件，创伤后应激障碍患者包括从战争中归来的士兵、大屠杀幸存者和性暴力受害者。1994年，创伤的定义得到了扩展。从理论上讲，创伤性事件包括轻微的车祸、自然灾害和得知亲人的死亡。许多学者争论说，这一定义过于宽泛，会导致创伤后应激障碍的过度诊断。

DSM的最新版本（DSM-5，2013年发布）在一定程度上缩小了创伤后应激障碍的定义边界，规定创伤后应激障碍的标准包括"暴露于实际或威胁中的死亡、严重伤害或性暴力"的人。这可能不仅包括那些直接经历创伤事件的人，也包括那些目睹耳闻了创伤事件的人，比如急救人员和那些可能从暴露于创伤的亲朋好友处听闻的人。就所有的精神病学和医学诊断而言，创伤后应激障碍的定义是一种人为构建，基于我们的所知和当时对世界的看法。它在未来可能会继续变化。

目前，创伤后应激障碍的症状和体征包括：闪回、做噩梦、对活动的兴趣减退、易怒或具攻击性、睡眠困难、感到孤立、过分苛责他人以及自责，还有过度警觉（一种警觉性增强的状态）。11%到30%的美国退伍军人在一生中会经历创伤后应激障碍。每天大约有二十名美国退伍军人自杀，其中许多人被诊断患有创伤后应激障碍。

失去工作的杰森·哈格在接下来一年半里服用了三十二种药物，其中十二种是麻醉品。大部分时间他都与世界和家人隔绝，呆在他们家的地下室里。他锁上门，把窗户涂上黑漆。"这对他来说是完美的设置，"伊丽莎白告诉我，"下面有一个浴室和淋浴间。没有通往外面的门。基本上，那就是个防空洞。"

杰森整日整夜地呆在地下室，吃东西，喝饮料，玩电子游戏，滥用维柯丁和扑热息痛。他会等妻子和孩子们睡觉后再上楼拿食物，这样就不用看到他们或和他们互动了。当他需要什么东西时，就通过短信与妻子沟通。在此期间，伊丽莎白主动与她曾经要好的其他军属断了联系。她不想别人问她怎么样了。她开始去看治疗师，治疗师敦促她在杰森进一步伤害她和孩子之前离开他。但是她不能。"我知道如果我离开他，他会死的。"

杰森并没有自杀倾向。但他不在乎第二天早上会否醒来。很多时候，他距离过量只差一片药丸。他只是退出了生活。每周能去一次便利店就很不错了。

伊丽莎白下定决心要找到法子帮助他。她把他从一个医生拖到另一个医生那里。他尝试过抗焦虑药物、一对一治疗、团体治疗、按摩治疗、生物钟疗法（通过有意识地改变睡眠周期和光照来治疗抑郁症）、针灸、瑜伽——但都无法缓解杰森的症状。伊丽莎白几乎要放弃了。一天，她给他下了最后通牒。"我再给你一次机会，"她说，"再试一次，如果不行——如果你不让它起作用——我就带着孩子离开这里。"

再多试一次终于起作用了。

我第一次见到杰森，是在弗吉尼亚弗雷德里克斯堡市一家露天购物中心的帕内拉面包轻食店外。他让我想起我在高中时加入的一个志愿救援组织的负责人,我对那人非常着迷。同样平静的声音。同样酷的举止。他们白皙的手臂上有类似的文身。甚至吐出来的烟圈都一样——悠悠长长。不过,今天,我喜欢上了杰森身旁那头德国牧羊犬。他有一对机警、竖直的耳朵和善解人意的棕色眼睛,是一只非常可爱的狗狗。

在跟狗狗和杰森打完招呼后,我们坐到了外面的一张桌子旁。"回想起来,我想我早在 2003 年就得了创伤后应激障碍,那是我第一次参加战斗之后,"杰森告诉我,"我一直做噩梦。那天我们从科威特越过边界进入伊拉克,进入了未知的世界。那是我一生中最危险的时刻,它永远地改变了我。"

"发生了什么?"我问他。

"2003 年 3 月 22 日,"他毫不犹豫脱口而出,"我人生中最重要的一天。因为那天我看到有人被炸飞了。我第一次朝一个人开枪。我第一次挨了枪子儿。我第一次看到有人死去。我失去了朋友。"

"你看到平民被杀了吗?那对你也有影响吗?"

"是啊。死人就是死人就是死人。"

根据我和创伤后应激障碍患者打交道的经验,他们通常表现出两种主要倾向:容易兴奋或冷漠,通常在两者之间摇摆。杰森表现的是后一种,一种常见的创伤防御。我们说话时,他从不直视我的眼睛,声音也很平淡。他表面上的冷漠掩盖了内心难以言喻的情绪混乱。杰森没有告诉我,但我后来从伊丽莎白那里了解到,在 2003 年的战斗中,杰森开枪打死了一名伊拉克少年士兵。"杰森过了好几年之后才告诉我,"她说,"他夺走了一个十几岁男孩的生命。他有自己的孩子,他生活在这样一个充满罪恶感的世界里,没法走出来。"

虽然伤痛开始于 2003 年,但杰森的崩溃点爆发在他最后一次阿富汗之行后的 2010 年。

"为什么呢?"我问他。

他挠挠剃光的脑袋,耸了耸肩。"我认为这是一种累积效应。我认为我们很多士兵的情况就是这样,它只是慢慢地累积,累积,累积,再累积。"

当一个男人走过我们的桌子时,德国牧羊犬绷紧了身子,从杰森的脚上抬起头。它一直看着那人,直到他走得很远,才再次放松下来。杰森伸出手来,抚摸着小狗。"我从小并不是一个喜欢狗的人,"他说,"其实我被狗咬过好几次。但是,你知道的,被炸飞的好处是你不会记得太多。所以,那并没有真正烙在我的脑海里。"他朝狗狗点点头。"是轮轴救了我。"

伊丽莎白的最后通牒给杰森敲响了警钟。第二天,他在查看邮件时拦住了平常沉默寡言的一位隔壁邻居。邻居也是一名海军陆战队老兵,患有创伤后应激障碍,和一条服务犬住在一起。杰森提到了那条狗,然后问他的邻居:"这有用吗?"

回答是一声咕哝。有用。

杰森在谷歌上搜索服务犬的使用,发现了"为勇士服务的K9s",这是一个非营利组织,专门为患有创伤后应激障碍的退伍军人匹配狗狗。这些狗从高死亡率的收容所中被救出,并接受一段时间对健康状况和服务犬性情的评估。如果没有通过测试,它们就会被充满爱心的家庭收养。如果通过测试,它们将会被匹配给一名退伍军人,在该组织位于佛罗里达的校区进行为期三周的交流和培训。

因为创伤后应激障碍患者对治疗犬的需求非常大,杰森不得不等了七个月才与轮轴匹配成功。"我在一个周日见到轮轴,"杰森告诉我,"周一早上我们就出去到处逛了,红辣椒烤肉餐厅、家得宝、目标百货、海滩、公园,我的意思是我一年半都没去过洗衣店或干洗店了。和轮轴一起,我在一天内去了所有这些不同的地方。"培训结束后,杰森学会了如何与轮轴搭档,他们登上了回家的飞机。在轮轴的陪同下,杰森参加了儿子的长曲棍球比赛,这是他一年多来第一次看比赛。轮轴在他身边,杰森心中恐惧的刺痛感减轻了。

研究表明,我们普遍认为包含动物的场景更加友好、放松、合作、安全、幽默,有建设性。这些场景中的人也被认为比没有动物的场景中的人更不紧张和危险,更加快乐、健康、聪明。压力大的场所,像医院、办公室、学校,以及最近还有机场,都开始利用动物的镇定作用。只要有一只动物在身边,这个世界就少了一点威胁,多了一点友善,甚至对于那些受过战斗训练的人也是如此。

美国士兵身上最早将动物用作治疗的记录,发生在第二次世界大战期间。1944年,比尔·韦恩下士在新几内亚驻扎期间偶然遇到了一条流浪狗。和韦恩同住一个帐篷的室友在路边废弃的散兵坑里发现了这头营养不良、骨瘦如柴的约克郡小猎犬。韦恩领养了这条狗,取名叫小烟,接下来的一年半里,他俩一起在空袭、台风和十二次战斗任务中幸存下来。

当韦恩染上登革热时,他注意到小烟不仅对自己有疗愈作用,对其他士兵也是如此。在医院休养期间,韦恩的朋友带小烟来探望他。护士们被这家伙迷住了,要求带她去探望其他病人。晚上小烟和韦恩睡在一起,白天则由护士抱着,去看望一个个病人帮助他们振作起来。病人们尤其喜欢小烟学的滑稽动作和把戏,比如装死和骑滑板车。很快,消息传开了,小烟和韦恩被邀请去往其他医院。

小烟并不是唯一帮助治愈士兵的动物。纽约州帕林市陆军航空兵疗养医院的病人被鼓励与动物一起工作,这是一项帮助士兵从"空战疲劳"影响中恢复的项目的一部分,"空战疲劳"是一种类似于创伤后应激障碍的急性、短期症状。在这里,士兵们受益于一系列动物的"治愈力",包括马、牛、猪、鸡、海龟、蛇和青蛙。

目前,患有创伤后应激障碍的退伍军人中只有一半会寻求医疗服务。现役人员中这一数字可能更低,因为许多人担心被贴上"创伤后应激障碍"的标签。在寻求帮助的退伍军人中,只有40%的人有了基本改善。这意味着只有五分之一的退伍军人的创伤后应激障碍症状的频率、强度和持续时间显著减少。[1]

动物可以提供这些退伍军人所缺乏的治疗,除了安抚作用外,还可以通过"求照顾"来帮助老兵。驯养的动物在食物、梳洗以及运动方面都依赖于人。对于反复想起创伤经历并为之所困扰的前士兵们来说,这些动物迫使他们把注意力从自身和内心的恶魔上移开,去关注动物的需求。

研究发现,各种动物,包括猪、羊、鸡、负鼠、马、狗和猫,都能减轻抑郁和创伤后应激障碍的严重程度。在一项研究中,心理学家指出,相关症状减轻了82%。许多病人由此能够减少对药物的需求。在一个特殊案例中,与狗狗仅仅互动一周,就可以使患者的焦虑和睡眠药物用量减半。尚不清楚创伤后应激障碍患者与动物相处是否能获得长期益处,但现在有一项协同工作来回答这一问题以及其他有关动物援助的问题了。美国退伍军人管理局正在资助新的研究,探索动物对士兵心理健康的影响。

轮轴和杰森在一起三年多了。杰森很少不带轮轴出门。只要有他在附近,杰森就会感到更安全。"你现在就可以看到他,"杰森告诉我,"他总是替我看门什么的。他站起来好几次,好让我知道有人要

---

[1] 这些数据只是来自美国,不包含其他国家。

进那家商店,这样我就不会受到惊吓。"

轮轴会通过轻咬和舔杰森的手臂,把他从闪回、噩梦和恐慌中拉出来。"如果我开始感到痛苦,他会走过来推我,表现出很痛苦的样子,"杰森笑着说,"我想这是个诡计,他知道这会让我抚摸他,安慰他。而这最终会让我平静下来。"在轮轴的帮助下,杰森正慢慢地重新融入社会。

我问杰森,当他把轮轴从佛罗里达带回家时,他妻子的感受如何。

他露出微笑。"她吃醋了。"

"我很嫉妒,"后来当我问她同样的问题时,伊丽莎白证实了这一点,"在一定程度上。我是说,我从中学就认识杰森了,我们从高中开始就是最好的朋友。在一起这么多年,我却不能治好他的病,这让人很沮丧。然后一只可爱的毛茸茸的大耳朵狗狗来了,让一切都好了起来,虽然不是完全好了,但却是好了很多。"

"但最重要的是,"她补充道,"我太感激了。我丈夫回来了。轮轴是我们家的一员。我和我的孩子们都喜欢轮轴。我们就是爱他。"

被 K9s 收养时,轮轴还有两天就要被动物庇护所安乐死了。"他被虐待过,很严重,"杰森告诉我,"他九个月大,体重只有 40 磅[①]。每一根肋骨都露了出来。"杰森用手机给我看了轮轴当时的照片。"那是他从庇护所被带回来那天的脸。"尽管身体瘦弱,轮轴看起来并不沮丧。他看起来充满希望。

"你别跟我说,他不知道自己的小命刚刚被救了,"杰森告诉我,继而把这个想法扩展了一下,"狗狗和老兵之间的联系更紧密一些,因为他们是在拯救彼此。"

---

① 约 36.2 斤,大概只有正常九个月大的德国牧羊犬的一半重。——译者

作为一条情绪守护犬,轮轴显然可以帮助杰森警惕潜在的威胁,减少他的焦虑。但他们的关系走得更深。动物仅仅通过它们提供的伴侣关系来给予支持。虽然,鉴于人类驯养狗狗的悠久历史,当你需要治疗时,狗似乎是显而易见的选择,但我们通过动物体验到的心理益处并不限于狗。今天,猫、马、山羊、猪、兔子甚至火鸡都加入了这项工作,不仅给退伍军人提供情感支持,也给强奸和童年虐待幸存者、现场急救员以及患有一般焦虑和抑郁症的人提供情感支持。

心理学家安德里亚·贝茨提出,在我们通过与动物接触产生的许多有益效果中,催产素起着关键作用。这种激素由我们大脑的下丘脑分泌,在新妈妈身上,催产素主要与刺激分娩收缩和产奶有关,它能够促进动物和人类的母性关怀。然而,过去几十年的研究表明,催产素还有更深远的影响。

不管在男性还是女性体内,都存在催产素循环,它的作用非常多。它能够降低心率和压力荷尔蒙,增进社会交互、亲密和依恋,并使人更慷慨。它还能提高信任度,减少攻击性、恐惧和过度唤起(对抗创伤后应激障碍的症状)。在美国心理学学会的一篇文章中,记者托利·德安吉利斯写道:"如果荷尔蒙能赢取人气竞赛,催产素很可能是当今的女王。"它能促进我们最积极和亲社会的情绪和行为,它帮助我们感到快乐。

在神经经济学家保罗·扎克领导的一项著名研究中,一半参与者吸入催产素喷雾剂,另一半则吸入安慰剂。然后,所有参与者都被要求决定如何与一个陌生人分钱。和吸入安慰剂的比起来,吸入催产素的分给陌生人的钱要多出 80%。这项研究的结果证实了扎克和其他人先前的发现,即催产素能促进同理心和利他主义。

在进一步研究中,扎克和他的同事们发现,社交活动后人体内的催产素会增加。增加程度取决于互动类型以及与你互动的人有多亲密。扎克写道:"研究表明,当人类互相参与社会活动时,催产素水平通常会增加10%到50%。血液中催产素的变化反映了人和人之间关系的强弱。当你的小女儿跑过来拥抱你时,你的催产素会增加100%。当一个陌生人和你握手时,可能增加5%或10%。如果和你握手的陌生人很有吸引力,催产素可能会增加50%。"催产素不仅会促进社会行为,还会通过正反馈循环受到这种交流的影响。你与他人的社交互动越有意义,催产素释放得就越多。

贝茨和她的同事发现,催产素的许多有益作用与动物陪伴产生的作用相重叠。在最早测试人与动物互动后会产生什么生化变化的一批研究者中,有两名来自南非。他们发现,在抚摸狗五到二十四分钟后,狗和人的血液中不仅催产素增加了,其他能使我们感觉良好的化学物质如内啡肽、多巴胺和催乳素都有所增加。因此,这种互动的积极影响是相互的。狗和人都从中受益。这项研究还表明,单一化学物质,比如催产素,不太可能完全解释人与动物之间的联系。

大脑成像显示,在狗收到指示食物的手势和闻到熟人的气味时,它位于大脑皮层和脑干之间的尾状核,都会同样被激活。尾状核富含多巴胺受体。在人类身上,尾状核会激活令人愉快的事物。在狗身上的类似结果表明,呆在认识的人身边它们会产生积极的情绪。很可能其他动物呆在它们有情感联系的人身边时,也会体验到类似的积极化学物质提升。

保罗·扎克跳到人与动物的纽带关系。他测试了人类与动物接触时催产素是否会增加。在他更大规模的研究中,无论狗还是猫都没有使得人类体内的催产素持续增加。然而,在一个小规模实验中,扎克发现当不同的动物相互交流时,催产素会增加,这表明它促进了物种间的友谊。扎克从一条狗和一头山羊身上提取了血样,它俩经常一起玩耍。"它们的游戏包括互相追逐、跳到对方身上,以及模拟打斗

（龇牙和咆哮）。"玩耍十五分钟后，狗体内的催产素增加了48％，这表明这条狗对山羊非常依恋，把它当作朋友。"更引人注目的是山羊对狗的反应，"扎克写道，"它体内的催产素增加了210％。在这样的增长水平上……我们基本上发现这头山羊可能爱上了这条狗。我唯一一次看到人类体内的催产素如此激增，是在某人看到爱人、被某人浪漫吸引或被人表示极大善意的情况下。"

扎克继续写道："不同物种的动物会相互诱导催产素释放，这表明它们和我们一样，或许也有爱的能力。很有可能，费多和靴子对你的感觉和你对它们的感觉是一样的。你甚至可以称之为爱。"

在这里我们就进入关于人与动物关系的研究所指出的重点。并不是每个与动物互动的人都能体验到前面所说的身体和精神上的激励。就像人与人之间的社会关系一样，最能带来好处的人与动物之互动，发生在我们对动物有联系感、同理心和爱的时候——反之亦然。对动物感到恐惧、冷漠或反感的人，不会体验到催产素提升或任何其他有益的效果。人与动物之间的互爱和纽带关系才是最有益的。关系越紧密，受益越大。

和杰森·哈格初次见面不到两个月后，我参加了在华盛顿市中心汉密尔顿现场举行的"为勇士服务的K9s"年度盛会。在一个满是将军和上校、电视名人、退伍军人和他们家属的大厅里，轮轴出尽风头。舞台上的他脖子上系着一条红色格子领带，看上去很时髦。杰森穿海军服，打着黄色领结。当我看到杰森和轮轴在一起时，我注意到他们之间的同理心纽带是多么坚固。感受同理心时，不只是在精神上感受它，也在用身体感受它。两个分享同理心的个体不仅会下意识地将自己的感情和情绪导向对方，还会将自己的身体动作导向对方。轮轴和杰森的身体是一致的。当杰森的头转向台下某个地方时，轮轴的头也转向同一个方向。他们的动作几乎同步。

杰森站在舞台上，看起来有点紧张，他摸着轮轴的耳朵，然后向全场宣布："这个星期天，三名新战士将去K9s学校。我和他们一起服役，他们是我的朋友。"他突然间说不下去，开始哽咽。观众恭敬地等待他找回自己的声音，大厅里安静了下来。

"当他们毕业的时候……他们的生活将永远改变。"

第三章 人性化我们自己

两名保安人员叫醒了俄亥俄州最危险的四十个人。1977年1月那个寒冷的早晨,这些人睡在利马州立精神病犯罪医院18号病房的集体大宿舍里。狱警让犯人排成一列,押送他们到餐厅吃早餐,三十分钟后,又把他们带回病房。这时大约有十个人扑向狱警,在他们还没来得及打电话之前就把他们绑了起来。然后,囚犯们等待上午值班的护士,按照惯例,她会在一小时内带来他们的抗精神病药物——氯丙嗪和三氟拉嗪。这些人计划将护士扣为人质,然后逃跑。

我走过一个保安,同二十个温柔的灵魂打招呼。2015年10月一个温暖的下午,一片喵喵声迎接着我,有些低沉而隆隆响,有些尖锐而刺耳。猫!大约有十只猫咪冲上来跟我问好。其他的猫则坐或躺在不同位置休息,小心翼翼地看着我。在这个阳光明媚的房间里,从地板到天花板都装着抓挠柱、猫床、攀爬结构和走道,它们在这里放松。橘猫、虎斑猫、三花猫、黑猫和白猫,长毛猫和短毛猫,大猫和小猫。具有讽刺意味的是,这些猫被带到这个戒备森严的州立监狱,是为了获得一点自由。它们只是生活在全国各地监狱里,致力于帮助囚犯获得第二次人生机会的众多动物中的一小部分。

2015年3月印第安纳彭德尔顿惩教所开放了猫咪庇护所,这要归功于执行助理兼 FORWARD 创始人米歇尔·雷恩斯。FORWARD 是项目全称的首字母缩写，即"猫科动物与罪犯康复，通过爱、改造和奉献"，听起来有点清教徒式。但米歇尔这个人一点儿也不清教徒，她性格开朗，很容易和人聊天。动物保护联盟从他们经营的收容所把这些猫带来。在收容所，猫被关在笼子里，而在庇护所，它们可以在两个满是窗户的房间里自由来去，与人互动。监狱工作人员或囚犯家属可以领养这些猫。

参观庇护所之前，米歇尔首先带我进入一间会议室，会见一名在这里工作的狱友丹尼尔。我第一眼见到丹尼尔的想法就是他只是个孩子。他二十三岁，看起来像十六岁，皮肤白皙，有着姜黄色的头发和眉毛，穿着棕褐色的连体工作服，说话很温和，当我们被介绍给彼此时，我几乎听不清他打招呼的声音。

庇护所里的猫咪是丹尼尔的骄傲和快乐。"我喜欢动物。"他马上就开口说，又做了一个很长的解释。我得凑上前去听他说话。"从小到大，我们一直有动物。你知道吗，我妈妈和外婆还有我一起住过一段时间，我们经常养猫狗，有一次还养了两头猪。我不知道。我妈妈经常工作，因为她是单亲妈妈。她结过很多次婚。我们搬来搬去，往哪儿搬得看她和谁结了婚。她不太好，我有过很多继父。不管事情有多糟，我总是有动物可以抱，可以摸和照顾。它们是一种安慰，除了它们，我没有从其他地方得到太多的爱。只要有动物在身边，我就一直有爱。"

丹尼尔从另一个囚犯那里得知正在修建猫咪庇护所，便提出申请去那里工作。"我和我原来在油漆店的老板谈过，她知道我喜欢动物，因为我们聊过，"他说，"她告诉雷恩斯小姐我是个好工人。"囚犯们在监狱里工作是为了赚点零钱，可以用来买零食、书、杂志、肥皂、洗发水和牙膏。丹尼尔在油漆店每小时挣 25 美分。在庇护所工作的报酬只有每小时 15 美分。但丹尼尔还是扑向了照顾这些猫猫的机会。"我愿意免费做这件事。"

尽管丹尼尔热情殷切,米歇尔还是需要一点说服才能雇用他。"我要跟你说实话,"她告诉我,"这话我以前跟丹尼尔说过。"她朝他点了点头。"我对被允许进入那里的人非常挑剔。在这里工作必须把猫咪放在第一位。我不喜欢看一个人的过去,好吗?因为他们被别人评判过。那不是我的工作。"然而,米歇尔需要了解囚犯们的过去,作为筛选过程的一部分,以确定她是否能相信他们会照顾好猫咪,不会伤害它们。"所以我查了他的资料,"米歇尔继续说,"看了这个案子,一开始我觉得,我不能雇他。"

我转向丹尼尔,他静静地坐着,低着头,双手放在腿上。"我能问问你来监狱的原因吗?"我问道。

"我是因为谋杀了我弟弟而被关进来的。"

哦。我尽量不让惊讶表现在脸上。考虑到丹尼尔的举止,我以为他来这里是因为什么……不那么坏的原因。"发生了什么?"我问他,"打架了吗?"

不完全是。"就像,我们只是在摔跤,然后你知道,我就像旁观者一样看着自己做了那件事。我猜我就想……掐死他。"

十七岁时丹尼尔杀死了他十岁的继弟,似乎没有任何激发缘由。不过据说,丹尼尔众多继父中的一位在他八岁时强奸了他,丹尼尔可能患有精神疾病。他左手腕上参差不齐的疤痕表明他曾自杀未遂。

"说实话,我也不知道为什么要杀他,"丹尼尔说,"我不知道。"他欣然承认谋杀了他的兄弟,并要求死刑,但遭到拒绝。他被判终身监禁,不得假释。

米歇尔斟酌了一下:"一切听起来都像是自发的,你知道吗?所以当我读到他的过去时,我在想,我怎么能相信这样的人呢?"

接下来那一周，丹尼尔的老板代表这位年轻的囚犯来跟米歇尔求情。"她说他是最好的工人，工作很努力。他会是你见过的最有礼貌的孩子。她说就让他试试吧。所以我和他谈，告诉他你只有一次机会。这是我为整个庇护所做的最好的选择。"

这也可能是米歇尔为丹尼尔所做的最好的选择。当米歇尔、丹尼尔和我进入猫咪庇护所时，丹尼尔立刻变了样，不再是那个紧张、害羞的男孩了，他现在带着我参观房间，浑身洋溢着兴奋和自信。当猫咪来到我们脚下，丹尼尔脸上露出了笑容。他抱起一只灰猫，这只猫舒适地伏在他的肩膀上，灵巧的脚晃晃荡荡，好像老朋友似的。丹尼尔挠着它肚皮。"这是布玛儿。"他对我说这句时布玛儿呜呜叫着舔他的脸。"他喜欢在我走来走去的时候爬到我肩膀上，下来后它喜欢坐我的腿上。你抱着的那个小黑白相间，"——他向我怀里的小猫咪点点头——"每次我要扫东西或做什么事的时候，它会用后腿站起来，用爪子抓住我的腿，喵喵叫，让我抱它或摸它。"当这只小猫在我怀里踩着又小又尖的爪子时，我有点畏缩。

除了看到周围毛茸茸的屁股和听到它们的喵喵叫，你不会意识到有那么多猫住在这里。这地方闻起来很清新。我知道为什么了。另一名囚犯拉里一丝不苟地清理着垃圾箱，打扫着地板。他身材高大，和蔼可亲。打扫房间时，他会不时把一只只猫抱到怀里，毫无保留地拥抱他们。

"丹尼尔和拉里是我最好的两个员工，"米歇尔说，"和猫处得很好。他们了解自己的性格，知道自己喜欢什么，不喜欢什么。他们把猫咪放在第一位。这里有个监控摄像头，我每隔一段时间就打开看一下以确保一切正常，然后你会看到丹尼尔或是在工作——要么收拾椅子，要么打扫——或是坐在那里做文书工作。他身上总有只猫。"

我放下小猫，抱起一只大橘猫，它刚刚伸出沉沉的爪子放在我腿上,想引起我的注意。抱起来后猫咪卷起嘴唇,用潮湿的牙龈蹭我的脖子,留下了口水。"而且,你知道,"米歇尔接着说,声音盖过猫咪响亮的呼噜声,"他就在那儿,对猫猫爱护有加,你看不到一个囚犯。你看到的是一个孩子。"

丹尼尔带我走进隔壁一个小房间,里面放着药品和用品。三只猫尾随着我们。他拿起一本笔记本,翻给我看里面他整洁有序的笔迹。一边写着猫的名字,在每一页的另一边,按日期记下笔记。"我记下每只猫每天的表现。是不是吐了。有没有皮疹。什么时候吃的药。照顾它们是我的工作。它们不能自己出去找东西吃,也没法自己做所有的事。"

丹尼尔合上笔记本,放在桌上,然后转向我。"如果有人问我为什么被关在这里,我不会撒谎。是我干的,这是我应得的。只是……我觉得在成长过程中……我不相信很多人。在这里有些日子对我来说比其他日子更艰难。但这些猫咪是我起床的原因。我知道我在帮助他们。每天来这里看猫,他们也很高兴看到你……他们是我的小宝贝。"

像丹尼尔这样的囚犯可以来和猫咪交往,一旦其中一只被领养走了,另一只就会被补充进来。作为回报,这些猫给许多囚犯提供了他们唯一能得到的身体接触和喜爱之情。其他囚犯听说了庇护所的事,也纷纷向米歇尔提出去那里工作的请求。

米歇尔花了将近十年才获得批准设立这间庇护所。除了担心动物的安全之外,人们反对动物进入监狱的常见论点是,囚犯,尤其是像丹尼尔这样犯下最严重暴力罪行的囚犯,不值得从动物那里得到爱。监狱管理人员和监狱工作人员经常说,这是他们不应该享有的特权。但这一趋势正在慢慢扭转。除了承认与拥挤的收容所相比,动物在这里得到了更好的照顾和关注之外,管理人员也不能否认全国各地与动物接触的囚犯们身上发生的变化。现在研究人员提出了一个问题:动物能帮助救赎那些被认为无药可救的人吗？

追溯美国监狱里第一个成功的动物治疗项目以及发起这一切的人，对于回答这个问题有所帮助。

1980年《猫》杂志上一篇题为《汤姆：一只猫和他的病人》的文章节选如下：

> 大约两年前的一个星期四晚上，人们在俄亥俄利马市一家购物中心外的灌木丛中发现了一只血统不明的公猫。很明显它好几天没吃东西了，经过一定程度的抵抗，这个弃儿被成功放入一辆汽车，带到最近的一家杂货店，在那里发现者购买了猫粮。这只半野生、消瘦的猫咪登时一顿狼吞虎咽。吃饱之后，它被带到利马州立精神病犯罪医院的温室里，据悉该院正在寻找一只猫。

这只猫名叫汤姆，是居住在利马州立精神病犯罪医院的一群动物中的一只，它是1975年开始的一项前所未有的动物治疗计划的一部分。社工大卫·李倡导的这个项目在同类中开创了先河。它的成功令人震惊，不仅改变了囚犯的生活，也改变了医院的形象，我很快了解到，这家医院曾经丑闻缠身，在全国的刑罚机构中位居前茅。

我一见到大卫·李就知道我会喜欢他。我丈夫帕特里克也如此。帕特里克曾是海军机械师和前猎手，他身材高大，肩膀宽阔，有一个大大的脑袋。你不会想到一个西弗吉尼亚男孩和一个巴基斯坦女孩会有多少共同点。但在我们分享的许多东西中，有对《虎胆龙威》、动物和公路旅行的共同热爱。我俩跳上了帕特里克的皮卡，兴高采烈地驱车九个小时,从马里兰的盖瑟斯堡到达俄亥俄的利马。

大卫看起来像是一个老嬉皮和诺亚的结合体(也许两者本就长得一样)。他长长的白发就像《圣经》里说的那样。他七十三岁,又高又瘦,精力充沛。毫不奇怪。在他那5英亩的土地上,大卫每天从早到晚都在喂食、浇水和照料三条狗、四只比利山羊、五头鹿、五只天鹅、七只孔雀、十只几内亚母鸡、十三只猫、二十头美洲驼,还有那么多鸡,连大卫都记不住。它们中有许多已经年迈,大卫出于善心,不断在他的方舟上添加动物。不受欢迎的、受伤的和退休的动物都会找到他家来。"这就像经营一个老年之家。"他告诉我们,一边领着帕特里克和我参观他的庄园,向我们介绍各种动物。

"小胖!"大卫喊道,"小胖,过来姑娘!"一只相当圆胖的鹿从木棚后面小跑出来,用头蹭了蹭他的手。"这是小胖。我就喜欢摸这头又笨又胖的鹿,"他亲切地说,"我只是喜欢这种感觉,我想病房里的人也是这样。"

"你会给所有的动物起名字吗?"帕特里克问道,他抚摸着一只美洲驼,它看起来就像伊沃克人和伍基人[1]的混血儿。

"我曾经起过更好的名字。但现在由于我的视网膜黄斑变性,我只能叫他们小胖、小棕、瘦子、小白……我看不清楚。看着你的时候,我看到的只是一张模糊的脸。"

"那好吧,"帕特里克回答道,"我必须告诉你,我非常英俊。有点像加里·格兰特或格利高里·派克那样风流倜傥。"

大卫爆发出我听过的最开怀酣畅的笑声。这就是大卫的特点。他是如此快乐和乐观,在他身边,你也会情不自禁地变得和他一样。我可以看出他是如何成为一个伟大的社会工作者的。

---

[1] 都是《星球大战》里面的外星生物。——译者

大卫接着向我们介绍他的鸡群。他递给我们葡萄干面包用来喂它们,这显然是一种真正的款待。当鸡群明白我们在做什么时,它们一个接一个地从各种各样的茅屋和棚子里出来。一只滑稽可爱的小鸡,脑袋就像布偶秀里那么凌乱,飞快而急切地跑出来,我都担心它会撞到旁边的树上。

我们见过并喂完动物后,大卫带我们进入他的车库。里面都是可口可乐、万宝路和摩根船长的古董金属广告标牌,墙上也用这些装饰,这简直是收藏家的梦想。拐角处停着一个四向交通灯,每当一只猫经过时,一个仍在工作的铁路信号机就会鸣响警钟。大卫在一堆堆满是灰尘、蜘蛛网的纸板箱中拣来拣去。"我所有的东西都在这儿。现在它在哪里呢?里面有我在利马的照片。"在他搜寻时,我看着鸡、孔雀和猫在车库里自由进出。"别告诉我妻子,凯耶。"我听到大卫的声音从一个摇摇欲坠的高垛后传来。"她不喜欢动物来这里把一切都搞砸。啊!"他咕哝了一声,然后走到我跟前,把一个可疑的盒子扔在我腿上。有猫尿的味道。干燥的鸡粪、某种猫砂颗粒以及尘垢覆盖在一堆照片、行政报告和剪贴簿的顶层,那是大卫在利马州立医院工作近三十年的记录。在这些物品中,有一张令人印象深刻的该机构的黑白航空照片。

这个机构最初被称为利马州立精神病医院,是许多恐怖电影的素材。作为世界上第二大的浇注混凝土建筑(仅次于五角大楼),这家医院于1915年开业,在其九十年的运营期间,一度是世界上最大的精神病院。州内的任何囚犯,无论其罪行如何,如果他或她有暴力倾向、患有精神病或被认定为精神失常,都将被送往该院。利马州立医院也从其他医院接收太危险而无法处理的病人。随着时间推移,利马州立医院成为俄亥俄州最无药可救病人的倾倒地。镇上的人把这个设施称为终点站,很少有人能从那里回来。

大卫、帕特里克和我一起前往利马州立医院的所在地。这座当时耗资 210 万美元的最高水平的医院于 1908 年开始动工。占地 628 英亩，由十四座独立建筑组成，它们以长方形排列围绕着一个足球场大小的大庭院。一条封闭的人行道环绕着院子，提供了通往各幢建筑物的通道。各个建筑之间还分布着十个较小的庭院。

该机构已于 2004 年关闭。自从 1991 年退休后大卫就再也没有回来过。他对这里的变化感到惊讶。破损的窗户使三层楼的砖瓦建筑残败不堪。疯长的树木、灌木丛和杂草挡住了一楼的窗户。猖獗的藤蔓取代了这个机构四周盘绕的铁丝网。"以前，这里没有树木或植物，"大卫告诉我们，"什么都没有。院子里一棵树也没有。只有草。那些藤蔓？绝不会被允许的。一个人可以很轻易地爬上去，然后越过栅栏。"

大卫对我们面前的废墟猛摇头。"那里有二十四个单元或病房，每个都像一个小型监狱。有自己的睡眠区、日间活动厅和浴室。你看到二楼的房间了吗？"他指着一栋大楼尽头的圆形部分，每一边都被大窗户包围着。"那些是日间活动厅。每个病房都有同样的厅。一条大走廊会把它和左边的大宿舍和右边的护士站连接起来。"一些幸运的囚犯有自己的牢房，大多数人睡在大卧室里。"宿舍可以睡二十、三十或四十个人。"

很难相信，在机构关停后，一大堆坚固的砖砌建筑就这样被遗弃了。它从来没有因为其他用途而被翻新过，就好像利马人民不想让人想起它闹心的过去。而今，这些建筑里仅有的住户是鸟、老鼠和浣熊——动物们找到了栖身之所，给原本空荡荡的场所带来了生机。也许，考虑到动物过去在这里扮演的角色，这是合适的。

在靠近铁路的一个偏僻地方，帕特里克、大卫和我数出五百零二个坟墓。死后没有亲属认领的囚犯都埋在这里。每座坟墓上都立着一个矮墩墩的混凝土标记，按埋葬顺序编号，还有一个白色小十字架，上面有名字的首字母和姓氏。没有墓志铭。没有死亡日期，就像机构本身一样，墓地是一个被遗弃之地。死者连全名都被剥夺了。

1915年7月10日该机构收治了第一批病人。这些囚犯从克利夫兰州立医院转出，乘火车抵达，然后戴着脚镣和手铐从火车站走了3英里到达他们的新医院。一年内，这里收容了一千一百六十六名病人，大多数是男性。其中有农民和消防员、商人和矿工、铁匠和屠夫、小贩和画家、厨师和店员、服务员和织布工、教师和卡车司机。病人一旦住进医院，就会接受测量、称重、拍照，由精神科医生进行身体检查，被命令提供尿液和血液样本，脱光衣服，查看是否有"寄生虫"，然后洗澡。

早年，机构里的囚犯会到面包房、厨房、洗衣房、制冰厂、油漆部、缝纫室、裁缝铺、水管铺、机器铺、床垫铺、木工铺、屠夫铺和奶牛场工作。在将近300英亩的土地上，他们种植玉米、小麦、干草、燕麦和土豆。这里围起了牧场，播下了农田，建起了谷仓。这个机构自行发电和供热，它拥有自己的水处理厂和污水处理设施，还有自己的停尸房。

该机构是一个庞大的混凝土堡垒，旨在成为一个自给自足的迷你城市。利马的市民知道危险的罪犯被安全地关了起来，所以晚上睡得很安稳。他们鼾声如雷，相信这些可怜的、患有精神病的男女生活在"同类中最现代化、设备最好的机构"之中，并接受国家所能提供的最好的护理。事实却大相径庭。

开张后，关于这个机构的虐待和实验的传言暗中流传开来，回响在空旷大厅，溢出紧锁的房门，寻求愿意倾听的耳朵。大卫也听到了这些。因为他有大部分设施的钥匙，他偷偷溜进病历室看旧文件。他还探索了地下室里马拉松式的隧道，有时发现空房间，有时来到死胡同。地下室的医院停尸房里有一个大冰块用来存放尸体，防空洞里备着齐全的水桶和干粮。一位年长的员工告诉大卫，其中一个房间是犬实验室，据说利马的狗管理机构向医院"捐赠"了狗。在没有窗户的地下室房间里，医生们给狗去皮后，将器官从一条狗身上移植到另一条狗身上，实验者还会实施一个常见的程序，即切除狗的声带使它们不出声。1960年代初，关于狗实验室的消息泄露后，它就被叫停了。但是其他实验继续在另一个弱势群体——病人们身上进行。

据称在地下深处有一间水疗室。在旧的医疗档案中，大卫读到对精神病患者进行的水疗法。"里面描述了给病人绑上保护带，然后把他们放进一大桶滚烫的水中，"他告诉我，"然后他们会被迅速吊起，再放入一大桶冰冷的水中。"医生们的目标是诱发抽搐，他们相信这将帮助病人变得不那么精神错乱，更加平静。

另一个实验项目是胰岛素休克疗法。1937年，该机构的主管曾向记者诗意地美化了这种疗法"治愈"病人的非凡能力。精神科医生通过给病人注射越来越高剂量的胰岛素，使他们血糖水平急剧下降，从而诱发昏迷和抽搐。每个疗程中，医务人员会让病人在长达数周的时间内每天都陷入昏迷，他们认为生理性休克可以控制精神疾病症状，尤其是精神分裂症患者的症状。（这一点从未得到证实，后来抗精神病药物被研发出来，该方法就不再受精神科医生的青睐了。）

这些实验程序之所以发生，部分原因在于对病人的监督主要落在病房的狱警（也称为护理员）手中。大卫告诉我，病房是独立运作的，基本上由狱警管理。"他们掌管病人，整天，每一天。他们带病人去吃饭，维持病人的纪律，拥有完全的控制权。"

据大卫说，如果病人失控，那么主要使用药物来控制他们。护理员会就如何治疗病人向医生提出建议。"他们喜欢提议休克疗法。"周二是休克日。大卫常常会沮丧地看着医生们一天内就把六十个病人捆起来送去休克治疗。"病人在休克期间的抽搐会导致失忆,之后两天他们会没精打采,很好驯服。"

在这个机构里虐待是家常便饭。苦役、羞辱和贬低也是如此。许多工作人员认为这是强奸犯、武装抢劫犯、杀人犯和虐待儿童者应得的报应。对这些本应帮助的人,他们极度缺乏同情心。他们不仅剥夺了病人的权利和尊严,还剥夺了他们的身份。正如我们在本书后面会看到的,剥夺他者的身份,无论是人类还是非人类,都是一种常见的心理机制,欲加之罪何患无辞。

"医生们不了解病人,"大卫说,"除了休克治疗,他们每年只看病人一次,以评估他们是否可以转院。心理和社会部门基本上只写报告。他们都呆在前面的行政科室里。从来没有人去病人的病房。"

大卫是个例外。他穿着牛仔裤和T恤,大部分时间都呆在病房里,去了解那些囚犯。就这样,他看到了原本隐藏的东西。有一次,在看望一位名叫赫尔曼的病人时,大卫看到他从床底下拿出一个鞋盒,打开盖子,看上去像在同空盒子说话。当大卫仔细观察时,只见一只蟑螂正抬起头,对着他抽动着触角。"赫尔曼在养蟑螂,"大卫说,"他告诉我那只蟑螂是他最好的朋友。"

对于赫尔曼的蟑螂大卫没有多想,直到几个月后,另一个病房的三个病人被抓到从餐厅偷面包回来。但面包不是给他们自己,而是给他们在窗台上发现的一只受伤麻雀。他们收养了这只鸟,并把它藏在一个打扫工具间里,试图照顾它恢复健康。

从这三个人身上,大卫见证了人类与生俱来的联系其他物种的欲望。这种吸引力是如此之强,以至于人类违反规则,冒着在一个残酷的机构中受罚的风险去照顾另一个生物。大卫还注意到另外一件事。

伴生:我们与动物的故事

这个病房里住着机构里最抑郁、最不善交流的病人。这是第一次，照顾鸟的三位病人像一个小组一样行动。他们谈论着那只鸟，一起工作。"当我看到这个，我想，哇，他们真的相处得很好！"大卫说。他发现这些人不仅找到了鸟的陪伴，还找到了彼此的陪伴。

大卫回忆起他的狗狗在他生活中是多么重要，他想知道，动物能否对更多的病人产生积极的影响。但他没有机会检验他的理论，至少在接下来的几年里没有。

回到弗吉尼亚的阿灵顿，同学们无情地欺凌我。新学年开始，我闻着课本上新鲜的、清脆的书页，期待将要学到的新东西，这可能没有什么帮助。我总是皱着眉头，告诉其他孩子，学校给我的免费早餐让我觉得自己很特别，并在那些头发上系着丝带、手很柔软的褶边裙女孩面前去垃圾箱里寻宝。我让其他孩子听到我对天空大喊，告诉外星人，如果他们想来，可以把我带回去，如果他们不介意的话。但这大概也没有什么用。

当然下面这一点也没用：比起其他人，我更喜欢狗狗的陪伴，有时甚至连我妹妹们的陪伴也比不上。事实证明这并不罕见。面对逆境时，孩子们往往向他们的动物寻求支持，而不是找兄弟姐妹，即使他们知道动物不明白自己在说什么。我逃出公寓时，西尔维斯特跟我一起跑。我跟西尔维斯特唠叨时，他把右爪放在我腿上。西尔维斯特从不会冲我吼说我在撒谎。

讽刺的是，西尔维斯特是让我的学校生活变得轻松一点的催化剂。他几乎每天都跟着我走 1.5 英里的路去上学。我的外公外婆（一开始他们不知道这回事）会让西尔维斯特一大早出来溜达，他就在公寓楼的门口等我。当我徒步去学校时，他走在我身边，好像这是最自然的事。"西尔维斯特，"我大喊，"回去！回家！"我指着回家的方向，试着把他赶走，因为担心他会迷路或者被车撞到。但他只是竖起耳朵对着我低吠，好像我在开玩笑。他不准备离开我身边。当我们到了学校，西尔维斯特才会回家，好像他今天早上对我的职责已经完成。

一天，西尔维斯特跟着我进了学校的双扇门。当我等着第一节课开始时，他飞奔在走廊里，用他湿漉漉的鼻子去蹭一个又一个孩子，像是在跟人家击掌似的。其他孩子都很喜欢西尔维斯特！每次他冲进教室，他们都跟着他跑，为他欢呼。这是很长一段时间以来，在学校发生的最令人兴奋的事。

上课铃响时，这份乐趣就结束了。我把西尔维斯特留在走廊里，不知道该怎么办，希望他能在老师们——或者更糟的是——在校长看到他之前离开。校长确实看到了他，并让他来找我。当校长走进我的班级，当着其他同学的面让我帮他把西尔维斯特弄出去时，我料想他会生气。结果相反，他在微笑。

虽然并不是什么魔法药丸，但这一事件却渐渐帮我在学校里改变了处境。其他孩子对我显得更友好了一些。我是那个把她那条很棒的狗带到学校里的女孩——而且来去自如。

哈里·杜鲁门有句名言："如果你想在华盛顿有个朋友，那就养条狗吧！"事实上，对于他是否真的说过这句话，有很多争议。但我敢打赌，当你读到所谓他的名言时，会本能地同意，不是吗？这句话语含双关。在人吃人的政治世界里，动物可能是唯一友善的面孔。动物也将我们彼此联系在一起。它们让我们更讨人喜欢。在过去一百五十年里，除了唐纳德·特朗普以外，所有的美国总统都带着伴侣动物一起来到白宫。

最近的研究阐明了动物如何充当社会润滑剂。研究人员发现，如果坐轮椅的人身边有动物,陌生人更有可能去接近他们并开始友好的交谈。动物是破冰船。它们可以把最不可能的人聚在一起分享经验,就像大卫看到的那些照顾鸟的囚犯们,在那之前,他们几乎没有对彼此说过一句话。

动物融化了人类在自己周围筑起的冰川。一项针对两千五百多名美国人和澳大利亚人的研究发现,和没有动物的人相比,有伴侣动物的人更有可能认识他们的邻居并建立友谊。我们在小区里散步时,每次遇到带狗的邻居,帕特里克都要停下来。这不可避免地导致我们和邻居交谈起来,而不是简单地打个招呼。半小时的步行很容易变成一小时。帕特里克会对狗狗们说:"多可爱的狗狗啊!多漂亮的男孩子啊!你散步愉快吗?"一位研究者称之为"三角定位关系",即一个人对着动物而不是对着人说话。我们这样做是因为动物是安全的,不会马上拒绝我们。结果,动物让我们摆脱了社会束缚。帕特里克经常躺在地上,和我们遇到的狗一起打滚。他是个友好的家伙,但我可以向你保证,他不会和人类邻居做这种事。

趴在地上,和动物聊天,和它们一起玩,你会得到一些快乐的动物和更多快乐的配偶。或者如果你想找对象,就带着动物一起去吧。2008 年,研究发现男性在有狗陪伴的情况下,能够获得女性电话号码的概率为 28%,而在没有狗陪伴的情况下仅为 9%。

动物将我们联系在一起。部分原因是我们喜欢爱动物的人。我们经常通过别人和动物相处的方式来判断他们。在一项研究中,参与者被要求根据不同的属性,如智力、友好度和健康程度,给漫画中的人打分,如果里面有动物,他们对卡通人物的评价会更高。同样,在一项针对大学生的研究中,参与者认为带着狗的心理治疗师更值得信赖。

人们如何对待动物这一点可以让我们了解他们的道德品质。早在

1699年,约翰·洛克①就建议让孩子们照顾动物,这样他们"从摇篮开始就习惯温柔地对待所有有知觉的动物"。在维多利亚时代,儿童倡导者②和教育家鼓励家人通过让孩子照顾伴侣动物来教会他们做一个善良而负责任的人。杂志编辑、《玛丽的羔羊》(*Mary's Lamb*)一书的作者莎拉·约瑟法·黑尔发表了一篇文章,认为特别是对男孩来说,动物是一种"伟大的预防工具,可以防止他们对所有依赖生物的无意识的残忍和暴政"。她相信动物可以教人仁慈、爱、忠诚、责任,还有友谊。

然而,如果没有健康的同理心,这些积极的品质是无法实现的。同理心会激发旨在帮助或造福他人的亲社会行为,比如善良和利他主义。这些行动包括给予情感上的支持,低声安慰,或是为有价值的事业捐款。除了能够带来善良和利他主义的火焰,同理心还能点燃情商。丹尼尔·戈尔曼在《情商》(*Emotional Intelligence*)一书中,将情商描述为识别和管理自己和他人的情绪能力,从而指导行为。它与改善社会技能和人际关系,以及更好的心理和身体健康密切相关。情商是衡量同理心和理解他人、与他人建立联系的能力与手段。"同理心是最基本的人际技巧",戈尔曼写道。同理心在人与人的关系中是如此固有的因素,以至于我们会把缺乏同理心的人贴上危险和精神疾病的标签。

我们喜欢有同情心和善良的人,甚至会根据这些品质来判断一个人的吸引力。在2014年发表的一项研究中,中国的研究人员将一百二十名男性和女性参与者随机分到三个组,让他们对六十张女性的无

---

① John Locke,1632—1704,英国哲学家和政治理论家,为启蒙运动奠定了基础,并为自由主义的发展做出了重要贡献。他接受过医学方面的培训,是科学革命的经验方法的主要倡导者。——译者
② 指那些为儿童的最大利益而大声疾呼的个人和组织。——译者

倾向性的面部表情照片打分。两周后,参与者再次被要求对照片进行评价,但这一次,一组评分者被给予照片中女性的消极性格描述,比如刻薄。第二组被给予积极的性格描述,比如善良。对照组看到的也是同样的照片,但没有任何描述。在第一次实验中,三组人对照片吸引力的打分情况相似。然而,在第二次实验中,被展示具有积极性格描述的照片的那一组,对这些照片的吸引力打分要比另外两组高得多。被展示消极描述的那一组对这些照片吸引力的评分最低。换句话说,正如研究人员所写的那样:"我们发现'善即美'。"

尽管这项研究有局限性(它只考察了一小部分二十到三十岁之间的中国女性面孔),但其发现支持了一系列越来越多的研究,表明我们喜欢有道德的人。例如,不列颠哥伦比亚大学的研究人员认为,早在五个月大的时候,我们被善良吸引的趋势就很明显了。他们发现,婴儿更喜欢在木偶戏中表现善良的木偶,而不是刻薄的木偶。我们会向有同理心的人靠拢。反过来,那些表现出更多同理心的人往往在生活中更成功。发表在《公共科学图书馆·综合》(*PLoS ONE*)上的一项研究表明,青春期前的儿童中,对人友善的那些通常更快乐,与他人的关系更好,也更受欢迎。

幸运的是,同理心并不是一种稀缺商品。它无所不在。同理心多半是先天和后天的混合,受童年经历的影响。尽管如此,对于那些早年缺乏同理心开发的人来说,这仍然是可以学习的。我们可以像增强肌肉一样增强我们的同理心。

一些学校课程,例如社会情感学习课,通过善良、人际关系技巧和情绪管理等课程向孩子们传授同理心,被证明是成功的。教师和治疗师也一直在使用动物来促进儿童的同理心发展——不仅对动物,也对其他人类。在一个为期一年的学校课程中,孩子们被随机分为两组,一组接受善待动物课程,另一组作为对照组,心理学家弗兰克·

阿西奥尼（Frank Ascione）发现，通过动物陪伴学习同理心的孩子对其他人也表现出更多的同理心。与动物的联系越紧密，孩子的同理心和社交能力就越强。其他以学校为基础开展的项目显示，孩子们通过与动物相处，学会了同理心，变得不那么具有攻击性和暴力。越来越多的证据表明，即使对我们当中最暴力的那些成年人来说，动物也能带出他们更好的人类自我。

在利马的第二天，帕特里克、大卫和我开车去老鹰兄弟会，利马州立医院的二十五名前雇员每个月在那里共进午餐。因为今天是县集市的免费老年日，大卫说，预计大约有一半的常客会加入我们。

主人把我们带进一个类似学校自助餐厅的房间，让我们坐在一张圆桌旁，不知为何上面铺着一块精美的白布。我研究了一下菜单，心情不由变坏。我担心会没有好的素食，但仍抱着一丝期盼。食物对我来说很重要。

其他人还没到。几个没找到组织的人坐在柜台旁。帕特里克问大卫："你们经常聊起在医院的日子吗？"

"哈！大多数情况下，我们只是抱怨我们的关节和现在坏掉的东西。"

当其他人到达时，这正是他们话题的开始。我们啜着点来的饮料，琳达询问丹他的心脏怎么样了。

"我得去做个心电图检查。"他说。

大卫插话了。"我以为是你的膝盖出了问题！"

"不，不，是我的心脏。"丹说。他那张猎犬脸，配上州警[①]样式的胡须，让他的神情更加阴郁。

---

① 作者在这里用到的两个词 hound-dog 和 state-trooper，都有过同名电影，可能是有意而为。——译者

伴生：我们与动物的故事

随身拖着氧气瓶、用鼻插管呼吸的比尔,转过身来对我言归正传:"听说你有问题要问我们。"

"哦……是的。"我说着,喝了一口冰茶。不知道为什么,比尔让我感到慌乱。"我希望你能告诉我你在医院的经历。"

"嗯,我一开始是在 20 号病房当护理员,但后来 21 号病房的医生需要帮助。他们需要大块头去超强病房。好吧,"他用手指着自己丰硕的身材,"你懂的。"

21 号病房是两个超强病房之一,被认为是安全级别最高的病房,最暴力或"最麻烦"的囚犯会被送过去。"我上白班,"比尔说,"犯人必须整天坐在椅子上。他们不能说话。吃饭的时候不能说话。吃完饭回来不能说话。他们没法说话,除非当——"

"哈哈哈!"丹打断了他的话,"讲讲他们什么时候能说话,这可能更容易!"

"他们不得不跪在我的办公桌前,低声说要去洗手间,"比尔停顿了一下,"我想他们可以在淋浴时说话。我不确定。我们没有和他们一起进去。"

根据比尔的说法,超强病房的囚犯们被命令整天坐在硬邦邦的木椅上,除非向看护人员提出要求,否则不得说话。即使提要求的时候,也只能低声说。他们不得不低声对比尔要求打开电视。那里没有书。没有别的东西可以打发这一天。比尔说:"我没有发现一个很有意思的犯人。"如果什么都不做,谁能有趣?

饭菜到了,我们开始吃。我看着我普通的烤土豆和蒸西兰花,羡慕地看着大卫的一盘薯条。他大口嚼着又热又咸的薯条,看起来非常满足。几分钟后,比尔转向我。"你去看大卫的动物了吗?"

"是的,帕特里克和我昨天一整天都在那儿。你去过吗?"

"没有。美洲驼会吐口水。"

和餐桌上的其他人不同，比尔对大卫的动物不感兴趣，随着谈话进行，明显能感觉到他对动物很蔑视。这就是他让我不舒服的原因吗？

丹让讨论回到 21 号病房的囚犯身上。"囚犯们之所以只坐在那里，部分原因是因为他们必须服用所有的药物。"

啊，是的，就是那些让人昏昏欲睡的药物。超强病房被许多人认为是这个机构中最残酷的地方。惩罚迅速而严厉，如果囚犯不服从命令，包括据说是微不足道的命令，狱警就会强迫他们完全隔离。我很惊讶地得知，席间其他一些人，特别是比尔，甚至到今天还在为这些做法辩护，认为这是防止囚犯间打架和暴乱的必要手段。也许我不应感到惊讶。他对囚犯的蔑视与他对动物的感情并无二致，同样不抱同情心。

比尔告诉我，只有少数员工"可能做得有点过分"。他说，所谓的虐待只是例外。当然不是常态。

但一些社会工作者、护士、精神科医生，偶尔也有护理员，公开说出对病人的不当治疗。他们由此遭到忽视，受到惩罚，或者被强迫保持沉默。利马州立医院一如既往地运作了几十年，直到 1971 年，俄亥俄州最大的报纸《平民报》两名勤奋的记者和一名摄影师进行了一次卧底调查。

在为期六周的调查中，记者理查德·韦德曼、西奥多·惠兰和摄影师威廉·韦恩采访了病人和前病人及其家属，并筛选了数千份死亡证明和验尸报告。他们采访了医院的护理员、保安、医生和社会工作者，这些人此前一直保持沉默。记者们发现，许多传言确属事实。他们详细描述了该机构普遍存在的暴行，包括以下这些：

- 护理员强迫囚犯进行性行为。
- 护理员因诸如打手势唱歌之类的"违规"而殴打病人。

伴生：我们与动物的故事

- 护理员剥光病人的衣服，其中包括一名孕妇，把他们锁在冰冷的、啥也没有的单人牢房里。
- 护士们把一名年轻女子的手绑在头顶的铁丝网纱窗上，置于一个单人牢房，护理员用一个尿壶把她打得失去知觉。
- 工作人员将二十六名病人的可疑吊死标为自杀。

根据这些和其他调查结果，一个大陪审团起诉了利马州立医院的二十六名男性和五名女性雇员。随后联邦法院的一项命令迫使医院进行了一连串改革，首先是聘请新的主管威廉·巴尔森，他做的第一件事就是关闭那些超强病房。

"然后巴尔森把我们六个人叫到他的办公室。"大卫一边津津有味地嚼着薯条，一边对我说，"巴尔森一定是听谁说了关于我们的好话。他说，如果有什么想法可以帮他做出改变，他肯定会乐意听取的。"

大卫给巴尔森发了一份备忘录，要求允许三只关在笼子里的长尾鹦鹉和两个水族箱的生物在两个病房呆上六十天，以测试它们是否能让病人的生活更愉快。一天后，他在邮箱里发现了他的备忘录和巴尔森的批注，很简单，"去做吧"。

回到大卫家，他给帕特里克和我看了前利马州立医院的病人和不同动物的照片。"这是弗兰克，"他说的是照片中肩膀上搭着一只黑白猫的男人，"他是'联邦调查局'的，他会对着手腕说话，打电话到调查局总部。我们有很多人说自己是联邦调查局或中央情报局的卧底！"他笑了，然后我们都跳起来，因为一只母鸡经过，火车鸣笛响起警报。"不管怎样，"大卫继续说，"弗兰克照顾那只猫。他过去常常把食物偷回去给他。哦，他多爱那只猫啊！"

那只猫是很久以后才加入机构的。在为期六十天的试验期间，大卫从两个男性病房的鸟和鱼开始：一个病房里住着最抑郁和自杀倾向最严重的病人，另一个病房里住着老年病人。一见到这些动物，他们就要求照看它们。所以大卫让一些病人负责喂鱼、清洁水族箱或照顾鸟。他监测每个病人的进展和心理健康，做了仔细的记录。他还跟踪了两个几乎在病人组成、人员配备和护理方面完全相同但没有动物的病房的进展，作为对照组。

短短三周，大卫就看到了惊人的结果。一旦有客人进入试验病房，病人就会带他们去看"我的鱼"或"我的鸟"。到第四周，这些长尾鹦鹉都被起了名字，它们在笼子外呆的时间更长了，甚至在病人肩膀上栖息。大卫的试验是有效的。

大卫告诉我们："我简直不敢相信。要知道这个地方——它是你能想象到的最孤独的地方。首先，就你自己一个人，其次，你几乎是在服一个毫无希望的无期徒刑。通常他们没有家人。孤独可能和精神疾病本身一样危险。那些平时整天在病房里踱来踱去的病人现在仍然在病房里踱来踱去，只是肩上扛着鸟。他们在跟鱼和鸟说话，谈论它们。就像那部电影，叫什么来着？当昏迷的人都醒过来的时候？"

"《睡人》[①]？"我提示道。

"哦，是的。在利马，抑郁的人、差不多精神病的人突然都醒了过来。"

在一个所有人和事物都充满敌意、冷漠的地方，囚犯们发现鸟和鱼是友好、温暖的。动物在他们内心深处唤起了一种联系感，这在他们的生活中是缺失的。毕竟，动物是具有个性、古怪想法和怪癖的活物，它们要适应我们的行为和习俗，就像我们去适应它们的行为和习

[①] Awakenings，根据英国脑神经科学家奥利佛·萨克斯 1973 年的同名著作改编而成，上映于 1990 年，由罗宾·威廉斯主演。——译者

俗一样。先前沉默寡言的人现在对着鸟儿咕咕地叫。鱼儿在水箱里对着迎接它们的手游去。鸟儿落在病人的手臂上,和他们一起坐在电视室里。通过与动物的共同关系,囚犯们找到了共同点。突然间,他们不仅对动物有了反应,对彼此也有了反应。动物们驱散了一些最孤独凄凉者的阴郁,减轻了他们的绝望。

利马州立医院的男女不仅仅是精神病患,不仅仅是罪犯,甚至不只是危险的罪犯。从进入这个机构的那一刻起,他们就被告知并以各种形式被展示:他们是社会的弃物。最好的情况是让这些人自行腐烂。最坏的情况是被侮辱、被制服、被殴打,就好像工作人员眼里的他们只剩下恶魔一样。在这种针对你的系统压制下,再加上对你过去暴力行径的认识,很难不相信你确实比人类要低一等。

我之前说过,动物不会评判我们。嗯,这并不完全正确。它们不会用我们评判他人的方式来评判我们。它们不关心我们过去的生活,我们的财产,或我们的外表——它们抛却所有这些,直达问题的核心。我们照顾的动物主要通过一个标准来评估我们:我们是否善良?

在最近一个名为"狗狗计划"的监狱项目中,一名与狗一起工作的少年囚犯恰如其分地指出"狗狗能爱你多少,取决于你自己"。动物不仅是作为一面镜子反射出我们是谁。它们不但反映了我们的情绪,它们还有自己的情绪,对我们的情绪作出反应。它们的反应可以告诉我们很多关于我们自己的事情。

当鸟和鱼对犯人做出回应(从他们的手上吃东西,落在他们的手臂上)时,它们是在向囚犯们传递一种他们迫切想听到的信息:我相信你。它们在告诉那些被判定无法救赎的男女,他们身上仍然有好的东西。这是一个强有力的信息,来自那些只会以声音的温和与抚摸的轻柔来评估我们的生物。

六十天后，大卫的试验获得了成功。巴尔森允许他继续这个项目，接下来不到一年，结果无可辩驳。与对照病房相比，有动物的病房里病人所需的药物量只有一半，暴力事件更少，也没有企图自杀事件。其他病房则有八次自杀企图。

"差别太大了，"大卫一边在车库里翻看成堆照片，一边对帕特里克和我说，"简直难以置信。那些每天要在床上呆十八个小时的人都起床社交了。他们在吹嘘他们的鸟和鱼！天哪，太酷了！这是在70年代，当时甚至没有人想到这些东西。"

大卫跟我们提到一个叫利琛的病人，他因抢劫而入狱。"也许他是个恋童癖，我不记得了。但他的精神病很严重。他病房里有一个鱼缸，养着神仙鱼，他把手伸进水里，鱼就会向他游过来。只对他这样，对其他人都不会。当他终于要转到另一家医院时，他说除非能带上他的神仙鱼，否则不会去的。"大卫大笑起来，"天哪！我从来没有听说过有人拒绝回家或去至少比这里更好的地方！让我告诉你，我们这里是最差的！"

这个人把鱼视为他的家人，如果会失去它们的话，他连精神病院都不愿意离开。好在大卫说服接收的医院把鱼缸也接走了，利琛承诺由他来照顾鱼缸。

利琛之后，其他病人也拒绝在不带着心爱动物的情况下离开这个机构，包括一个来医院一年也没说过一句话的男人。药物和心理治疗不起任何作用。"有一天，在确保他不会对动物造成危险后，"大卫说，"我在他的房间里放了一只玄凤鹦鹉。"几天后，这位男士就把这只奇怪地叫作吉尔伯特的雌鸟放在肩膀上，鼓励她鸣叫。"大约一个星期后，当我经过他房间时，他出乎意料地说'鸟食'，这是他在那里说的第一句话。"慢慢地，这个人开始说得更多了，起初主要是和吉尔伯特说，她一直是他的同伴。不到两个月，这名犯人就开始和其他人交流。等到获释时，他的情况有了显著改善。他对医院的唯一请求得到了批准：那就是允许吉尔伯特和他一起回家。

接下来的几年，大卫将动物项目扩展到剩下十九个病房中的十五个。"突然间，它就火了，每个病房都要动物。"最后，除了鱼之外，还有两百多只动物——栗鼠、兔子、豚鼠、各种鸟类和猫，在机构大厅里闲逛，在温室里晒太阳，或是睡在犯人建造的棚屋和小仓里。大卫向我们展示了一些照片，笑眯眯的男人们正在喂食、爱抚那些骆驼、鹿、山羊、绵羊、鸭子、鸡，还有一只非常健谈的鹅，并和它们一起玩耍。曾经毫无生气的大厅和院子里充满了生机和希望。

"这让我的工作变得更轻松了，"大卫说，"狱警似乎也开始意识到他们的工作更轻松了，因为不必一直战斗。那些家伙很满足于和他们的动物在一起。"

现在的研究表明，监狱动物项目提高了囚犯的自控、耐心和自尊。此外，动物的存在不仅提高了囚犯的士气，也提高了工作人员的士气，减少了暴力，改善了两个群体间的互动。有了动物的存在，这两个经常对立的群体间的紧张关系逐渐消融。

在一个监狱项目中，研究人员评估了囚犯的社交技能、社会敏感度、解读他人交流的能力，以及他们对适当社会行为规范的敏感度。研究人员将囚犯们分为实验组和对照组。前一组的成员参加一个强化项目，训练来自收容所的狗，以提高它们被收养的机会。研究结果表明，与狗呆在一起的囚犯在社交技能和社会敏感度上都有了显著提高。

动物项目还可以通过降低累犯率或再犯率来减少犯罪。来自华盛顿州的一个项目报告说，该州的平均三年累犯率是 28％，但对于那些参加动物项目的囚犯，只有 5％。其他项目也有类似的发现。这类研究很少，累犯率下降可能不是单一原因所致。但华盛顿的研究和其他研究表明，动物陪伴给我们带来的好处，不仅体现在个人层面，也体现在整个社会层面。

像彭德尔顿医院和利马州立医院这样的动物治疗项目，可能仅仅通过提高囚犯的信心，提高他们的职业技能（从而帮助他们出狱后找到工作），教会他们责任感和减少抑郁来起作用。同理心未必是这些改进背后的原因。那么问题来了：动物能在缺乏同理心的人或暴力人士身上起到增强同理心的作用吗？

大卫给帕特里克和我看了一张照片，照片上有一个人、一头鹿和一只鹅，三个家伙一起跳。他们看起来很享受彼此的陪伴。大卫说："我经常让犯人像这个家伙一样先照顾棚里的动物，然后才允许他们在牢房里养动物——很多人都要求让自己的宠物一起住在牢房里。"大卫小心翼翼地逐步把动物交给那些被证明有责任感，并且没有虐待动物史的病人来照顾。"这是我的基本原则。宠物安全是第一位的。我们有两个食人者，"他笑了，"我不会让他们靠近动物的。"

撇开食人者不谈，引入动物后，该机构的形象发生了戏剧性变化。《史密森尼杂志》《60 分钟》《国家问询者》《读者文摘》和美国广播公司《今夜世界新闻》的记者们蜂拥而来，不再是为了撰写描述暴行的新闻，而是讲述动物以无人可及的方式接近人类同伴的励志故事。相应地，囚犯们对这些动物表现出非凡的温柔和耐心。

"我们有一些刻薄的长尾小鹦鹉，"大卫说，"我的意思是难搞！不到一个半星期，他们就把鸟扛在肩上了，我想知道，伙计，怎么做到的？"另一位囚犯训练一只沙鼠在想吃东西时按铃——当然，这是一项壮举。还有个囚犯在接受记者采访时用手小心托着沙鼠，一边抚摸一边对他们说："过去，我从未对任何动物有过真正深切的同情。小时候，我经常去打猎，打兔子。我根本不认为它们是动物……现在，看到病房里的鸟儿、豚鼠、仓鼠、沙鼠、兔子，走近它们之后，你才真正明白，要对这些动物有感情，不能伤害它们。"

一个因持械抢劫入狱、在服刑期间企图自杀的年轻病人，认为是一只名叫克里斯蒂的鹦鹉教会了他善良。"我从未有过同情心。"他说。最终获释后，他在亚特兰大人道协会找到了一份工作，该协会正在建立一个联邦项目，为精神卫生机构招募动物提供帮助。

在上一章中，我们看到动物如何通过降低血压、心率和压力荷尔蒙来帮助我们平静下来。我们和动物一起放松。它们不像其他人类一样与我们竞争，给了我们情感和心理上的释放。因此，动物缓解了生活中许多人为产生的压力。以罗恩·柯克帕特里克为例，此人因绑架和强奸在利马服刑。他以"杀手"而闻名，因为几年前在北卡罗来纳州监狱他杀死了另一名囚犯。但对于一只名叫宝贝儿的黄色凤头鹦鹉来说，他是那个收养了自己并在小牢房里照顾自己的温柔男子。对柯克帕特里克来说，宝贝儿是他对自身、对其他囚犯和工作人员压抑已久的愤怒的解药。他指着坐在树枝上的宝贝儿告诉记者："我过去常常和护理员争吵……现在我只是进来和那只鸟说话，不再对任何人大喊大叫。"

大卫告诉我，柯克帕特里克就是喜欢宝贝儿。"他满嘴谈的都是宝贝儿。宝贝儿今天表现如何。宝贝儿发现了什么新法子。"当时，科学还未曾揭示这一点，当柯克帕特里克和宝贝儿在一起时，他的催产素水平很可能会提升。同样，鸟体内类似催产素的神经化学物质（中催产素）的水平也可能在宝贝儿身上有所增加。前面讲到，催产素会让我们的心情变好，从而使我们对他人更有同理心。当你紧张、受伤或愤怒时，同理心就像一块湿肥皂一样难以抓住。而动物可以化解这些负面情绪。另一名囚犯告诉记者："我告诉你，如果有人来我的房间，开始争吵，我会把他推出门外……我要做的就是回房间看我的鱼。如果这些鱼可以和平共处,我也可以。"动物,通过增加我们的催产素水平,使我们更容易把握到同理心。

最近的研究表明,催产素能加深我们对彼此的理解。较高的催产素水平可以帮助我们更好地解读非语言线索的情感含义。例如,研究人员让三十名成年人吸入催产素,然后去查看人眼照片。与安慰剂组相比,催产素组更善于解读照片中人们的情绪。用研究人员的话来说,催产素可以提高"读心术"。

我现在意识到另一个原因,为什么21号病房的前护理员比尔让我感到不安。他的脸和身体都没有流露出什么情绪,这让人很难读懂他。很多时候,我分不清他是在跟我开玩笑还是认真的。人类三分之二的沟通是非语言的,我们需要非语言的线索来解读别人的意思。单凭讲话,我们很难判断某人是不是在挖苦、玩笑、故意伤人,或只是说大白话。我们需要看到他是微笑还是皱眉,是直视我们的眼睛还是避开,是交叉双臂还是轻松下垂。这就是为什么现在许多书面交流中表情符号被证明是很流行的——词句并不能完全传达我们的意思。人们可以用言语来误导或故意撒谎。但很难用非语言方式说谎。你的老板可能会告诉你,公司不会裁员,但如果你能读懂他的身体和表情,就可能会发现是时候找一份新工作了。

我们越是练习解读非语言线索,同理心技能就会越好。动物是完美的对象。和动物在一起时,我们会回归到那种更深层次的语言,一种比口语更能传达真实情感的语言。为了与其他动物形成真正的互惠关系,你必须解读动物的声音和它们身体动作背后的含义。而且你必须磨练你的技能,帮助它们理解你。

对他人的同理心需要自我意识。除非我们能解读自己的感受,否则无法完全读懂他人的感受,也无法接受他们的观点,我们就只会把自己的情绪投射到另一个人身上。与动物相处时,你必须意识到自己

伴生:我们与动物的故事

身体的姿态、声音的语气和手的位置。你必须意识到你的情绪。是否释放了威胁的气息？声音平静吗？还是有点刺耳？动物要求我们注意自己的语言和非语言线索以及态度。我们在向它们传递什么信息？

情感同理心和认知同理心的复杂协同作用不仅最有助于我们了解自己，也有助于我们更好地了解他人的所见、所感、所闻、所想，以及他们可能需要或想要的东西。这是一个持续的过程。我们反复使用这两种类型的同理心，收集来的信息组合有助于激励我们以同情和道德行事。和动物在一起时，我们试图解读看起来截然不同的生命的视角。动物通过陪伴教会我们"读心"——不仅仅是它们的，还有我们自己的。

我很高兴听到，随着时间的推移，大卫开始把那些像《猫》杂志讲到的汤姆猫一样受伤、被忽视或无家可归的动物带到医院，包括一只残疾的鹅，一只剩一条腿的雀，还有一头小鹿，小鹿的母亲在开发商推倒一座旧屋时被压死了。"这对我来说很有意义，"大卫说，"囚犯们是不完整的。动物们也不完整。我想病人会觉得他们也在帮忙拯救动物。我想囚犯们也认同残疾和不受欢迎的动物。"

大卫的话让我想起彭德尔顿的丹尼尔。帮助猫咪融入社交，为它们找个好家，这给了他生活的目标，但他与这些动物的联系实际上更深。在某种意义上——我无意为丹尼尔谋杀继弟的行为辩解——丹尼尔和猫一样不受欢迎。也许这是他突发而又莫名其妙的谋杀行为的一个诱因。在进监狱之前，每次母亲再婚，他都会被从一个家拽到另一个家。也许这部分构成了他对庇护所里猫咪的认同，觉得帮助它们是特别值得去做的。

利马州立医院 4 号病房的病人非常喜欢罗斯科。这一只巨大的独眼绿亚马孙鹦鹉，浑身散发着动物的魅力。大卫告诉我，罗斯科好像可以注意到一个悲伤、沮丧的人在大厅里踱来踱去，然后会靠在他肩膀上。后来，你发现那个人就从餐厅给罗斯科带了一份好吃的，或是让罗斯科陪他看电视。大卫说："我多次被告知，罗斯科是整个团队中最好的治疗师。"

关于动物还有一件事，或许可以解释我们如何以及为何能通过它们学习到同理心。这是科学还无法测量的东西。与动物建立关系时，我们是在跟那些与人类没有共同目标和愿望的生物建立情感联系。它们把我们从自我专注中拉了出来，使我们能够以外部视角来看待那些我们认为重要的价值。它们促使我们减少目标导向和迷恋，更能接受自己的缺点和弱点。动物让我们脚踏实地。

与动物的心灵互动恢复了我们内心的平衡与和谐。它们帮我们感受到与所有生命的联系和统一。有了这种纽带，真正的同理心就产生了——这种能力让我们认识到，即使有所区别，但大家在重要的方面并没有那么不同。像罗斯科这样的动物提醒我们自己也是脆弱的生物。这没什么大不了的。

在利马州立医院，这么些年来也出现了一些关于动物的问题。在某个病房里，病人堵住饮水机的排水管，让地板灌满了水，这样两只凤头鹦鹉就可以洗澡了。傻帽儿，那只可爱的黑白花色的山羊，不停地触发安全警报，骚扰警卫。山羊比利走进陶艺室，打翻了囚犯们花几个小时制作的陶器。两个相信自己是耶稣重生的精神分裂症患者（被称作"决斗的耶稣们"），有时会为了谁来照顾一只兔子而大打出手。在所有这些有趣的小麻烦背后，那些与动物产生联系的囚犯们感受到一种独特而真诚的爱。对其中许多人来说，他们内心的天使展开了翅膀。

在1977年暴乱发生的那个寒冷的1月早晨，激情在18号病房里急剧升温，就像电子在粒子加速器内弹跳不止。狱警被绑起来后，十名暴徒（大部分是杀人犯）在大厅里踱来踱去，等着护士到来。这名护士是改革前的顽固分子，对囚犯特别严厉。尽管如此，病房里的大多数囚犯拒绝参加暴动。

病房处于一个封锁区，这意味着，除了一天三次被护送出去吃饭外，病人的一生都会在围墙内度过。病房由两个主要区域组成，日间活动厅和宿舍，四十张床在房间里围成一圈。绑架护士将是暴徒们走出那堵墙的门票，是他们获得自由的通行证。可她去哪儿了？暴徒们变得不耐烦。无法控制压抑已久的能量，他们砸碎了电视，打翻了饮水机，劈开了椅子，撕开了沙发，打碎了窗户。

正是这最后一个动作，造成了暴乱者的行动失败。开着一辆巡逻车在外面巡视的警察注意到破碎的窗户和玻璃，于是通知了保安。十五分钟后，当入门锁被打开时，他们没有看到早班护士，而是迎来一队二十名手持棍棒的非常愤怒的狱警。当狱警们进门后，发现日间活动厅里几乎所有的东西都被毁坏、打烂、水淹。唯一没有被动过的是一个水族箱和一个鸟笼。不参与暴动的病人围着他们心爱的鱼和两只玄凤鹦鹉，保护它们不受暴徒的伤害。

第二部
与动物分界

第四章 制造一个谋杀犯

一天放学后，做完家务，我走进外公外婆的公寓找西尔维斯特。一进门，我就听到戴夫在叫，西尔维斯特在叫。我的心跳加速。发生了什么事？我在一间卧室里发现了他们俩，我看到的一切将印在我余生的记忆中。

戴夫正把西尔维斯特往墙上撞。一次又一次。西尔维斯特个头不大，戴夫很容易就把他扔得又远又猛。小身体每次撞到墙上都会大叫一声。他没有在两次投掷之间逃跑，而是把尾巴夹在两腿间，低下头，呜咽着回到戴夫身边，似乎想要平息对方的怒气。

"戴夫！"我大声喊道，"你在对西尔维斯特做什么？"

"我在训练他。"戴夫回答。

"他受伤了。这是在伤害他！"

"看看他在那儿干了什么！"戴夫指着床后有一摊尿的地方，"他需要学习。我就是这样训练他的。这样训练狗很正常。"

我一直待到戴夫结束，以确保西尔维斯特没事，并安慰他。离开公寓后，戴夫的话还在我耳边回响。我感觉到一种混乱的情绪，我太年轻了，不知道如何处理。我爱西尔维斯特，看着他受到伤害，我感到前所未有的悲伤。我也生戴夫伤害西尔维斯特的气。但戴夫比我大，他差不多成年了。我只是个孩子。这也是我对自己被虐待保持沉默的合理化解释。也许这样训练狗是正常的。

在接下来的五个月，戴夫继续虐待西尔维斯特，我放下了我的同理心。我爱西尔维斯特，讨厌知道他受到伤害，但我还是接受了戴夫伤害他的理由。我对西尔维斯特的天然同情被戴夫的合理化解释压倒了。这是怎么发生的？

人怎么能容忍对动物的虐待呢？总的来说，我们每天都这样做。林林兄弟与巴纳姆贝利马戏团在关门很久之前就宣布，他们将逐步淘汰大象表演。几十年前，动物保护组织曾谴责他们使用象钩、隔离、饥饿和电棒迫使大象屈服，马戏团的捍卫者为此感到"一个时代的结束"。当有关被汽车撞死动物数量的报道出现时，人们对此开着玩笑。当我们面对那些最终出现在餐盘上的动物的残忍一生时，我们告诉自己，"这些动物来到世界上就是为了给我们吃"。每次我们对故意伤害动物的行为视若无睹，难道不是在默许暴力吗？尽管人类天生就有与其他动物产生联结的能力，但我们也可以轻易地抑制对它们的同理心。这是怎么做到的？

在上文中，我们看到对动物的同理心如何通过改善情感、生理和社会健康来帮助我们幸福。那么反面呢？对动物缺乏同理心会伤害作为个人或社会的我们吗？以及，对动物的同理心一开始是如何丧失或被抑制的？为了探究这些问题和其他问题，接下来这一部分将探讨打破我们对动物的同理心的原因和后果。

首先，也许我可以通过探索极端形式的暴力来获得一些答案。同理心可以在抑制谋杀等攻击性行为中发挥令人信服的作用。对动物的暴力和对人类的暴力之间存在强烈的联系。已发表的一些研究表明，许多连环杀人犯和大规模杀戮者（那些在一次疯狂杀戮中杀死许多人的人）在儿童时期虐待过动物，他们未能培养出对动物的同理心，也未能培养出对人类的同理心，这可能源于共同的根源。这些杀手是人类暴力谱系中的异类,他们对动物(和人类)的极端态度和行为让我们反思普通人更模糊的态度,我们中到底有多少人无视了对动物的同理心?这种无视是否酝酿了这样的暴行?此外,正如同理心可以习得,这样的缺乏同理心可以不习得吗?

遗憾的是,关于连环杀人犯和大规模杀戮者虐待动物的研究并不能提供全部的信息。关于人对动物的暴力的研究,一个主要局限是它们相当肤浅——更像是一份清单。这个人是否伤害过动物?如果有,什么年龄,在什么情况下?我回顾了一连串发表过的研究报告,但它们并没有提供完整的见解,说明为什么有暴力倾向的人虐待动物,以及这种虐待如何开始。在本书的写作过程中,我遇到了一些经历过激烈情形的人。如果没有亲自与他们交谈,我就不会对他们的境况如此了解。在试图了解一个患者的病情和需求时,当然也应如此。那些研究报告虽然重要,但还不够。没有什么能取代和别人一对一交谈的价值。

我下了一个决心。我既不确定这想法是否可行,也不确定是否会获得任何有价值的东西。但直觉告诉我,它会的。我决定再往前一步,而不仅仅依靠那些发表的数据来回答我的问题。

我决定去见一个连环杀人犯,然后问问自己。

当然,我不知道从哪里开始。一个人如何去见连环杀人犯?医学院可没有教我。所以我从任何人都会开始的地方开始我的旅程:上谷歌搜。

在搜索中,我读到美国联邦调查局调查支持部门(也称为行为科学部门)的前特别监督探员艾伦·布兰特利(Alan Brantley)。1983年布兰特利从多萝西娅-迪克斯医院大学毕业后加入调查局,并在北卡罗来纳州中央监狱担任心理学家。加入后,他就以前辈们在犯罪画像(罪犯特征剖析)方面的开创性工作为基础,在二十多年里采访了许多犯下暴力罪行的男女。他经常被引用,来证实虐待动物和人类暴力之间的联系。如果你在寻找连环谋杀和动物之间关系的线索,布兰特利就是合适人选。他给了我一些有用的建议,告诉我如何最大化地利用我的精神病学背景(神经病学的一个重要组成部分)去接触和采访暴力杀手。

然后,我研究了那些有虐待动物记录并承认自己罪行的连环杀人犯。承认罪行这一点至关重要,因为它增加了这个人对我说实话的可能性。在我的搜索结果中,排名第一的是基思·杰斯珀森,他目前正在俄勒冈州立监狱服刑,被判终身监禁,不得假释。他之前几次接受和谋杀案有关的采访,让我觉得他可能愿意公开谈论他对动物的行为。

1990年至1995年期间,杰斯珀森强奸了八名妇女,并将她们勒死。他结过婚,是三个孩子的父亲,大多数受害者都是在他为一家长途卡车运输公司驾车穿越美国的途中遇到的。他把目标锁定在容易上钩及被攻击的女性身上,比如妓女或过客,他赌她们消失后很长一段时间才会被人发现。

由于渴求关注,杰斯珀森在一个卡车站的卫生间墙上留下了一张匿名纸条,并给记者们发了一封信,吹嘘自己的谋杀成绩。因为他在信上画了个笑脸,记者们就给他起了个绰号叫"笑脸杀手"。杰斯珀森长达五年的杀人狂欢在他谋杀了一名警方可以直接和他关联的女子后才告一段落:他的女友朱莉·安·温宁汉。

我写信给杰斯珀森,向他解释说我是一名正在探索人类和动物同理心的医生,询问是否可以与他会面,讨论他的过去。根据布兰特利的建议,我向杰斯珀森表明,由他来控制讨论的内容。而且,经过深思熟虑和犹豫,我做了一些我没有和布兰特利讨论过的事情。我把一张用于职业目的的大头像塞入信封。我在冒险,杰斯珀森可能仅仅因为我是女人就跟我谈话(很多人无法仅仅根据名字来确定我的性别)。

我愿意承担这个风险，如果它能为我打开大门的话。正如布兰特利建议的，我需要得到这个人的信任。如果他看到我把所有的牌都放在桌上，可能会更愿意给我回信，并且可以把我的名字和面孔联系起来。

寄出这封信后不到一周，我在我设置的邮局信箱里发现了一封来自基思·杰斯珀森的信。很惊讶他这么快就回信了，我撕开信封，里面有一张访客表格要我填写。他的六页手写信如下：

亲爱的阿伊莎，

你说你想在这里和我谈谈。我想是这样吧。好久没有一个这么漂亮的人坐在我对面，带着这么漂亮的笑容，留着长发。你不怕你会疯狂地爱上我，想把我赶出去吗……

我来负责？那是什么废话？说真的，阿伊莎，这根本不是什么控制。如果我们聊的话，需要把这种想法抛诸脑后。我们有共同的任务要完成。我只要求你对我和对你自己诚实。以开放的心态来。我以前被人骗过。

在每次访问的开始和结束，我们可以拥抱，搂在一起，亲吻，握手，凝视对方的眼睛——兴奋，或者并不。

你可以用 Telmate[①] 建立一个电话账户。我们不应走得太快。我不想把你我的时间都浪费在这上面。我在这儿有一份工作，除了搞艺术、回复邮件和锻炼，很少有时间留下来写一篇故事。

保重，

基思

[①] 一个专门为囚犯而设立的通信系统，主要给美国和加拿大的三百多个惩教所提供服务。——译者

杰斯珀森想在见面前先通过电话来了解我。很公平。这也会给我一个评估他的机会。在收到信的几天后,我开始每周和他打电话。这些谈话,最终成为我生平经历过的最恐怖、最令人不安、最烦人和最令人惊讶的谈话。

"所有的杀手都是连环杀手,"杰斯珀森在一次通话中告诉我,这时我们已经通过电话和信件交谈了大约三个星期,"只是他们大多数第一次就被抓住了。"

"你为什么这么说?"我问道。

"我相信每个曾经杀过人的人都想再杀一次。这是他们的血液里的东西。"

基思·杰斯珀森不到九岁就第一次尝到了杀戮的滋味。1955 年,他出生于不列颠哥伦比亚省的奇利沃克,排行中间,有两个兄弟和两个姐妹。他在乡下长大,周围都是苹果园和农田,家里养了很多动物,包括狗、马、鸭子和羊。根据杰斯珀森的说法,任何不是狗或没在农场里养的动物都被认为是讨厌的。他的父亲为他和他兄弟们提供了 BB 枪[①],鼓励他们去猎杀不需要的动物。杰斯珀森很小就学会了使用许多武器,包括步枪和弓。"我可以在 50 码外射中一只地鼠。"他夸口说。

杰斯珀森杀过很多动物。他最常见的动物受害者是地鼠,或是他称之为"贤鼠"。当地农民付给他和他兄弟们一点小钱,让他们捕杀地鼠和其他动物。"我们有这么多老鼠,农民们想除掉地鼠、郊狼和兔子。他们出赏金让人猎杀它们。我们不认为这是伤害动物。消灭它

[①] 一种气枪,BB 指的是可以发射出去的小弹丸,可以有塑胶、金属等各种材质,有的具有一定杀伤力。——译者

们是因为它们对社区没有什么价值……每个人都在这么做。"

他接着说:"农民会提供诱捕器,我们拿来套(地鼠)。我们会把诱捕器和被困住的地鼠一起从洞里拉出来,我的兄弟布拉德或布鲁斯,或是我自己,就拿着一根棍子,把它打死。"

有时,杰斯珀森会不假思索地"处决"地鼠和其他动物,这是例行公事。其他时候,他以伤害它们为乐。杰斯珀森说,他的父亲曾经用35毫米胶片记录了一次大屠杀。"我爸爸一边录像,一边解说。我们用棍棒把它们打死的时候他还在笑呢。我们都笑了。就像我爸爸讲的那样,他说:'这是一些天生杀手处决了一只地鼠。'"

在电话里,我发毛了。"你觉得你总共杀了多少只地鼠?"

"几千。"

我没想到会这么多。"几千?"

"几千只地鼠,"他确认,"周末我们出去,我会打掉五百发子弹,不说都打到了地鼠——比方说打中一半——所以我在一个周末杀了两百五十只地鼠。"

"你射杀地鼠的时候有没有停下来过?有没有想过你给它们造成的痛苦?"

"射地鼠就像打靶。杀掉,然后继续前进。"

杰斯珀森提到一只猫,他大一点的时候在父亲的一个移动家庭公园①里杀死了它。有个房客打电话给杰斯珀森,要他去修理她家漏水的水管。"所以我就在橱柜下面修水槽,"杰斯珀森说,"这只猫就在柜子里。我把手放下去的时候,它紧紧抓住我的手……该死的爬到了我手上。所以我连手带猫一起从水槽下面出来,想把它弄下来。我跑到外面,把它扔到人行道上。我拼命甩手才把它甩开。然后我就伸手

---

① Mobile Home Park,一般指有三个或三个以上移动房屋的地块。——译者

抓住那只猫，把它勒死了。"

"你为什么杀这只猫？"我问他，"你把猫甩开了。你本来可以就这么结束，让它走的，对吧？"

杰斯珀森同意这一点。"猫本来可以跑开的，但后来我杀了它。我抓住它把它勒死了。我对它很生气。我怒了……我有问题。"

"你杀了猫之后有没有自责？"

"当时没有。我敢肯定，我杀了这只猫有某种快感，因为这只猫抓了我，我跟它扯平了。"

杰斯珀森告诉我，在监狱里，他给俄勒冈州的一家报纸《政治家杂志》写过一封关于这只猫的信，"96年或97年的某个时候"。这封信是为了回应另一起杀猫事件，肇事者是当地的两名足球运动员。我有点感兴趣，在脑子里记了一下准备回头去找这封信。

杀死那只猫时这个人只有二十一岁。后来，他毒死了一群海鸥，因为它们弄脏了他的卡车。他给它们喂食掺有士的宁的薯片。"我杀了大约五十只海鸥。我再也没想过这件事。"他还记得在移动家庭公园用弓箭杀死了一条狗。"它正往垃圾桶里钻，我把它赶回家。我真的去了，找到它主人的房子，我告诉他把狗弄进去，他差不多跟我说去死吧……所以我就射了一箭，射中了狗的侧面。把它插到了电线杆上。"

1963年，精神病学家约翰·M. 麦克唐纳发表了第一份研究报告，指出儿童时期的某些行为可能预示着以后的暴力行为。在科罗拉多精神病医院，麦克唐纳观察了四十八名精神病患者的早期行为，并把他们和非精神病患者进行了比较，这些患者都曾威胁要杀人。他们中最残忍的几个，有人"吹嘘自己的虐待狂行为，并乐于描述自己的狩猎胜利和空手道或柔道的技巧"。一名男子沉醉于向妻子一再描述他如何把一头牛绑在拖拉机上开膛破肚。麦克唐纳发现，在最暴力的病人中反复发现了三个特征：五岁以上尿床，纵火和童年虐待动物。这些特征被称为"麦克唐纳三联征"。

在麦克唐纳做这项研究的年代，犯罪学家并不认为虐待动物具有重要意义，也不认为这是一个精神问题。美国心理学学会直到1987年才承认虐待动物是一种精神疾病的征兆，当时刚发布了修订的《精神障碍诊断与统计手册》第三版。在这一版中，虐待动物被添加为成人反社会人格障碍（通常被称为社会性病态）和儿童和青少年行为障碍（通常被认为是反社会人格障碍的前兆）的标准。

直到二十年后罗伯特·K. 雷斯勒（Robert K. Ressler）对麦克唐纳的研究进行了扩展，犯罪学家才更容易将虐待动物与其他形式的暴力行为联系起来。雷斯勒曾在美国陆军宪兵部队担任刑事调查官，1970年加入美国联邦调查局。雷斯勒创造了"连环杀手"一词，并采访了一些美国最臭名昭著的杀人犯，他是第一批报告暴力谋杀和虐待动物之间存在密切联系的联邦调查局调查人员之一。

在同事和法医护理专家安·伯吉斯的帮助下，雷斯勒发起并开发了美国联邦调查局第一个针对暴力罪犯的研究项目。1979年至1983年间，他和另一位分析专家同僚约翰·E. 道格拉斯（John E. Douglas）走访了全国各地的监狱，采访了诸如理查德·特伦顿·切斯（Richard Trenton Chase，又名吸血鬼杀手）、埃德蒙·肯珀（Edmund Kemper）、泰德·邦迪（Ted Bundy）和大卫·伯科维茨（David Berkowitz，又名山姆之子）等罪犯。总共有三十六名被定罪的连环杀人犯和性杀人犯（那些似乎从折磨和/或谋杀中获得性满足的人，或在他们的犯罪中有其他的性成分）。雷斯勒和他的同事们随后观察了这些杀人犯在童年、青春期和成年期表现出某些行为的频率，包括纵火、尿床和虐待动物。超过三分之一的杀人犯表示，他们在童年期和成年后都对动物很残忍。近一半的人在青少年时期虐待过动物。

尽管雷斯勒的研究发现了被采访的杀人犯的行为模式,证实了麦克唐纳的一些发现,但后来对三联征的研究发现了不一致的结果。现在心理学家们普遍认为,孩子尿床和纵火并不能预测未来的暴力行为。然而,虐待动物的行为却不能轻易地被忽略。与其他两种行为不同,虐待动物是一种对生命的暴力行为。伤害一个会痛苦的生物所产生的心理后果,不能简单地与其他形式的非典型行为(如童年后期的尿床)混为一谈。2001年,研究虐待动物与其他形式暴力之间关系的权威人物、心理学家弗兰克·阿西奥尼回顾了现有数据,得出结论:"综合起来,这些研究表明,虐待动物可能是四分之一到三分之一的成年暴力罪犯的成长史特征。"

阿西奥尼综述中的一系列发现,反映了研究虐待动物的固有障碍。第一个障碍是对虐待动物的定义。例如,我们都可以合理地定义什么是尿床,但什么是虐待动物?阿西奥尼将其定义为"故意给动物造成不必要的痛苦、折磨或困扰和/或死亡的社会不可接受的行为"。尽管这是最常用的定义之一,但也有人批评它过于狭隘。根据这个定义,勒死一只猫将被视为虐待动物。为了好玩而射杀一只狗或猫也符合该定义。但是射杀地鼠或郊狼呢?那是虐待动物吗?如果杰斯珀森射杀一只郊狼是因为它被视为一种令人讨厌的动物,那么这很可能被认为是"社会上可以接受的"行为。在虐待动物的定义中,我们是否包括了杰斯珀森猎杀野生动物的行为?如果包括,那对狩猎运动的接受会起到什么影响呢?如果不包括,那么为什么我们只接受对某些动物的伤害(如狗和猫)是虐待,而不管其他动物?

我们如何定义对动物的残忍,很大程度上取决于我们对动物的变化无常的看法。今天社会所接受的东西很可能明天就不被接受。

第二个障碍是难以确定一个人过去是否虐待过动物。人们会说实话吗,或者他们能够准确地回忆起这些事件吗?向朋友、之前的老师或家人询问一个人的过去,也面临类似的问题。父母们往往会严重低估孩子对动物的残忍行为,仅仅用一句"孩子就是孩子"给放过去。或者他们根本就没有认识到残忍行为的存在。

在法庭或医疗记录中披露的内容,基于谁最初提出了有关虐待动物的问题,这些问题如何被提出,以及问题的答案如何在记录中描述。最重要的是,信息取决于是否有人问了关于虐待动物的问题。尽管人们越来越认识到针对动物的暴力和针对人类的暴力之间的联系,但执法部门、医学界和社会科学界的很多人仍然没有提出足够的问题来检视这一联系。

由于这些和其他原因,现有研究很可能低估了虐待动物的发生率。针对雷斯勒在联邦调查局研究中得出的数据(约有一半的杀人犯虐待动物),艾伦·布兰特利认为:"我们相信真实的数字要高得多。"尽管这方面研究存在局限,虐待动物史仍然是成年暴力罪犯身上最一致的发现之一。童年期的虐待动物行为,特别是一再发生的那种,是成年后暴力行为的先兆。

"该死的!"

坐在客厅里,我手持基思·杰斯珀森最新的一封信。他和我已经联系两个多月了。我给自己泡了一杯浓浓的爱尔兰早餐茶,坐在一张舒服的椅子上。读杰斯珀森的信需要做很多心理防御。在此前的谈话中,当他以标志性的不带感情的方式描述他的杀戮时,我努力保持无动于衷,但他对暴力行为的描述却让我在情绪上付出了代价。每次交流后都需要想办法从恐惧中走出来,净化我的情感味觉。我会抱着丈夫和我的猫,或是借《宋飞传》的重播来走走神。

尽管杰斯珀森一直很有礼貌,但他还是不断地在电话和信里对我说一些有性意味的话。有好几次，我让他停下来，他会短暂地停一阵，但这份克制从来不会持续多久。

因此，当我打开杰斯珀森的最新信件时，料想他又会来这么一下，但这次恰恰相反，他既没有发一通对媒体的咆哮，也没有写下"当你（来访）出现时，可以给我一个舌吻"之类的话，而是写道，他不想再和我说话。

我惊呆了，不明白他为什么突然决定切断与我的联系。在他写这封信的前一天，我们刚刚通过电话，谈话很顺利，他似乎对和我交流很感兴趣。哪里出了错？

我还没准备好结束和他的谈话。我很清楚，这个人可能并没有一直对我说实话，我会交叉对比他告诉我的每件事，用不同的方式问同样的问题，以检查他的回答是否一致。我怀疑他夸大了一些事，比如杀了多少地鼠这种。即便如此，事实证明，我们的讨论是能够看到很多东西的——他没有告诉我的事情和他告诉我的事情一样多，不过，也仅仅是触及了表面。我之前提到，大多数关于人与动物之间暴力联系的研究都是相当肤浅的。有了杰斯珀森，我就有机会更深入地挖掘，不仅考察他为什么以及如何对动物残忍，而且考察他与动物关系中更不易察觉的细微差别。我不指望通过考察一个人就能最终理解同理心是如何被抑制的，但至少我和杰斯珀森的对话可以揭示我是否问对了问题。

当天晚上，我给他留了一条语音信息。

"嗨，杰斯珀森先生。嗯……基思。我是阿赫塔医生。我收到你的信说你不想再和我说话，你有顾虑。能给我打个电话让我解决你的顾虑吗？"

我应该到此为止的。

"我不明白出了什么问题，"我脱口而出，"你能打电话给我，让我们谈谈吗？如果你打电话给我，我想我们可以继续谈谈，这样我就能知道你顾虑什么。你知道怎么打电话给我。就这个星期六老时间，或随便哪个星期六给我回个电话。实际上，你可以随时打电话过来，我会接电话的。所以，你什么时候方便就打电话给我。我希望你能打电话给我，这样我就有机会——"

我挂上电话，只说到一半。帕特里克一边听一边笑。"阿伊莎，你一开始很强硬，但后来变得绝望了。听起来就像他是刚跟你分手的男朋友，而你正努力把他追回来！"

帕特里克是对的。我到底是怎么了？之前和杰斯珀森交谈的时候，我总是自信而专业地说话。如果他想激怒我，就像偶尔发出一些猥亵的言论，我会置之不理，继续我的问题。但我现在很紧张。我原以为得到了他的信任，但这会儿觉得被拒绝了。被一个连环杀手拒绝了！还能有什么比这更可笑吗？

"我真是个白痴，"我低声对帕特里克说，"我该怎么做？"

我做了每个被拒绝的人在留下尴尬的语音留言后都希望自己能做的事——打电话给电话服务公司，确认杰斯珀森还没有听到留言，并问他们是否可以删除它。他们删除了。

我又留了一条语音信息。但在帕特里克的帮助下，我先把它写了出来。

杰斯珀森会给我回电话吗？

一整夜，我都在想为什么杰斯珀森突然拒绝和我说话。想到的解释是，他害怕被我拒绝。最后一次通话中，他问我是否要去拜访，面对面地见他。我说我经常出差，可能要过几个月才能去俄勒冈。这一回答显然使他气恼。他的最后一封信反映了他的愤怒。他写道："你的（第一封）信暗示了安排探访的紧迫。然而，你现在并不急于到这里来。"

我的确经常出差，但他说的有道理。我还没填写申请监狱探视权的表格，一直犹豫不决。我知道，理智上来讲，坐到杰斯珀森对面，观察他的非语言信号，可能会让我获得重要的见解。但情感上，我并不想见他。我不确定自己是否还需要见他。我们打电话进展得很顺利。杰斯珀森之前提到过用Skype的可能性，但很快就否定了这个想法。他对我说："我宁愿你亲自来这里，这样我就可以看着你漂亮的小眼球了。"这提议对我没什么吸引力。

此人显然在与女性交往方面有问题。他直接向我透露了他对女性的不信任，他难以接受女人的拒绝，他需要对女人加以控制。当我后来和犯罪心理学顶尖专家埃里克·希基博士讨论这个问题时，他肯定了我的想法。"他对男人没有像对女人那样的问题，"希基博士做了个假设，"对你，他必须占据主导地位，他必须控制这种关系。如果他有任何失去控制的感觉，他就会说再见。至少要和你一起玩这个游戏来夺回控制权。他不想让你离开，但他想让你知道他在控制采访。"

如果这就是杰斯珀森想要做的，那么这尝试太业余了，我几乎为他感到遗憾。更糟的是，我还上当了！在第一次接触这个人之前，甚至之后，我都给自己配备了合适的工具。我对他做了详尽调查。我和这个领域的多位专家谈过。我有备而来。或者我是这么认为的。

杰斯珀森看透了我。他是不是希望我给他回个电话，请求他再给一次机会？并且事实证明，这正是我所做的。

我没等多久就得到了答案。第二天早上他打电话来。我不承诺去拜访他，但我要求"一个机会解决（他的）顾虑"，这足以再次赢得他的好感，我们又回到安排好的谈话中。

"操纵，支配，控制，"联邦调查局分析师约翰·E. 道格拉斯写道，"这是暴力连环罪犯的三个关键词。"通过《犯罪心理》这样的电视剧和《沉默的羔羊》这样的电影，现在人们都知道像杰斯珀森这样的杀手常常觉得有需要支配和控制他人。但人们往往不知道，他们是如何产生这种需求的。

杰斯珀森最让我吃惊的一点是，他对动物并不总是那么残忍，我怀疑他对被拒绝的恐惧和对他人施加控制的需要，部分源于他早期试图与动物建立联系。西格蒙德·弗洛伊德曾指出，儿童对动物有强烈的认同感："儿童还没有表现出任何倨傲的迹象，是这种倨傲后来促使成年后的文明人划出一条尖锐的分界线，把自己的天性和其他所有动物的天性区分开来。"儿童时期对动物的这种认同，在动物受到友善对待的情况下会得到鼓励，而如果动物受到虐待，就会让孩子丧失信心。

他六岁那年，曾试图帮助一只断翅的乌鸦。"当我捡起它的时候，看到它受伤了，我觉得得做件好事，"他告诉我，"我想我应该照顾它让它恢复健康。我试着让它好起来，给它喂食。我想它可能是我的宠物。"

杰斯珀森把乌鸦放在卧室的一个盒子里，试图喂养它。一天，他的哥哥终结了他治愈乌鸦的希望。"我哥哥和那些虐待动物的邻居混在一起，我刚到家，他们就告诉我，我让它活着对它没什么好处。所以他们把它杀了。"这些人把乌鸦扔出卧室窗户，砸在车道上。作为报复，杰斯珀森把哥哥的飞机模型也扔出了窗外。"当然，我受到了惩罚，"他说，"我爸回家后责怪我，因为我弄坏了哥哥的飞机。他的想法是，这只不过是一只笨乌鸦。"

杰斯珀森最亲密的关系之一是和他的狗狗公爵。他们家收养公爵的时候他才五岁。"公爵最后成了我的狗，"杰斯珀森告诉我，"我猜他认准了我。我俩形影不离，我到哪儿都带着我的狗。如果我妈看到公爵在附近，就知道我也在附近。他是我的搭档。从小到大我没有多

伴生：我们与动物的故事 121

少朋友。"

当我问他和公爵的关系有什么特别之处时,他回答说:"家里没有拥抱,没有亲吻,没有陪伴。狗的社交舒适感真的……那是一种毫无保留的东西。他们无条件地给予。我们是朋友——狗和我是朋友。公爵每晚都睡在我床上。那是他睡觉的地方。就在我床上。"

我回想起西尔维斯特。当人类的陪伴对我们来说缺席或不够时,有多少人曾在孩提时代寻求动物的陪伴?根据《纽约时报》的一篇文章,七到十岁的孩子在列举他们生活中最重要的十个人时,平均每人会说出两个伴侣动物的名字。另一份报告中,当孩子们被问到"当你感到悲伤、愤怒、快乐或想分享一个秘密时,会向谁求助?"时,近一半人提到了伴侣动物。

我和杰斯珀森都同动物建立了友爱关系,而且和我一样,杰斯珀森也试图照料动物,让它们恢复健康。我们还分享了另一件事:目睹动物被虐待。是的,杰斯珀森参与过虐待动物,但是和我一样,他也见证了其他人,特别是像他哥哥和父亲这样的权威人物虐待动物。在他自己这么做之前,他眼睁睁地看着他们当着自己的面虐待动物。心理学家兰德尔·洛克伍德博士认为,目睹动物被虐待的儿童"往往会压抑自己对宠物的善意和柔情,因为他们无法承受自己同情被虐待动物所带来的痛苦"。

成人杰斯珀森无法向我表达哥哥杀死乌鸦时他的痛苦,但孩子杰斯珀森一定对此深有体会。这件事对他来说仍然是一个鲜活的记忆。每一次,当他的家人切断他与动物的联系时,是否也切断了他的一部分同理心?

虽然这不能提供一个完整的解释——人的行为太复杂了——洛克伍德的理论可以部分解释丹尼尔突然转向谋杀。当我在印第安纳州彭德尔顿惩教所的猫咪庇护所见到丹尼尔时,我一边震惊地得知他残忍杀害了他的继弟，一边目睹他对动物的仁慈。像许多家庭暴力的受害者一样（正如他的故事所示），丹尼尔从动物身上找到了慰藉。但即使有它们的陪伴也不安全。他告诉我，他的继父强迫他把这些动物留给他的外婆，包括一只和他感情深厚的猫。"艾登只属于我，"丹尼尔告诉我，"当我在房子里走来走去时，它会坐在我的肩膀上。继父让我把他留在外婆家，我只能去那里看他。但有一次我整整一周没去外婆家，等到我去的时候，她告诉我艾登死了。他被车撞了。"这种一次次被迫失去动物的经历，会不会解开维系丹尼尔理智的绳索，引发了他的冲动杀人？

尽管丹尼尔曾暴力杀害过另一个人，但他对动物的同理心仍然很强。杰斯珀森则毫无悔意地杀害人类和动物。当我还是孩子的时候，我试图抑制对西尔维斯特的同情，以使我的观点与戴夫一致。但我从没虐待过动物或人。我对所有生命的同理心依然存在，很稳固地存在。为什么丹尼尔、杰斯珀森和我走上了不同的方向？这不能仅仅用性别来解释。虐待动物的人当中有女孩也有男孩。一种理论认为，目睹不频繁或温和的动物虐待形式可能会导致更大的同理心，而经常暴露在动物虐待中则会使个人对痛苦脱敏。此外，有证据表明，儿童（无论男女）在目睹动物虐待时的年龄越小，越有可能自己参与虐待动物。杰斯珀森在很小的时候就目睹了虐待动物的行为，比我目睹的次数要多得多，而丹尼尔从来没有见过虐待动物的行为。这可以解释我们最终的一些差异。

我想还有另外一个原因。我周围大部分的人，甚至是戴夫，都认可我和动物的关系。他们从来没有嘲笑过我对西尔维斯特的爱，允许我自由地与他玩耍和照顾他。但丹尼尔的父母不是这样。杰斯珀森的家人、邻居和朋友则更过分。他们不仅不支持他对动物的善意，而且还毁了它。无论是通过他们的示意，还是惩戒（比如杀死乌鸦，责难杰斯珀森的报复），他们积极地鼓励杰斯珀森压制他的同理心。

杰斯珀森告诉我，他的朋友和邻居对伤害和杀死动物完全不以为意。"我知道有些邻居把猫放入麻袋，加石头进去，然后扔到河里。"他说，有些邻居踩死鸽子宝宝。即使这种说法不属实，杰斯珀森也从其他方面看到了大量虐待动物的行为。在成长过程中目睹动物被虐待或被忽视的儿童，更有可能会认为对待它们的这种方式是可以接受的，并加以效仿。

在所有的影响因素中，也许是杰斯珀森的父亲最大地压制了他对动物的同理心，培养了他对动物的残忍。杰斯珀森告诉我："我看到父亲拿着一块木条抽打一匹马，因为马咬了他。他一直认为自己是动物的主人，可以对它们为所欲为。"

成年后杰斯珀森在移动公园勒死那只猫时，他的父亲也在场。我问他父亲的反应如何。

"让我给你解释一下我父亲是怎么回事。父亲会说他看到了整件事，我想这让他有点退缩。但从那时起，他会用它来吹嘘或像讲笑话一样提到这事。他会跟别人讲，如果你有一只猫要杀，就把它交给基思。"

杰斯珀森对去世多年的父亲的态度极为矛盾。有时把他描述成他的导师，有时则描述成一个控制欲很强的人，"占据了房间里所有的空气"，他形容他的父亲有时会酗酒成性。当杰斯珀森做了使他父亲不高兴的事时，惩罚有时相当严厉。"他不经常打我，"杰斯珀森说，"但当他这么做的时候就很严重。他用皮带很科学地打我，从屁股开始往下抽直到膝盖，然后再往回抽。我被打得不能走路。衣服会黏在身上，因为血和液体都渗出来了。"

暴力导致暴力。那些虐待动物或其他人类的人往往来自有问题的家庭，他们目睹暴力，或者他们自己就是身体虐待、情感虐待或性虐待的受害者。对他人的暴力是一种施加控制的有力手段，特别是当一个人对生活中其他部分的控制相当脆弱的时候。对丹尼尔来说，这种控制的需要可能已经通过谋杀他的继弟表现了出来。而对杰斯珀森来说，是通过杀害无数的动物和八个女人。

　　杰斯珀森年轻时，他的父亲试图支配他可以依赖的这份关系。"有一天，我和爸爸还有公爵出去打猎，"杰斯珀森告诉我，"但公爵不打猎。他不会去追那些动物。我看着父亲把公爵扔进峡谷。我对他说：'公爵不是猎狗。他从来没有受过训练，你不能指望他突然就会打猎。'当他把公爵扔进峡谷时，我以为公爵被杀死了。但是公爵从峡谷里爬了出来，再也没有接近过爸爸。我也不会让爸爸靠近他。"

　　但最终，杰斯珀森的父亲还是控制了公爵。杰斯珀森十六岁时，父亲告诉他公爵中毒了，他必须"把狗放倒"，并且说他把公爵埋在附近的公园里。杰斯珀森很怀疑。"爸爸没有给我一个直接的答案。几周后我回到公园，试图找到埋狗的墓地。我在那里找了，没找到埋葬点。实际上我闻到了腐肉的味道。我走过去，穿过小溪，公爵就躺在山上，死了。"

　　在距离我们第一次打电话大约四个月后，杰斯珀森通知说，我填报提交的探视文件已经通过了。他写道：

阿伊莎，
　　今天我六十一岁了。我哥哥布鲁斯今天六十三岁了……你已经被批准了！！哇哦！女宾客！！！

　　我被批准为"特权探视"，也就是说，我会去到一个探视室，我和杰斯珀森之间没有任何障碍物。

伴生：我们与动物的故事

我们可以拥抱，杰斯珀森写道。我会抱紧你，或者不抱紧。我们见机行事吧。

在信的最后一页，他画了张他手部的轮廓。

但接下来，杰斯珀森第二次和我断绝了联系。写完那封信不到两周，他又给我写信说：我已经把你从我的访客名单中删除了。别再费心写信了。我们结束了。

即使被批准探视，我仍然没有和他做任何承诺。好吧，如果要继续和他谈话就得做出承诺，那就这样吧。我留了一封语音邮件，再次要求"解决他的顾虑"，并说我想安排一个时间去拜访他。这次他花了更长的时间才回复我。当他三天后打电话来时，我告诉他我已经准备好去拜访他了。

"你来了我们就可以结婚。"他说。

"你知道我已经结婚了，基思。"

"你会穿着巴基斯坦的传统服装吗？我喜欢女人身上那些长长的、飘逸的衣服。它们是如此的女人味。"

"我不会那么做的，基思。"

打了十分钟电话，我又回来了。三个星期后，我坐在一辆租来的车里，从波特兰往南开了大约一个小时，前往俄勒冈州立监狱。

塞勒姆是俄勒冈州政府所在地。当地人也称这个小镇为俄勒冈的监狱之都。它有五个监狱。其中，俄勒冈州立监狱历史最悠久、规模最大，位于城市中心，占地194英亩。这座戒备森严的全男性监狱还是俄勒冈的死囚牢房，在这里以注射死刑的方式执行处决。

一个星期四下午，我凝视着环绕监狱的25英尺高的钢筋混凝土墙。接着进入主楼，加入一小群探视者的行列——妻子、女友、父亲和祖父母。过了安检后，一位工作人员带着我们走下一个斜坡，穿过两扇锁着的铁门,进入探视室。房间跟我想的不一样,宽敞,明亮,分为两个主要部分,里面有舒适的沙发、椅子和咖啡桌,很诱人。自动售货机靠着一面墙排成一排。另一面墙放着一排书架,上面摆着书和棋盘游戏。当我进去时,看到犯人们已经坐在沙发和椅子上,等着他们的来访者。

杰斯珀森正坐在窗户下面的椅子上。我走近时,他站了起来。天呐,这个人块头真大。你可以把三个我像俄罗斯娃娃一样塞进他的身体。

"基思?"我问道,伸出了右手。

"阿伊莎?"

我们握手。"我从你在网上的照片立刻认出了你,"我说,"谢谢你和我见面。"我在小咖啡桌的另一边坐了下来,坐在他对面的椅子上。

我们沉默地坐了几秒钟,互相打量对方。他头发花白,紧贴头皮,穿着白色运动鞋、蓝色牛仔裤和一件有领扣的蓝色长袖衬衫,上面印着"俄勒冈州立监狱囚犯"字样。我穿着深色休闲裤、灰色衬衫,还有一件开衫。杰斯珀森盯着我,脸上木木的。

"你看起来比照片上更黑。"他说。

"是啊,那张照片是在冬天拍的。我在夏天更黑。"

我有点紧张。我一路飞过这个国家来见他,突然不知道要对他说什么。我跳起来问:"你想喝点自动售货机里的饮料吗?"

"他们有激浪吗?我不能站起来走动。我应该在被访期间留在位子上。"

我环顾四周,看到坐在房间对面角落里的两个警卫。我走到自动售货机前买了一瓶激浪。

"谢谢。"我递给他时,他说。

伴生:我们与动物的故事　127

"不客气。"我开始向自动售货机走去。还有零食。

"你想吃点什么吗?"我问他。

"我想吃你。"

我停下来,回头看了看他。"你这是什么意思,基思?"

"没什么。我只是逗你玩呢。"

"啊哈。"我给自己倒了一杯蔓越莓汁,然后返回来坐下。

"正如你所看到的,我是一个廉价的约会对象。"他说,举起他的激浪。他看着我喝了一口饮料。"你这趟航班怎么样?"

"很平淡。"

"你住哪家旅馆?"

"霍华德·约翰逊。"

"你肯定是便宜出行吧。你的房间什么样?"

我轻轻地笑了。我不打算向他描述卧室。"那不是一个你想待的地方。"我说。

他看了我一会儿。看来他明白我不会再多说我的房间。

"我已经很久没有女访客了。你能来我太兴奋了。"

他看起来并不兴奋。他看不出……任何东西,脸上没有流露出任何情绪。

"你家里有人来看你吗?"我问。

"很久没来了。我很少有客人。你来探望我,你丈夫会不高兴吗?"

我没有告诉杰斯珀森,事实上,帕特里克很不高兴。杰斯珀森对待我的行为让他感到不安,他担心见面会对我产生影响,考虑到我和塔卢普的过去,以及我处理的一封语音邮件是多么糟糕。但是以我典型的骑士作风,我把帕特里克的担忧放到了一边。我告诉他,也告诉我自己,现在我已经铸造了一副强大的盔甲。

没去搭理杰斯珀森的问题，我倾听着房间里的许多对话，它们在墙壁上碰撞，融合成低沉的嗡嗡声。坐在我们不远处的一个犯人正和一个穿着商务套装的女人专心交谈，她给他看文件。这是他的律师吗？在一个角落，一名年轻女子拉着一个囚犯的手依偎着他。一名男性访客则跟另一名囚犯打起了牌。

在我的沉默中，杰斯珀森又催促问道："你丈夫担心你要嫁给我吗？"

我对此嗤之以鼻。"这不构成问题，基思。"

他回以微笑，吓了我一跳。在所有的电话讨论过程中，我从来没有在他的声音里听到过一丝微笑。细纹在他灰蓝色的眼睛周围皱了一圈。他上下两排牙齿各缺了一颗中牙。这会儿我完全放松下来，开始让谈话自然流畅地进行，就像我们打电话时那样。我问他关于费利克斯的事，这条狗被人带进来是为了赶走草坪上的鹅，后来却成了非官方的监狱吉祥物。

"费利克斯给这里带来了很多活力，"杰斯珀森说，"他让我们感觉更有人情味。他不会评判你。他只是带你离开这里……有时候他会胖很多，因为所有人都不停地给他塞吃的。"

"基思，你喜欢甚至爱过一些狗，也杀过一些狗。为什么会有这种不同呢？"

"具体情况具体分析。我并不是到处去杀死那里的每一只动物。我杀了一些动物。不是每一只动物。我杀它们是因为这是当时要做的事情，就像杀地鼠一样——我在杀这些动物，我什么都没想。或是出于某种原因。"

"什么样的原因？"

"在移动家庭公园里，我爸给了我枪，用来驱赶猫狗。狗和猫不断地回来，因为住在那里的房客是它们的主人。但它们没有被拴住，我爸觉得它们应该被拴住。有一天我开车经过移动家庭公园,看到一条流浪狗,就朝它开了枪。它尖叫着跳了2英尺冲到主人怀里。之前我没有注意到那个主人。我不在乎自己开了枪。但是让主人看到我在他面前伤害动物时,我觉得自己很渺小。"他用拇指和食指做了一个手势。

当时,伤害动物并没有引起杰斯珀森的道德意识,但被动物主人看到时却引起了。我把话题又转回费利克斯身上。杰斯珀森住在Ａ区,或荣誉区,经常能见到费利克斯。这是件有趣的事。连环杀手通常会被评为模范囚犯。他们倾向于独处,不惹麻烦。"Ｉ-５杀手(兰德尔·伍德菲尔德)也住在Ａ区,"杰斯珀森告诉我,"我见过他,聊过天。他很傲慢。"

"你为什么这么说?"我很好奇,想听听一个连环杀手如何看待另一个连环杀手。

"因为他说不是他干的,"他摇了摇头,"饶了我吧,他们都说不是他们干的。"

"你觉得你看人很准吗?"

"没什么好评判的……我能看出你是什么样的人。"在我意识到他在做什么之前,他抓住了我的手。他的手整个"吞"下了我的手。我注意到他左小指上有绿色的绷带和夹板。他说:"我知道你是一个好人。"

我把手往后拉了回来,对着他的绷带点了点头。"你的手指怎么了?"

"我把它卡在了洗衣车里,弄折了。"

我想象着他的大手和它们造成的伤害。现在我准备结束闲聊了。

"为什么是女人?"我问。

"什么为什么?"

"你为什么杀女人?"

他靠在椅背上想了一会儿。"她们有一种傲慢,觉得自己什么都可以说,什么都可以做,然后什么都不会发生。男人看我,看我有多大个,不会惹我,"他向前倾了倾身子,"而且,我在女人面前很脆弱。我爱女人,她们的样子、味道、感觉和气味。我是一个浪漫主义者。所以当我觉得有些事情可以很浪漫,但却不会发生时,我就会生气。"

毛毛雨飘进了我们上方开着的窗,一阵凉风吹过。我把毛衣紧紧裹在身上。

自从我们开始通过电话交谈以来,基思一直拒绝谈论他谋杀女人的事。我想他是把这些信息悬在那里作为我亲自去拜访他的奖励。即便此刻,我感觉他还没有准备好向我披露他的谋杀案。我换了个话题。

"基思,我再问你一遍。你为什么给报纸写那封关于杀猫的信?"我还没有找到关于他在移动公园勒死那只猫的信。2000年以前的报纸没有被很好地存档。

"这只猫是某个人的宠物。"

"如果这只猫不是某个人的宠物呢?你会有不同的看法吗?"

"它还是某个人的宠物。这些动物仍然是社区的一部分。所有的动物都属于某个人,或者它们属于整个社会。"

整个社会。我思忖着这些话。当我妹妹去哥斯达黎加旅行时,租车公司的服务员把车钥匙递给她说:"请不要伤害我们的动物。"在她的整个旅途中,妹妹都感受到哥斯达黎加人在照顾动物方面一种共同的责任感。如果我们效仿哥斯达黎加的做法,把所有动物都看作是社会的动物,看作是我们照顾的动物,我们会不会更敢于对针对它们的暴力说不?

我问杰斯珀森:"在你杀死的所有动物中,为什么就写了一

伴生:我们与动物的故事

只猫?"

"不仅仅是一只猫。是那只猫。这是一个改变了我生活的支点。杀猫和杀人没太大区别。我想这对我后来成为杀人犯有一些影响。之前勒死有用,所以我想这么做还能有用。杀猫让我变得麻木了。"

我不同意杰斯珀森的观点。他在杀猫之前就已经麻木了。但是,勒死那只猫和八个女人可能比用其他方法杀戮更能使他得到满足。一项研究调查了最虐待狂的连环杀手——那些在杀害受害者之前折磨他们的人。据报道,其中近三分之二的人曾伤害或杀死动物,一半的人在杀死动物前曾虐待动物。这些杀手以受害者遭受痛苦为乐,他们经常对动物和人类受害者使用相同的酷刑和杀戮技术。联邦调查局的艾伦·布兰特利告诉我,像杰斯珀森这样的杀人犯"喜欢调动所有的感官。视觉、听觉、嗅觉、触觉、味觉。他们会近距离接触,非常私人化。我是说,当你勒死一个人的时候,你真的会看到他们的眼睛和脸庞失去生命,看到他们挣扎。你看到了害怕、恐慌和纯粹的恐惧。对于许多具有虐待狂特征的玩家来说,这确实提高了游戏体验。这对他们来说很能唤起兴奋"。

杰斯珀森继续说道:"人们倾向于分开这两者,动物和人。一种生命和另一种生命是一样的。他们都在为生存而挣扎。"

"谋杀可不便宜。"第二天早上,杰斯珀森一本正经地告诉我。我指望他谈谈他的谋杀案。如果不谈,我对他行为的了解就不完整。探视室一开门,我就赶到了,为了尽可能长时间地和杰斯珀森见面。这似乎让他很高兴。他现在愿意谈论那些女人了。

杰斯珀森描述了他杀死第一个人类受害者陶尼娅·贝内特后,如何租了一台机器来清理客厅里所有的血。"我在酒吧遇到她,把她带回了我的住处。我以为她很感兴趣。但我得到的信号很复杂。当她表现出对性不感兴趣时,我很生气,一拳打在她脸上。"

我抬头看着他身后的墙,安装在上头的大块平板电视正播放着动画片《神偷奶爸》,然后又回头看着杰斯珀森。我读过所有关于杰斯珀森谋杀案的资料。但坐在他对面听他描述谋杀是一种非常不同的体验。坐着继续听,是我此生做过最难的事情之一。

他不带情感地跟我讲他如何不停地揍贝内特。他把她的脸打出血,还打断了她的鼻子。血在墙壁和天花板上溅得到处都是。

哦,上帝。

"当我停止(揍她)的时候,"他说,显然没有注意到我脸上的厌恶,"我看到我做了什么,我想,'我不要进监狱'。所以我杀了她。花了大约四分钟才勒死她。我的手变得和这一样白。"他指了指我们中间的假大理石桌面。

我感到恶心,站起来说了声对不起,我知道他的目光跟着我。我走进洗手间想吐,但只能干呕。作为一名训练有素的神经科学家,我曾照顾过患有严重精神疾病和人格障碍的患者,包括反社会者。有一些很暴力。但我一直保持着冷静和临床的态度。我有一个明确的角色要扮演,那就是帮助治愈他们。这是不同的。我不是杰斯珀森的医生。我们之间没有白大褂和病历本。在访问的整个过程中,杰斯珀森都坐着,异常安静。他的目光很少离开我的脸,密切注视着我的表情。如果杰斯珀森想要激起我的反应,我不会让他满意。这次可不行。我用冷水冲了脸和手,然后走出来。

我坐下来不作任何评论,脸上毫无表情。他继续回到停下的地方,详细讲他如何强奸和杀害其他女人。当他描述他的谋杀时,我在思考他的生活怎么和汤姆·尼禄的故事如此诡异地吻合,这是威廉·霍加斯作品《残酷的四个阶段》(*The Four Stages of Cruelty*)中的主人公。霍加斯是一位社会评论家和艺术家,1751年出版了一系列四幅版画，一步步叙述了虚构人物尼禄的故事，以此表现虐待动物是更大的社会暴力模式的一部分。尼禄的名字可能来自古罗马的同名暴君。

其中，《残酷的第一阶段》显示了一群男孩，他们中的大多数正在参与或鼓励某种形式的虐待动物。尼禄将一支箭插入一条受惊的狗的直肠，另一个男孩恳求他停下。在《残酷的第二阶段》，虐待动物的现象变得更加普遍和制度化。尼禄从一个出于消遣而虐待动物的学生，成长为一个把虐待动物作为日常工作一部分的成年人。版画中显示尼禄正在打他的马，这匹马在马车的重压下瘫倒了。另一个人用棍子打死了一只羔羊。一头愤怒的公牛把凌虐者抛了出去。这幅画还描绘了针对人类的暴力行为。一个孩子被轧在马车下喘不过气来，司机却在打瞌睡，背景海报是宣传斗鸡和拳击比赛的广告。在《完美的残酷》中，尼禄是一个公路抢劫犯，谋杀了他怀孕的情人。她的身体平躺在地板上，喉咙被割开，手腕和食指几乎被割断。在最后一幅《残酷的奖赏》中，尼禄被判谋杀罪并处以绞刑，他的尸体被公开解剖，讽刺的是，一条狗在吃他的心脏。

上午探视时间结束，杰斯珀森问我下午是否回来。我看着他。我在这里干什么？我想把这个人远远抛在脑后，忘掉他。但我只是说："我不知道。"

下午我的确回来了。我知道，如果不利用现有的时间尽可能多地了解杰斯珀森，以后我会自责的。当我进入探视室时，他把克里巴奇纸牌游戏摆在桌上。昨天，我们讨论过让他教我怎么玩。今天早上的谈话让我脑力枯竭了，反正我现在不想说话。也许我可以在玩游戏的时候观察他一会儿。

不过，我们没怎么深入克里巴奇，杰斯珀森认为他无法在我们有限的时间里正确教会我怎么玩。我们玩了大约二十分钟的 Sorry 游戏，然后放弃了。这是一个新的高阶版本，盒子里又找不到规则。我们自己制定规则，但谁也不怎么喜欢。杰斯珀森提议说还是聊聊吧。

好吧。我们继续谈。不过首先，我需要一杯茶。我起身从自动售货机买了一杯热红茶，抿了一口，忍不住做了个怪脸。这茶的味道就像热水里加了八颗速溶无咖啡因咖啡胶囊。

"我想告诉你一个秘密。"我坐回去时，他对我说。

"好吧。"我绝望地抿了一口我的"茶"。他现在要告诉我什么？

"我十三岁那年，我和兄弟们围坐在篝火旁，我爸跟我们讲有个晚上，他开车行驶在一条路上，预感到那里刚刚发生了什么不好的事情。他把车停在路边，那里有一个警察告诉他这地方停车不安全——前天晚上一个男人被碾死在那里。当爸爸告诉我们这件事时，我们都想，'哦，太可怕了'。我十四五岁时，他都给我们讲了同样的故事。我十八岁那年的一个晚上，爸爸喝醉了，他告诉我，他开车经过那条路，就在那个男人被杀的那晚。爸爸认为他撞到了什么东西，但他继续往前开。第二天他开车去了那里，听说前一天晚上有个人被撞死了。"

"你认为是你爸爸撞了那个人吗？"

"第二天我在爸爸清醒后问他这件事时，我问他为什么不报警，告诉他们发生了什么，这是一起意外。他说：'听着，忘了你所听到的一切，它从来没发生过。'我父亲教会我，只要我们把门关起来做事，没人知道，就没事。"

是的，我知道这是怎么回事。西尔维斯特被关起门来虐待。我被关起门来虐待。

"你听过鹿哭吗？"杰斯珀森问道，突然换了话题。

"没有。我不知道它们会哭。"

伴生：我们与动物的故事　　135

"鹿真的会哭喊……你听过兔子哭吗?"

"没有。"

"兔子会尖叫,会真的哭或尖叫。这就是吸引土狼来杀兔子的原因。实际上它们会开始哭号。我们都习惯了动物什么都不会说。你看过电影《闪电奇迹》① 吗?有个孩子拥有超能力,他把手放在动物身上,能看到并感受到动物的恐惧。"

"你之前提到过这部电影。我从来没看过。"

"他抓住了射杀鹿的人,然后把这个人的手放在鹿身上,这家伙就能真正感受到鹿正在经历的一切,从那一刻起,这家伙就不想再猎鹿了。"

"跟我讲讲你听到会哭的那头鹿。"

"我射这头鹿,射得太高,太靠前了。我不得不追了那头鹿好几个小时,然后才能再开一枪。它大喊大叫。它在哭。我就是这样追踪它的,它哭是因为箭射进肩胛骨却没有穿过任何要害部位。它拖着一条跛腿跑着。迟早会有一只土狼抓到它或什么的,但我必须追好几个小时才能找到一个好机会,把鹿放倒。从那以后我不去猎鹿了,我就是不去。1982年秋天,在加拿大发生了这件事以后,我就拒绝再去猎杀驼鹿或者鹿了。"

"你为什么认为这影响到你了?"

"因为我真的听到他哭了。我去那里的时候觉得它们不会发出声音,所以没关系。听到鹿的号哭让人恶心。就在那一刻,我听到了他,听到他其实是能发出声音的。"

广播员通过扩音器通知我们,当天的探视时间已经结束。第二天

---

① *Powder*,维克多·萨尔瓦导演的剧情片,1995年上映,故事讲的是一位母亲在怀孕时不幸遭到电击,生下一个拥有读心术超能力的白化病婴儿叫作Powder,他长大后遭遇到了很多社会问题。——译者

早上我就要飞回家，再也见不到杰斯珀森了。我们站起来，握手道别。他朝着囚犯排队返回牢房的方向走去，我朝着相反的方向走去。某种东西迫使我转过身，我看到杰斯珀森走路时有点跛，因为腿有老伤，膝盖也有关节炎。有那么一瞬间，我并不认为他是一个残酷的杀手（尽管他肯定是），而是一个孤独的老人。

"再见，基思。"我又说了一遍。

他停下来转向我。他看起来很惊讶。"再见。"他平静地说。

帕特里克又一次说对了。两个晚上之后，二十年来第一次，我梦见了塔卢普叔叔。

我为什么这么做？我得到想要的了吗？回到家里，我反省自己见杰斯珀森时那种相当傲慢的态度。我得出的结论是，尽管他带来了情绪上的混乱，但这一切是值得的。我学到的东西远远超出我的预期，不仅是关于他，也关于我自己。

必须承认，当第一次写信给杰斯珀森时，我就对他会跟我讲些什么有先入之见。我以为他和动物之间的唯一关系就是那些围绕着残忍的东西。然而，即使杰斯珀森对他杀害的人表现出极大的残忍和冷漠，他也有意想不到的人性时刻。尽管我在利马州立医院的许多人身上读到这种两面性，但我仍然没有料到也可以在一名连环杀手身上看到它。我被自己的偏见迷惑了。

在孩提时代杰斯珀森就对动物有着天生的同理心，甚至在成年后偶尔也会有。当他谈到射杀的那头哭泣的鹿时，这种同理心就流露出来。但他很早就知道，对动物的仁慈会导致痛苦的结果——哥哥杀死了他的乌鸦，而他报复的行为会受到惩罚；公爵死了，而父亲选择欺骗他。杰斯珀森的邻居和家人，最重要的是他的父亲，教导他对动物的暴力是可以接受的。每当他残忍地对待一只动物并侥幸逃脱惩罚，或得到他父亲的关注时，他的行为就会得到强化。最终，他刚刚萌芽的同理心在很大程度上被他多年的残酷实践所压垮。

精神科医生从来没有对他进行过正式检查,将他诊断为患有反社会人格紊乱(APD)。这种人格障碍通常被认为是社会病或精神病(两种不同的人格障碍,有一些重叠的表现),其特点之一是,对他人缺乏同理心,很少甚至没有悔恨之心。但即使杰斯珀森被诊断出患有反社会人格紊乱,贴上标签来解释他的暴力行为也显得太容易了。反社会人格紊乱会导致暴力吗?还是暴力导致反社会人格紊乱?哪个是因哪个是果?

我们必须审视杰斯珀森的全部人生,包括他与动物的关系。1964年,玛格丽特·米德[1]指出:"儿童身上可能发生的最危险的事情之一,就是杀死或折磨动物而不承担责任。"伤害动物和伤害人类之间没有直接的映射关联。毕竟,戴夫在伤害了西尔维斯特之后并没有继续虐待人类。有许多复杂的因素必须考虑,包括家庭动机、精神状况和遗传因素。然而,越来越多的证据表明,被主动甚至被动鼓励对动物施暴的人,更有可能对人类施暴。

同理心是道德发展的重要组成部分。没有它,我们无法想象别人的生活和他们的痛苦,也无法形成去减轻这种痛苦的愿望。犯罪学教授皮尔斯·贝尔尼认为,从这个意义上来讲,对动物和人类的同理心可能有着密切的联系。对杰斯珀森来说,女人和动物身上有他可以利用的一个共同弱点。他杀害的女性大多是性工作者和无家可归者,她们都处于社会的边缘,容易被忽视,这一点和大多数动物并无不同。如果有人在杰斯珀森生命早期进行干预,培养他天生对动物的善良,他可能会学会以同理心看待女性,而不是把她们当作残害的目标。

---

[1] Margaret Mead,1901—1978,美国现代人类学发展过程中作出重要贡献的学者。——译者

杰斯珀森再次唤醒了我对自己曾受虐待的情感反应——我曾自负地认为此事已远远被抛在脑后了。当然，他对他强奸和杀害妇女的描述也起到了一定作用，但不止于此。我并没有预料到通过一个连环杀手，我会对自己有那么多的了解。

暴力不仅是个人心理的产物，也是社会和文化影响的产物。由于他周围的文化，杰斯珀森已经习惯于接受暴力。我也是，我被教导要做一个巴基斯坦好女孩，尊重长辈、权威和传统。如果一位长辈让你做什么，就要去做。如果一个成年人牵着你的手去卧室，就要和他一起去。尽管塔卢普叔叔对我的行为让我感到不安，但随着时间推移，我也开始认为这没什么不正常的。这就是我的生活。这是常规例行。

我现在也明白了为什么在戴夫伤害西尔维斯特的时候，我没有太深地质疑他。

"这很正常。"戴夫对我说。

纵观历史，这几个字支持着有意而为的无知。这几个字为歧视提供了借口。这几个字助长了对弱者的统治。这几个字欺骗我接受了西尔维斯特和我所受的虐待。

当暴力被视为普通行为时，人们很难识别它。正如孩童时代的我，没有完全意识到我生活中的暴力，无论是针对我还是针对西尔维斯特，杰斯珀森也没有。但我能从他的生活中看到导致他走向谋杀的征兆。他知道什么是对什么是错，每一次谋杀都有准备好的理由。他为自己杀害女性辩护的能力，在多大程度上源于他学会为每一次虐待动物的行为辩护？就像他谋杀人类一样，他对自己杀死每只动物都有一个合理的解释。此外，他通过遵从文化态度（包括邻居和家人的态度）来为自己对待动物的许多行为辩护。"每个人都这么做"，或"这是工作的一部分"。当文化规范忽视一种残酷行为或为之辩护时，我们是否为所有形式的残酷敞开了大门？我们，作为一个社会，对制造杰斯珀森这样的人负有责任吗？

"像杰斯珀森这样的暴力杀手只是冰山一角，"希基博士后来告诉我，"他们是未来事物的先兆。他们告诉我们，我们的社会正发生着什么。"

拜访杰斯珀森一个月后，我终于找到了他写给《政治家杂志》的信。

1996年11月23日，在俄勒冈州的塞勒姆，警方逮捕了两名麦克纳里高中的学生，罪名是殴打一只虎斑猫致死。据警方称，十八岁的托马斯·谢泼德和达勒·达德利在这只猫溜进谢泼德家后，用木棍打死了它。这是谢泼德继母喂养的许多流浪猫中的一只。当继母在垃圾桶里发现猫咪尸体时，她报了警。

两名学生的被捕本身并没有引起轩然大波，真正引发镇上报纸激烈辩论的是麦克纳里足球队教练汤姆·斯迈思的一句话。得知谢泼德被捕的消息后，斯迈思告诉记者："让我们正确看待这个问题。（谢泼德）没有强奸、残害或抢劫任何人。他犯了一个愚蠢的行为，让一只愚蠢的动物送了命。"

在将近两个星期的时间里，《政治家杂志》收到有关猫咪被杀和斯迈思言论的信件比其他任何话题都多。这些信中有杰斯珀森写的那封：

> 在所有主要执法机构的犯罪期刊上都写着，对动物的虐待行为是成为杀人犯的征兆之一。
>
> 正是在我刚成年的时候，我对动物的攻击增加了。
>
> 我父亲看到我把一只猫扔到人行道上，然后把它勒死。发现猫的那间出租屋是我们的。

他非但没有告诉我这是错的,反而对我处理这件事的方式感到骄傲。他甚至还到处吹嘘我是如何"照顾"移动家庭公园里的流浪猫和流浪狗的。

这一切引发了我再次杀戮的欲望。我开始想杀死一个人会是什么感觉。这种想法在我心头萦绕多年,直到有一天晚上它发生了。

我把一个女人打得半死,然后勒死她。我不再找动物来虐待。现在我找人来杀。我这么干了。

我一次次杀人直到被捕。现在我为此付出了代价,将在监狱中度过余生。

我们应该停止对任何事物的残酷行为,在它发展成更大的问题之前,就像发生在我身上的那样,暴力和攻击可能带来比无意义地殴打一只猫更严重的问题。

基思·杰斯珀森

第五章　动物而已

戴夫继续伤害西尔维斯特。西尔维斯特一闹腾就会惩罚他,弄得他骨折、浑身是伤。每次戴夫把西尔维斯特摔到墙上,捶击他的脸,或是踢他的小身体,我都会暗自流泪。但我保持沉默。

四个月后,我想到了报警。我查了当地派出所的电话,然后犹豫了。我该怎么跟警察说?我爱戴夫,不管他对西尔维斯特做了什么,我不想让他惹上麻烦。如果警察不在乎西尔维斯特的遭遇呢?如果他们觉得戴夫做的没错,同意他只是在训练狗呢?我见过警察多次经过我们的大楼,和住在那里的人交谈或执行抓捕。拥有和出售毒品和枪支是一种常见的活动。在我们这儿,警察是敌人。即使没有做任何违法的事情,我们也总是害怕警察会找到对我们不利的东西。

就算在警察的眼皮底下,邻居们也依然会残忍地把狗在外面的寒冬或酷暑天气中拴上几个小时,咧着伤口、戴着项圈的猫在周围游荡。许多人公然伤害动物而无惧警察。

我从没打过那个电话。我对报警这事儿很紧张,我说服自己他们不会在乎的。"动物而已。"他们会这么说。我可能是对的。

但那之后,社会上的态度发生了变化。

某种程度上。

在一个宽敞的七楼礼堂外,我凝视着曼哈顿的天际线。今天纽约皇后区的警察学院为警察部队举办一堂有关虐待动物的培训课。我首先联系了纽约警察局,想了解现在的警察如何处理有关虐待动物的报警电话。事实证明,纽约走在了时代的前端。由迈克·墨菲警长领导的纽约警察局虐待动物调查组,是美国第一个全职调查动物虐待的侦探小组。

墨菲邀请我参加这次由纽约警察局和美国防止虐待动物协会联合举办的培训课程。法律要求警察在看到或接到举报时,必须调查虐待动物的行为。但一直到几年前,这项治安工作的大部分职责都落在美国防止虐待动物协会身上。每当警方接到虐待动物的911电话时,通常都会转给美国防止虐待动物协会。现在,通过新的合作,纽约警察局在调查虐待动物行为和执行纽约虐待动物法律方面发挥了主要作用。这一变化导致了连锁反应。突然间,检查虐待动物的男女人数从大约十八名美国防止虐待动物协会的雇员变成了遍布纽约五个区的三万四千名警察。此外,纽约警察局还成立了一个新的侦探小组,专门调查虐待动物的案件。现在,协会可以集中精力和专业知识提供工具性支持,例如培训整个警察部队识别什么是虐待动物行为,了解动物保护法,并知道如果接到911电话,有人请求他们去帮助狗、猫或其他需要帮助的动物时该怎么做。

这个周六早晨,三百名男女(从警察新秀到高级警长和警探)挤进了礼堂。我坐在靠近前排,手里拿着一杯热黑咖。首先上台说话的是墨菲中士。他柔和的嗓音带有布鲁克林口音,与体型不太相称。我一直期待着他粗壮的脖子和身体里发出一声深沉的低吼。

"泰德·邦迪①、杰弗里·达莫②、丹尼斯·雷德③,"他对观众说道,"这些人在杀害、食用和肢解人之前都有过伤害动物的历史。当他们对动物做坏事时,也对人做坏事。在调查这些罪行时,要多管管闲事。调查人的时候,要看看动物。调查动物的时候,要看看人。"

在墨菲简短的开场白后,一位来自美国防止虐待动物协会的年轻女子接过了话头。"如果你有动物案件,请给我们打电话。我们会帮助你。我们有一条热线,会指导你怎么做。"协会的帮助热线每天二十四小时运作,支持纽约警察局,指导警察们如何处理和运送动物。动物会被送到他们位于曼哈顿九十二街的动物医院,或者送到该地区众多合作兽医医院中的一家。在医院里,兽医将免费提供医疗服务,如果需要的话,会启动法医检查和记录。事实证明,最后一项行动有助于成功起诉虐待动物者。

"做好准备,可能会有媒体,"协会代表说,"有人把一只猫踢到25英尺高的空中。这段视频传疯了。"

接下来,协会的一位律师站起来问观众:"在座的有谁调查过动物案件?"我环顾四周,只有零星举手。"你们会看到最常见的虐待动物形式,条件很差的居所、遗弃、关在车里、扔到极端温度下以及斗兽。虐待动物可以是公开的作为,也可以是不作为,它适用于任何动物。"接下来,她展示了一些照片。原本目光涣散的观众顿时警觉起来。一张照片上是一只被漂白剂淹死的猫,另一张是一只被枪弹打得满身窟窿的松鼠。"公开的作为。"她说。然后,她又展示了虚弱消瘦

---

① Ted Bundy,活跃于1973—1978年间的美国连环杀手和强奸犯,杀死了至少三十六名女性,于1989年被电椅处决。——译者
② Jeffrey Dahmer,在1978—1991年间共杀害并肢解了十七名男子,大多数是非裔美国人,被捕后被判终身监禁,1994年被同狱的另一名囚犯杀死。——译者
③ Dennis Rader,在1974—1991年间最少虐杀了十人,2005年被捕,被判终身监禁。——译者

的动物和身上有着明显的看起来很痛苦的伤口的动物。"忽视虐待。主人有义务提供兽医护理。'我负担不起'不是借口。"

整个上午，一个接一个惨不忍睹的画面和视频显示在屏幕上。被打得血淋淋的猫，被毒死的浣熊，被烧焦的兔子。然后，一位演讲者投影出一系列斗兽场和相应设备的照片：满是粪便和血迹的水泥斗狗坑；强迫狗一次跑三小时为斗兽做准备的跑步机；用来繁育狗的繁殖架①；负重牵引机，沉重的铁链和马刺。所有的设备都是为了观看动物互相残杀而制造的。这是一桩大生意。

纽约警察局调查的一些最大的案件都涉及斗兽。这些活动深入地下，在全国乃至全世界都有广泛的网络。墨菲向我描述了他们正在调查的一个人，此人在纽约经营一个斗鸡网络，经常往返于墨西哥。他涉嫌在那里督管更多的斗兽团伙，可能还有其他犯罪。"犯罪不是凭空发生的，"美国人道主义协会的约翰·古德温曾说过，"当有暴力分子押下大笔赌注时，麻烦就来了。"

斗狗、斗鸡及其他类似的活动与洗钱、贩毒、贩卖人口、卖淫、赌博和帮派有伴生关系。墨菲经常派他的团队成员去卧底，以渗入斗兽网络周围的重重防御。这些调查需要几个月，有时甚至是几年，通常包括他的小组之外的警探，每个人都专注于不同的关联犯罪。"凡是有斗兽活动的地方，"一位主持人说，"就会有帮派、枪支、毒品和大量金钱。"

房间里爆发出一阵笑声，我从咖啡杯里抬起头来。大屏幕上显示的是斗鸡用具的图片，包括一本蓝色的看起来像护照的书，封面上用大号字体凸印着金字：EL公鸡官方记录簿。

我和观众一起大笑，但随着一段斗鸡视频的播放，大家都迅速清

---

① Rapestrand，一种用来物理固定母狗的装置，便于公狗骑上去强行交配。——译者

伴生：我们与动物的故事　　145

醒了过来。我以前从来没有见过斗鸡，它们的暴力和迅猛惊呆了我。视频中，男人们用马刺绑住两只公鸡，放入一个水泥坑，然后退后观看。几乎不到一分钟，两只鸡就发动了攻击，几乎互相歼灭。羽毛、皮肤、骨头碎片和血到处飞。我听到观众席上有人倒抽着气："天啊！"

主持人说："在斗鸡比赛中，谁流的血最多，谁就是输家。"

当我看着血淋淋的战斗坑的画面，想象是什么样的心态让人去造成这样的痛苦，我想，不，主持人错了。在这场战斗中，每个人都是输家。

午餐休息时间，我和墨菲小队的其他警探们坐在为主持人和主讲人预留的包间里。这支 2015 年成立的小队最初分配了八名警探。他们全都在纽约警察局工作多年——有些人负责凶杀案，有些人负责帮派暴力，有些人负责毒品犯罪，都很有经验。警探们非常热衷于与我分享他们的动物调查经验，以至于我有一种感觉，其他警察是因为这些人不再管"严肃的问题"而把他们免职的。

其中一位名叫丽莎·伯根的警探给我看了她手机里的一张照片，照片上是她的两条狗，帕科和卵石。狗狗们懒洋洋地躺在后院的儿童游泳池里，帕科嘴里叼着一根喷水的花园水管，看上去心满意足。"我在警队已经快七年了，"丽莎告诉我，"但听说有这个新的调查组时，我提出申请，决定加入。"

当我问她为什么这么做时，她给我看另一部手机里的照片。我吓了一跳。照片上是一条狗的尸体，被烧得焦黑。有人用毯子把狗裹起来，放火烧了它。"是因为这样的原因，"丽莎说，"它们是无辜的。你在为无声者发声。你看，我做了很多家暴的案子。接到一个受害者的求助电话，我们出动了，然后他们就撤销了指控。换个时间他们会再次打电话过来求助，然后再次放弃指控。这些人不想起诉。对于动物来说,你不需要它们起诉。你代表它们起诉,对于这种帮助它们总是如此感激。不管被怎么虐待,当它们得到帮助时,还是会表现出爱。"

当我和队里的另一名警探交谈时,最后一点几乎被一字不差地重申了一遍。塔拉·库西亚斯告诉我:"我们队有不少硬汉街警,这是我们做过的最有意义的事情。动物们都很感激。无论受到过怎样的虐待,它们总是那么感激。"

休息完毕,我们回到礼堂,观看骨折、肋骨骨折和颅骨创伤的X光图像。我不想再看任何悲伤的照片了,所以花更多时间去观察观众,好奇他们的反应。有些警察看起来很无聊。还有一些人靠在椅子上,眼睛盯着屏幕,潦草地记着笔记。大多数介于两者之间。霍华德·劳伦斯在加入美国防止虐待动物协会担任警局联络员之前,曾在纽约警察局工作了二十五年,他后来告诉我,他收到的关于这门课的反馈,从警察要求他们"少放些照片,很恶心"到"这是我上过的最好的课程"不等。"一开始我们收到很多强烈反对,大家会说我们有够多事情要做了。我从1983年开始在警队工作,那时不良驾驶、家暴都不会被认真对待。现在情况不一样了,处理这些已经成了正经事。我希望同样的事情也会发生在虐待动物上。现在越来越多的警察明白了这一点。"

现在越来越多警察意识到,虐待动物是更大的社会暴力图景的一部分。这个世界上不全是最极端的暴力形式,像基思·杰斯珀森那样处于行为谱系极端的人是例外,而大多数虐待动物的行为都与"日常"犯罪有关。

虐待动物的人更有可能做出其他暴力行为。一项对中等和最高安全级别监狱的两百六十一名在押男性囚犯所做的研究发现,43%的人曾虐待过动物。另一项研究发现,虐待动物在最暴力的罪犯中尤其普遍，调查人员将一百一十七名囚犯分为暴力罪犯和非暴力罪犯，暴力罪犯虐待动物的概率明显高于非暴力罪犯（63%对11%）。

马萨诸塞州防止虐待动物协会（MSPCA）和东北大学的心理学家曾联合发表过一项最著名的研究，描述了虐待动物与其他犯罪之间的联系。研究人员找出了一百五十三名在1975—1986年间被该协会起诉的虐待动物者，并核查了他们是否有过其他犯罪行为史。结果发现，70%的虐待动物者在过去十年内还犯过其他罪行，包括人际暴力、破坏财产和毒品犯罪。与对照组相比，研究者得出的结论是：虐待动物的人醉酒或扰乱秩序的可能性要高出三倍；犯财产罪的可能性要高出四倍；对人施暴的可能性要高出五倍。

芝加哥警察局在最近的一项研究中发现了类似的结果。在三百三十二起因虐待动物被捕的案件中，86%的嫌疑人有多次被捕的历史。70%有重罪指控前科；68%有贩卖毒品的前科；65%曾因殴打他人而被起诉；59%涉嫌帮派成员；27%有持枪指控；13%曾因性犯罪被捕。调查人员说，这项研究"揭示了一种令人吃惊的倾向，那些被指控对动物犯罪的罪犯会对人类受害者实施其他暴力罪行"。

对动物的暴力行为和其他犯罪行为之间的联系是如此牢固，以至于联邦调查局最近追踪虐待动物行为的方式也做出了重大改变。在此之前，当美国各地的地方警察向联邦调查局的国家事件报告系统报告虐待动物案件时，这些犯罪都被归为"其他"类。结果导致收集到有关虐待动物的数据即便有的话也很少。随着最近的变革，现在联邦调查局会像收集谋杀和强奸的数据一样收集虐待动物的数据。虐待动物被归类为A组犯罪，包括四个子类：轻微/严重忽视、故意虐待和折磨、有组织的虐待如斗狗，以及动物性虐待。有了这些新的分类，联邦调查局可以获得关于虐待情况更丰富、更细致的数据。

也许从霍华德·劳伦斯那里听到的最让我振奋的一点是，不仅是执法部门越来越意识到，针对动物的犯罪与针对人类的犯罪之间有紧密联系，而且警察也开始为动物着想。他们会把各种动物带到防止虐待动物协会求助，比以往任何时候都多。狗、猫、鸡、豚鼠、仓鼠、鸟类，你能想到的都有。而且常常，警察们最后会把许多动物带回家成为家庭新成员。

不过我了解到，警察队伍内部的一些变化仍然来得很慢。丽莎·伯根在下午晚些时候上台介绍，她展示了一系列照片，每一张都标着"虐待动物者"。很多照片都是迈克·墨菲早上展示的连环杀手的照片，像是邦迪和达莫。但随后伯根展示了一张前亚特兰大猎鹰队四分卫迈克尔·维克的照片，观众席爆发出一阵笑声。我环顾四周，不知所措，不明白为什么这次会有笑声。2007年，维克因残忍对待和杀害他为斗兽"训练"的狗狗被判有罪。维克会让狗挨饿，让它们变得更有攻击性。当狗放弃或死亡时，斗狗就结束了。对于表现不佳的狗，维克会用绞刑、溺水、勒死、电刑、射杀或摔到地上的方法来处死它们。对维克的财产进行搜查时警方发现了七条被杀狗狗的遗骸。维克认罪后在联邦监狱里呆了不到两年，然后就加入费城老鹰队重回美国国家橄榄球联盟。在2016年离开联盟之前，他还曾效力过其他几支球队。

在讲台上，伯根指出，斗兽进入了一个新时代。不仅是几个人在自家后院里设立的打斗。正如维克事件所揭示的那样，体育界和娱乐界的有钱人正纷纷涌入。

几场演讲之后，主持人宣布训练结束，全场的掌声、欢呼、口哨声此起彼伏。当所有人都起来准备离开时，我迟迟不想退场。有件事我得弄清楚，为什么大家会对着迈克尔·维克的照片发笑？

在纽约警察局培训课程结束四个月后，一天凌晨5点，尼克递给我一件防弹背心,并告诉我,我们要去抓人了。这是我和纽约警察局虐待动物调查组一起工作四天的第一天。我穿上背心,大概大了四个号,尼克抱歉地说道:"我们只有这个尺寸。"我有些拿不准,但只要它不滑下腰,我想就还行。

我跻身进入一辆没有标记的黑色福特探险者后座。尼克开车,学员迈克一边帮他在拥挤的街道上导航。这么早,天还黑着,路上已然很堵。我们穿过连接皇后区和布朗克斯区的白石桥,经过纽约植物园,在南布朗克斯区40区的一个公屋开发项目前停了下来。另一辆黑色SUV载着警探查理、塔拉和罗恩,加入了我们。

尼克、迈克和我下了车,加入其他警探的行列。每个人都戒备森严。我看着他们穿上防弹背心,把手放在臀部的半自动手枪皮套上。"昨天中午,"一位警探告诉我,"我们停下了手边的一切事情,调查一个可能的斗狗团伙。发现了可卡因和枪。就是这样一个地方。"

另外三个警探进入大楼,尼克、迈克和我站在外面。我注意到他们从街上紧紧盯着四楼的窗户。我转向尼克,问为什么他们盯着窗户看。他没有把目光从目标上移开:"万一,上面有人开始闹事,就得射击。"

我后退一步,抬头看向窗户。它们黑黢黢,很安静。

"有时他们看到我们来了,就会把枪、霹雳可卡因、可卡……扔到窗外去。"尼克又补充了一句。

这是我们要抓的斗狗团伙吗?"你们要逮捕谁?"我问道,在期待中给自己打气。

"老太太,六十八岁。"

是谁伤害了动物?

我了解到,这位老太太因为疏于照顾两只水龟犯了轻罪。她把它们交给动物管理部门,因为不想要了,她不知道自己犯了罪。动物管理部门报警了。

"一只龟失去了一条腿，"尼克告诉我，"另一只的壳都平了。"水龟病得很重，动物管理部门对它们实施了安乐死。一只龟的四肢变黑并脱落，这是一种当人们不知道如何照顾水龟又从宠物店里把它们买来后常发生的状况。龟被迫一天二十四小时生活在脏水里，没有地方晾干四肢，因此经常感染。第二只龟壳变平的乌龟可能患有软壳综合征，一种代谢性骨病，由于严重营养不良或阳光照射不足而导致缺钙，使得外壳畸形。龟长大了，壳却没长。随着时间推移，它会变得虚弱，而且骨头由于软化很容易骨折，走路也会有困难。这两种疾病，特别是变形的外壳，需要几天、几个月甚至几年的发展。两者都会造成巨大的痛苦。这个女人不可能没注意到动物们都得了重病。她日复一日地从这两只在肮脏的鱼缸里奄奄一息的小乌龟身边走过，看着它们在自己眼前烂掉，却什么也不做。

这个女人似乎并非出于恶意伤害水龟。但她给这些完全依赖她照顾的动物带来的痛苦是否构成了虐待？对于她和其他许多人来说，答案可能为否。

我们很容易把那些连环杀手、严重精神失常者、离群索居者视为暴力犯罪者。认为这个社会中蜷缩在阴暗的地下通道里的怪物才是问题所在，这中间有一种扭曲的安慰效应，这些人显然是不正常的。但是，如果"正常的"人虐待动物，那么对于人性来说意味着什么？

在纽约警察局的培训课程结束时，当人们纷纷离开，我转向几个年长的警察，问为什么观众会对着迈克尔·维克的照片大笑。他们回答说："你看到这张幻灯片上有一个职业足球运动员的照片，和连环杀手的放在一起。你不会想到像他这样的人会虐待动物。他们还是不相信。"丽莎·伯根赞同两名警官的回答。"当我刚开始做这个讲座的时候，我很惊讶，每次把维克的照片放上去，大多数人的反应都是一样的。他们把他当成自己人。'好吧,'他们会跟我说,'但他是那么优秀的橄榄球运动员。'"

虐待与否取决于观察者的眼睛。从古至今,各种文化对暴力的定义就像捏面团,又压又拽,又捏又拉。对家庭暴力和虐待儿童来说尤其如此。我们如何定义虐待受到了信仰、文化习俗——也许最重要的是,当权者的偏见——的影响。由于这些原因,家庭暴力一直被淡化,只是在最近几十年才被认为是法律问题,甚至才被执法部门所承认。从历史上看,男人决定了什么是对女性的暴力,成年人决定了什么是虐待儿童。最糟糕的是,受害者往往相信这些定义。

长久以来,人们都掩盖着有关儿童性虐待的任何迹象,特别是来自家庭成员(对于我,是一个亲密的家族朋友)的性虐待。它是禁忌,它被噤声、被忽略。如果你认为在西方世界承认存在家庭的儿童性虐待是很糟糕的一件事,那么想象一下在巴基斯坦家庭中会是什么样。我的父母只注意陌生人,而不是朋友和家人。小时候,每当我试图穿着短袖和短裤溜出家门,父亲就会不断地告诫我。他真的认为,让我把自己裹起来是为了保护我不被陌生男人骚扰。即使在我还是孩子的时候,也没有少受到这种讽刺。

尽管还有一段路要走,但在如何看待针对弱势群体的暴力方面,我们有了很大改进。对女性的暴力、对有色人种的暴力、对同性恋者的暴力,有时还有对儿童的暴力,都被正确地命名为暴力。但虐待动物呢?定义依然模糊。对于谁伤害了动物这个问题,我们手持画笔。许多纽约警察认为,一个成功的足球运动员并不符合他们眼中虐待动物者的形象。可能对大多数人来说,烤着饼干的老太太也并不适合我们的画像。但如果把画笔交给那些在他们手中受苦的狗狗和乌龟,我想我们会得到一幅可以和亨利·富塞利的超自然题材作品《噩梦》相比拟的画。

在公屋大楼内搜寻老妇人十分钟后,塔拉和其他警探空手而出。"那个女人不在家,"她向外面等着的其他人解释道,"上班去了。"

我们上了车,在拥堵中开了半小时,去抓捕名单上的下一名罪犯。那个女人不在那里。然后我们再开了四十五分钟,去抓另一个人……那个人也不在家,他去上班了。电影中的警探们往往穿着鼓鼓的防弹衣,一脚踢开住宅或仓库门去抓捕坏人,这些平凡的准备工作从来没有在屏幕上展示过。

我们又挤进了汽车里。这次,我和塔拉一起。"要开车去他们的工作场所吗?"我问道,关于那些没在家里找到的罪犯。

"我没有带他们的地址。我们得改天再出来。"

当我们开车穿过车流拥挤的街道回到皇后区的分局办公室途中,我反复思考着这个问题。我们白白开了这么远的路。为什么警察不把罪犯的工作地址和家庭住址一起带着?在我看来这不是很明显嘛。我把我的想法藏在心里。

下午,我陪同墨菲警官、警校学员迈克和尼克去位于邱园的皇后区地方检察官办公室与尼科莱塔·卡费里会面。卡费里担任地区助理检察官已有二十七年,是纽约第一位全职处理动物虐待案件的助理检察官。

"我昨晚去看了《打开牢笼》(*Unlocking the Cage*)的放映,"墨菲介绍我们认识后,卡费里说,"你知道它吗?"我知道。这部纪录片讲述了动物权利律师史蒂文·怀斯挑战法院系统,要求承认黑猩猩的合法人格地位的故事。人格权允许律师和倡导者通过法律手段为受到虐待和监禁的黑猩猩辩护。举例来说,为它们争取"人身保护令"——一种法律程序,用来举报非法拘留或监禁,或者要求将囚犯送交法院以确定拘留是否合法,这是目前人类独有的权利。"放映结束后,和史蒂文·怀斯进行了一个问答环节,"卡费里告诉我,"整个

伴生:我们与动物的故事　　153

过程很吸引人。"

直至2015年之前，卡费里从未考虑过动物人格地位等问题，但在她起诉第一起虐待动物案后，情况发生了变化。"我当时正在处理一个案子，案子提交给纽约最高法院——上诉法院。这是个简单的疏于照顾案件，一开始，人人都在问我：'你为什么要接这个微不足道的轻罪案件？'"

2015年的上诉案件涉及被告柯蒂斯·巴塞尔和他照看的一条狗。根据一个匿名举报，美国防止虐待动物协会的一名警探找到了一条长毛杂种德国牧羊犬，它被一条4英尺长的皮带拴在一个堆满垃圾的后院里。警探在附近找不到食物、水和庇护所。狗狗非常瘦弱，后来给它做检查的兽医说，它"离死亡只有一步之遥"，巴塞尔被判轻罪，缓刑三年，社区服务四十五天。他对判决提出上诉，称检方未能证明他"故意剥夺或忽视或拒绝提供维持动物健康所需的基本必需品"。这就是"我不知道我做错了什么"的抗辩论点。

也许是因为辩方太荒谬，案子引起了公众的广泛关注。"这是上诉法院第一次审理虐待动物案，"卡费里说，"律师通常不会在案件上互相帮助，可突然间，所有人都来帮忙办这个案子了。律师，动物保护人员，警察。"

巴塞尔的辩护没有成功。他的上诉失败了。之后，卡费里去了地方检察官那里，说他们应该全职做这项工作。地方检察官同意了，并在皇后区地方检察官办公室的调查科设立了一个虐待动物起诉小组。这是纽约的第一家。卡费里现在担任首任执行官，她的热情充满了整个房间。"我从没想过自己会做这些。我本来是要退休的。但现在我真的很兴奋能做一些如此创新的事情。就像是第二职业。"

尼克点了点头。"我想我们都有这种感觉。"

墨菲补充道："这就像一口新鲜空气。每个人都关心。每个人都团结起来提供帮助。"

"现在人们认识到这是有必要的。"卡费里说。

卡费里知道那些把对动物的暴力和对人的暴力联系起来的研究。除其他犯罪之外,虐待动物还和反社会行为/人格有关,并且和非犯罪但具破坏性的行为有关,如滥用药物。利用全美酒精及相关疾病流行病学调查的结果,调查人员考察了社会人口、精神病、行为等因素和虐待动物之间的关联性。这是一个全国范围的代表性样本,共有四万三千多名成年人接受了面对面访谈。访谈中有个问题:"在你的一生中,有没有故意伤害或残忍对待过动物或宠物?"调查人员发现,虐待动物与所有被评定为反社会的行为,特别是抢劫、骚扰和暴力威胁显著相关。此外,病态赌博、儿童品行障碍史、强迫症、表演性人格障碍以及终生酗酒都和虐待动物密切相关。

另一项研究考察了药物滥用的发病年龄及其与虐待动物的关系。研究人员采访了一百九十三名去药物滥用治疗中心门诊的青少年,发现早期药物滥用或犯罪与对动物及人类的虐待行为之间存在着显著关联。

对动物的暴力和对人类的暴力之间最强的联系,也许体现在家庭暴力和虐待儿童上。虐待动物,特别是虐待伴侣动物,在有对人施暴行为的家庭中尤其显著。一项研究中,60%在儿童时期目睹或实施过动物暴力的人,有童年虐待或家庭暴力的历史。这当中包括对儿童的身体虐待和性虐待,兄弟姐妹间虐待和伴侣虐待(含同性或异性恋)。在北卡罗来纳州的一项研究中,调查人员将警方关于家庭暴力和攻击的报告与虐待动物的报告进行了比较。他们发现,两者之间高度重合。

"如果社区发生了动物犯罪,里面的人就会没有安全感,"卡费里说,"如果你建立一个制止系统,他们就会使用它。刚开始我们没有

伴生:我们与动物的故事

很多案子，但现在有了。人们都来报告。他们知道，我们会调查。"

墨菲点点头。"自从我们接手后，逮捕人数大约增加了500％。"

卡费里说："很多人就是爱动物。我们现在得到了非常多的支持，公众也好，警察也好。我认为这是因为动物太脆弱了，它们如此无辜而无助。"

卡费里还跟我谈到其他在动物虐待方面担任全职工作的检察官。一个在俄勒冈州，一个在得克萨斯州。"但他们没有一个特别的警探小组来合作，也没有了不起的防止虐待动物协会和法医工作，"她说，"纽约是建立这种模式的最大司法管辖区。我们为此投入了大量资源。很多年前，人们不会因为家庭暴力而被捕。现在我们有一整套司法机构来管这事。我想这和动物犯罪是一样的。所有的人都在关注这一模式。"

当我们驱车前往布鲁克林调查一起投诉时，墨菲跟我讲了更多关于他警队的情况。"现在，我们有八名警探，一名主管，就是我，还有一名文职人员，"他向坐在我身边的学员迈克点点头，"我经常接到一些警察的电话，想加入我们，因为他们是动物爱好者。但他们必须是受过训练的调查员才行。我只招有经验的警探。"当接到和虐待动物有关的911电话时，当地的街头警察会先出去视察案件。如果案件看起来比较复杂，牵涉面较大，就会转交给墨菲的小队。他的侦查队伍覆盖了整个纽约。

当我们到达目的地时，墨菲告诉我，这个案子涉及一只浣熊。"接下来，医生，说下我们正在查的这个案件。有人打了911，报了另一起与动物有关的案件。这时另一个匿名电话打进来，说管理员在烧老鼠。警察赶到的时候，在陷阱里发现了一只浣熊的尸体，浑身是血，身上好像有液体。"

"浣熊怎么了?"我问。

"它已经被送到兽医那里了。我们在等病理报告,看是不是被酸灼伤的。"

哦,不,可怜的动物。

尼克把 SUV 停在一条繁忙街道上的一栋公寓楼前。一扇紧锁的烤制栅门挡住了我们进入褐石公寓的入口。墨菲尝试了几种方法开门,但都没有用。路边停着一辆中餐外卖车,车上的司机饶有兴趣地看着我们,然后指了指大楼左边的一条小巷。我们四个沿着狭窄的小巷,爬过高高的一堆被压平的箱子和一个大垃圾箱,绕到了后面。

一个小院围着这座建筑的背面,虽然它看起来更像一个垃圾场。和前头街道的繁忙相比,后头安静得出奇。我们绕到大楼另一边,看到一扇小门,打开是一个短楼梯,通往一段弯曲的走廊。墨菲对着我和迈克命令道:"别过来。"

墨菲把手放在臀部的黑色格洛克手枪上,进入了地下室,尼克紧随其后。迈克和我看着他们绕过弯道,然后就不见了。几分钟过去了。我们互相看着对方,然后回到走廊上,想看看到底发生了什么。突然,我们听到里面传来提高的嗓音。有人在大喊大叫。他说的大部分话我都听不懂,但飙出的脏话很清楚。"他妈的!……他妈的……你他妈的!"我听到墨菲的回吼。又过了几分钟,墨菲、尼克和一个又高又瘦的男人走了出来。此人穿着宽松的裤子和脏兮兮的 T 恤,戴着顶棒球帽。是公寓管理员。[①]

公寓管理员在小院子里来回走,身体没停下来过,声音也没有。这人不是在说话,而是在咆哮。他踱步的疯狂和墨菲的冷静形成了鲜

[①] 这里作者用了 The Super 来称呼这个男人,同名恐怖电影讲述了纽约市一座大型公寓楼里面的人相继神秘失踪、这时候来了一个新管理员的故事。——译者

伴生:我们与动物的故事　　157

明对比。我真的很喜欢墨菲。他生性随和、谦虚,但那温柔的声音却能迅速转变,号令权威。墨菲让公寓管理员冷静下来,问他浣熊的事。

"是啊,老兄,"公寓管理员说,"我捉浣熊,负鼠。要让大楼保持干净,明白我的意思吗?有一个房客,一个女人,说一只浣熊爬到她三楼的窗户袭击了她。不能让这种事发生,明白吗?浣熊会得狂犬病。我一直在这里工作。"

"这里已经很久没有狂犬病了。"墨菲告诉他。但他仍然喋喋不休。

"我得在这里工作。得让这里保持干净,你懂我的意思吗?有狂犬病,听到了吗?这不行的。"

"看着我,"墨菲说,"这里没有狂犬病的报道。没,有,狂,犬,病。"

"是的,好吧,如果你这么说的话,但我得做好我的工作。是的,我捉浣熊。烧了它们,捅了它们。但最后一个一直留在那里。"他指着院子角落里侧倒的一个小金属诱捕器。

"你把他留在夹子里了?"墨菲问他。

"是啊,是啊,什么都没做……它死在夹子里。什么也没对它做过。"

"他在夹子里活了多久?"

"不清楚它活了多久,你知道吗?我星期六把它夹住了。昨天我回来看的时候,它已经死了。"

在我和墨菲检查诱捕器时,尼克问到了公寓管理员的联系方式。"真的很难过,医生,"墨菲跟我说,"一只动物被困在那里,奄奄一息,要疯了。也许我正在成为一个自由主义者。"他看着我,没精打采地笑了一下,"不过,真让人难过"。

如果墨菲愿意的话,他今天就可以逮捕公寓管理员。在纽约,把一只动物关在诱捕器里二十四小时以上无人看管是一种犯罪行为。但是墨菲想等病理结果出来搞清楚浣熊是怎么死的。即使报告显示浣熊是被酸或其他方法活活烧死的,这也改变不了墨菲可以指控公寓管理员的罪名。原因不在于浣熊如何被杀,而在于更说不清道不明的一些事情。

谁是动物?

当然,人类就是动物,虽然我们尽力否认这一点。撇开这一点不谈,谁是动物,某种程度上取决于他或她恰巧生活在美国的哪个州。

俄勒冈州认为,动物是"任何非人类的哺乳动物、鸟类、爬行动物、两栖动物或鱼类"。密苏里州将它们定义为"除人类以外的所有脊椎动物"。这就排除了螃蟹、章鱼和龙虾,在我上一次查阅生物学课本时,它们还都是动物呢。我也搞不懂得克萨斯州定义背后的逻辑:"驯养的生物,包括任何流浪或野生的猫或狗,以及从前捕获的野生生物。"这就不包括从未捕获的野生动物(基本上是所有野生动物),也不包括牛、山羊、猪和鸡,它们被定义为"家畜",而不是动物。

我们真的不能责怪各州在决定谁是动物上如此困惑。《动物福利法》的作者们也无法搞清楚这一点。这是"美国唯一规范研究、展览、运输和经销动物的联邦法律"。该法将动物定义为"任何活或死的狗、猫、猴子(非人灵长类哺乳动物)、豚鼠、仓鼠、兔或其他温血动物,由部长决定用于或拟用于研究、测试、实验或展览目的,或用作宠物;但该术语不包括(1)为研究目的而饲养的鸟类、大鼠属的鼠和小鼠属的鼠,(2)非用于研究目的的马,以及(3)其他农场动物,如,但不限于,用作或拟用作食物或纤维的牲畜或家禽,或用作或拟用作改善动物营养、繁育、管理或生产效率,或用于改善食物或纤维质量的牲畜或家禽"。这是一道智力题。

幸运的是，各州对动物的定义可能比《动物福利法》的作者们给出的更宽泛一些。纽约州将动物定义为"除人类以外的所有生物"。如此，在纽约，公寓管理员涉嫌杀死的浣熊确实是一种动物。这意味着可以认定公寓管理员触犯了法律。

接下来的问题是公寓管理员触犯了哪一条法律？根据纽约州法律，任何"折磨或残忍殴打或无理伤害、残害、肢解或杀害任何野生或驯养的动物……"的人都犯了 A 级轻罪。轻罪的最高刑罚是一年监禁和（或）不超过 1 000 美元的罚款。无论公寓管理员如何伤害和杀死浣熊，他可能面临的最大判罚都是轻罪。

假设不是浣熊，而是狗。在这种情况下，公寓管理员可以被指控严重虐待，这发生在一个人"没有正当目的……故意杀死或故意对动物造成严重身体伤害"的情况下。严重虐待动物是重罪，最高可判两年监禁。在监狱刑期上并不比轻罪严重多少，但如果罪名是重罪，法院可以选择缓刑五年。这项缓刑将禁止公寓管理员在此期间拥有伴侣动物、与它们生活在一起或与它们接触。

为什么公寓管理员在狗身上泼酸会面临重罪指控，而在浣熊身上泼酸就不会呢？这就涉及我们如何定义与动物的关系了。在纽约，浣熊只是浣熊，但狗被放入一个特殊的类别。狗自动被认为是一种伴侣动物，猫也是如此。任何"通常在主人或照顾这类其他驯养动物的人家中或家附近饲养的驯养动物"也是潜在的伴侣动物。只有对伴侣动物的伤害才符合严重虐待动物的标准。诚然，伴侣动物的定义可以很宽泛。兔子、老鼠、沙鼠、鸟类甚至浣熊都可以列入这一定义，只要有一个人宣布它们是伴侣动物。

如果有人收留并照顾这只浣熊，它可能会合法地被视为伴侣动物，它的痛苦可能会导致重罪指控。但由于这只浣熊是独自在这个世界上闯荡的，对导致它死亡的行为的惩罚就不会那么严厉。

同样，如果一个女人因为朋友惹她生气而故意毒死朋友的猫，可能会被判入狱两年。不过，如果她以实验室研究的名义毒死了一只猫，就会受到保护。在纽约和其他州，实验室里的动物，包括狗和猫，在法律上都不被视为伴侣动物。

为什么保护动物的法律要建立在人类是否把它们视为伴侣的基础上？没错，爱这些动物的人会因它们的痛苦而受到伤害。但这就足以成为一个充分、合理的理由让保护伴侣动物和保护其他动物的法律之间存在差异吗？如果一个孤儿被杀，谋杀者所受的刑事惩罚不会因为被害者没有家人这一点而减少，对孩子造成的伤害才是最重要的，而不是他与他人的关系。

为什么不能简单地把动物保护法建立在对动物造成的伤害类型上呢？有关动物的规定都是精神分裂的，因为归根结底，所有动物都被视为合法财产。尽管在认识针对动物的罪行方面取得了进展，但，即使在今天，动物仍然只是动物。它是否被给予任何法律保护，以及这种保护采取什么形式，取决于我们选择如何使用它。作为同伴，作为实验工具，还是作为下午的点心。

我不认为一只猫会在乎一个女人以科学的名义给它下毒，还是因为它是激怒她的人的伴侣动物而下毒。对猫的影响是一样的。

让我们进一步分析这些法律。正如所看到的那样，除了纽约之外，许多州的动物保护法中完全忽略了某些动物。而《动物福利法》将鸟类、老鼠、其他鼠类、所有冷血动物和农场动物排除在外。这就引出了一个问题：什么时候一只动物不成为动物了？

答案既简单又复杂。简单的答案如下，如果起草法律的人认定一只动物不是动物，那么它就不是。复杂的答案则是，如果把一只动物定义为非动物比较方便，那么它就不是。

通过否定一种动物甚至其最基本的身份，我们把它丢进一种模糊、含混的虚空里，其中，该动物不完全是一个东西，但也不完全不是一个东西。通过把动物归到另一类别，我们可以确保自己想要继续进行的活动，无论这些活动会对动物造成多大的伤害，都要继续。作为东西或几乎算是东西，它们不需要吃，不需要活动空间，不需要在温暖阳光中感到幸福，不需要在受伤时感到痛苦，不需要感到焦虑、悲伤、爱。或者，我们可以互相承认，这些几乎算是的东西确实有上述的需求和感受快乐及痛苦的能力，但并没有那么多。

一个"可供选择的事实"，我们既方便这么告诉孩子，也方便这么告诉自己。

我和墨菲小队呆一起的第三天，跟警探们的关系已经好到像是认识很久似的，甚至开起了友好的玩笑。今天，我和查理还有克里斯开着道奇 SUV 出去，一路谈论新看的电影和喜欢的书。因为我可以整天聊吃的，所以讨论也不可避免地转向这个话题。我提到曼哈顿那些我一直想去的好餐馆。"既然你在纽约呆了几天，"查理问我，"都去过些什么餐馆？"

我大笑起来。每天结束的时候都太累了，所以我找的是又快又近的地方。"塔可钟①！"我回答道。

我问克里斯他是如何参与到这个小分队的。"我是个动物爱好者，"他马上说，"我和我的小猫咪关系很好。"小队里的警探们都有自己所爱动物的故事。

今天上午我们正在处理的案子发生于城市的另一头。查理告诉我："投诉来自一个女人。说一个邻居和她发生了争执，把她的狗抢

---

① Taco Bell，全球连锁的墨西哥风味快餐厅。——译者

走摔在地上。"

当我们把车停到布朗克斯区的一栋公寓楼前时,一个女人把脸贴在一楼有铁栅栏的窗户上看着,然后打开门,介绍自己叫艾达。她穿着拖鞋和长袍,把我们迎进她的公寓,里头一只胆小的吉娃娃在她脚下乱窜。另一只耷拉着耳朵的小狗坐在沙发上,看着我们,叫个不停。还可以听到鸟在后屋啁啾。"我有小鹦鹉,"艾达告诉我们,"五只。但我以前有七只。它们喜欢从笼子里跑出来。"

"我也有。"查理嘀咕了一声。

不考虑她有鸟有狗的话,这女人完全一副疯狂猫女的形象。盒子和小摆设塞满整个公寓。尽管杂乱无章,但她准备好了,从厨房抽屉里拿出一个文件夹递给查理,告诉我们:"我有兽医给它检查伤口的文件。"

当我站在小厨房外观看时,吉娃娃一瘸一拐地走到我面前,嗅着我的腿。"嗨,小家伙!"我说,然后把注意力转向查理和艾达。当她给查理看兽医的报告时,我捕捉到他们谈话的片段。"防止虐待动物协会想要 X 光片……要麻醉……可能会醒不过来……"一边听着对话,一边意识到克里斯正试图引起我的注意,并听到他说:"嗯,我想……"但我的注意力太集中在那个女人身上,无暇听克里斯告诉我的其他内容。

艾达把我们带到马路对面的一个小公园。"我和我的狗坐在这边,"她说,指着公园的长椅,"她走过这里,她说:'如果你的狗咬我,我就咬你。'她为什么要这么说?我的狗根本没有靠近她。她一直向我走过来。我带着狗一直往后退。她过来了,抓住我的狗带,像这样甩(她用胳膊做动作),然后把狗扔到这儿。"这就能解释为什么吉娃娃一瘸一拐了。

"那个女人的男朋友,"艾达说,"他一直在给我找麻烦。为什么?

我已经够忙了。"

"你怎么认识他们的?"克里斯问她。

"我不认识,他们就在这儿。你得注意周围的人。前几天我在门上插了面旗子,然后就不见了。在这个地方你必须保持警惕。"

"这是一个毒品区。"查理对克里斯说。

查理环顾四周,注意到公寓大楼两端各有一个监控摄像头。"让我们看看摄像头有没有拍到事发经过。"

查理走开了,克里斯过来对我说:"我想狗尿在你身上了。"我向下看了看我的左腿。糟了。

从艾达那里拿到所有需要的信息后,我们回到了105分局。一走进分局办公室,墨菲就离开他的办公桌,向我走来。"医生,我听说你被尿了。"

"什么?"我回应道,"我们刚回到这儿!而且完全没听到和我一起的人在电话里跟你说。你怎么这么快就知道了?"但他只是笑笑,然后回自己的办公室。不到一小时,所有的警探都听说了"一只狗在医生身上撒尿"。

由于今天下午没有其他投诉需要调查,我有了点空闲,于是打电话给罗伯特·雷斯曼博士。几个月前我在纽约警察局的培训会上第一次见到他,雷斯曼是一名兽医,是美国防止虐待动物协会的法医科学主管。我问他今天有没有什么有趣的案子。

"我们要做一个尸检,你可能会感兴趣。这是主人交出来的狗的照片。但很可疑。午饭后我们就要出发了。1点钟左右。"

现在是12点半。我不可能在半小时内从皇后区赶到曼哈顿的市中心。但我跳上车,以合法的最快速度开。

当我来到美国防止虐待动物协会临床中心的地下验尸室时,雷斯曼才刚开始,穿着外科手术服,正在看一只小吉娃娃的尸体,它躺在一张钢桌面的灰色橡胶垫上。"进来,进来,"我走进房间时他说,"你运气真好。我们开始得有点晚了。"

他向我介绍了两名来自俄亥俄州立大学的兽医学生,都在他那里实习。防止虐待动物协会的员工贾维尔将数据输入台式电脑,并拍了照。背景音乐放的是警察乐队的 Roxanne。

桌上这具尸体小小的,消瘦不堪,脖子上有一块块生皮,腰部有纠结的毛,看起来一定很痛。它那突出的肋骨瞪着我们,挑战我们去揭露一个虐待的故事。"这条狗是作为被遗弃的流浪狗带进城市收容所的,"雷斯曼告诉我,"他们对它实施了安乐死。收容所和带狗进来的女人谈得越多,事情就越发不对劲。她先说在家附近发现了狗狗。后来,她又承认自己和丈夫养了它两到四年。她猜狗十岁了。如果我养了一条狗两到四年,我会清楚知道是两年还是四年。他们可能养了这条狗整整十年。"

雷斯曼是为数不多的对动物进行正式法医调查的兽医之一。他毕业于康奈尔大学兽医学院,在 1990 年代加入美国防止虐待动物协会之前,已经从事普通兽医多年。在协会的曼哈顿医院,雷斯曼照顾过许多被纽约警察局或协会调查人员带进来的动物。但他很快意识到,自己和其他兽医可以做更多的工作来支持对虐待行为的调查。

"所以执法部门会把动物带来,我们会照顾它们,"雷斯曼告诉我,"但我们没有任何责任参与到实际刑事案件的过程中,只需要给一张手写的纸条,上面写着体重过轻,需要喂食,就这样。没有别的了。"

尽管许多兽医从事法医工作已有数十年,但他们并没有正规的培训,也没有明确的领域归属。雷斯曼通过研究人类法医文本自学,并从虐待儿童的案例中寻找相似之处。像动物一样,孩子们往往无法说出他们的故事。利用那些解释如何调查虐待儿童案的指导手册,雷斯曼为虐待动物的检查创建了一套类似的程序。除此之外，现在他和他的团队还会记录动物的一般身体状况、毛发纠结程度、体重、身体损伤以及脱水和饥饿的迹象。他们的工作是找出尸体揭示的任何线索，以帮助确定动物是否受到虐待，如果是的话，那么是如何受到虐待的，以及持续了多久。

雷斯曼把狗的尸体放在秤上：1.2公斤（2.6磅）。一条成年吉娃娃的平均体重是5到6磅。这条狗的体重最多只有正常体重的一半。雷斯曼打开下巴。"它所有的牙齿都没了。下巴的一部分……下颌骨的嘴部缺失。"他拿起一个小仪器，剥下一块皮肤。他一边收集身体不同部位的皮肤标本，一边把它们丢进装有福尔马林的无菌罐子里。他大声向贾维尔喊出每个罐子上要写的标签。"右外侧胸腔。"扑通一声放进去。"背腰部。"扑通。"右腹股沟。"扑通。

然后雷斯曼拿起一把手术刀，在尸体上划了一道长长的口子。他用一块纱布擦去渗出的液体和血。"法医尸检和常规尸检的区别之一是，我们要拍大量的照片，"他告诉学生们，"所以我们边弄边清理血迹，这样才能拍出清晰的照片。"这条狗的身体太小了，我闻不到从它暴露的腔体里发出的任何气味。此前，每当参与人体解剖时，我都得长时间屏住呼吸。

当雷斯曼戴着手套的手伸进长长的切口，扭动后腿的一部分时，他说道："在我看来，肌肉明显损失严重，所以会这样露出股骨头。"他摇了摇头。"它没有皮下脂肪。"

他抬头看看学生们。"这是我自己的歌单，"指的是背景中播放的陌生音乐，"你们知道这是谁的音乐吗？"两个学生看起来都很困惑。"不知道？他们来自俄亥俄州。"他转过身来，又看着我。

"我不知道他们是谁。"我告诉他。

"他们是黑色键盘乐队。"雷斯曼低沉的声音表示着不满，他转过身来，看着那具小小的尸体。

雷斯曼拉开狗的下颌骨，把它切开。"看看这个，下巴甚至都没有连接在一起，这里只有软组织。"他给我看了下巴，它几乎不存在。"可能是严重疏忽造成的骨髓炎，"他说，"你知道牙痛有多痛吧？你能想象经历这些吗？我要把这个送去做组织病理学检查。他们不会喜欢的。"

"谁会不喜欢？"我问。

"康奈尔大学。我把所有的组织都送到那里。他们不喜欢我们送大块的组织。来，我们再拍一张。"雷斯曼把下颌骨放在垫子上，旁边还有把小尺子，记录它的尺寸。当贾维尔给下颌骨拍照时，雷斯曼说："有时我们会在骨头上看到证据。之前有一个斗狗案，狗的头骨上有被刺穿的痕迹。"

雷斯曼手持整个下颌骨，贾维尔正在录像。"这就是那条狗的生活状态，"他一边说一边来回移动下颌骨，"没有任何东西是连在一起的。它更像软骨。没有力量。没有实质。这下巴里有很多病。我觉得这条狗没吃饱过。如果这个案子上了法庭，你能想象这段视频会有多大的威力吗？"

雷斯曼和其他防止虐待动物协会的兽医经常在虐待动物的案件中作证，提供了以前缺少的强有力的医疗手段。现在，有了协会的法医团队、虐待动物调查组和地区检察官的合作，医疗、执法、检控三方组成了一个全美独一无二的强大团队。

兽医法医正在不断发展。雷斯曼经常与法医人类学家合作，处理更复杂的案件。"有一个案例涉及一条死去的狗。她是被饿死的，"雷斯曼告诉我，"但在某些情况下很难证明这一点。她已经严重腐烂到木乃伊化的程度了。根据动物死亡的环境条件，它们的尸体会以不同的方式分解。木乃伊化发生在非常干燥的地区。皮肤变得紧绷，所有部位都像木乃伊一样干枯。你可以看出这是一条狗，但剩下的只有皮和骨头。所以我们去求助一位法医人类学家。"雷斯曼联系了阿曼达·菲奇，她既是一位有着多年人类犯罪调查经验的现场分析员，也是一位法医人类学家。他们对尸体进行了 X 光扫描。"我们发现，这条狗在吃碎玻璃。它们会吃任何东西来维持生命，胃里真的是塞满了碎玻璃。"

在检查动物遗骸时，雷斯曼有时会拜访佛罗里达大学（位于盖恩斯维尔）的法医昆虫学家杰森·伯德博士。伯德研究人类遗骸上的昆虫模式，以帮助破译死亡地点（不同的气候区域会出现不同的昆虫模式）、死亡时间，有时还包括导致死亡的根本原因。最近，伯德利用他的知识帮助处理动物案例。2008 年，与伯德和佛罗里达大学的其他法医科学家合作，美国防止虐待动物协会举行了美国第一次兽医法医学会议。雷斯曼告诉我，一开始他们预计大约有四十名与会者，结果差不多到了两百人。"大家的兴趣超出了我们的想象。而且还在继续增长。"这次会议促成了国际兽医法医学协会的成立，该协会现在每年都举办活动。

贾维尔完成了对下颌骨的录像，雷斯曼把它放进一个干净的标本罐里。"康奈尔大学兽医学院正在考虑就法医学方面建立一个为期一年的兽医奖学金，"他告诉我，"到目前为止，任何地方都还没有这种项目。"

接着雷斯曼拿起一把史崔克锯子（以发明它的外科医生的名字命名），它有一个高速振动的马达。"下一步我要做的就是切开股骨，让康奈尔大学做骨髓检查，以显示没有脂肪。骨髓是脂肪消失的最后部位。我想当他们看的时候，会发现大部分脂肪都消失了。这可以说明整个过程是慢性发展的，如果连骨髓的脂肪含量都受到影响的话。"

雷斯曼用史崔克锯锯断了右股骨。现在气味来了。帕特里克有一把振动锯,他用来做木工,那把锯子会产生橡木、雪松木和松木的清新气味,而这把锯子释放出一种类似烧焦毛发的恶臭。

接下来雷斯曼用剪刀将股骨与周围组织完全分开。

"我可以看看吗?"女学生问道。

"看什么?"雷斯曼问。

"骨髓。有些人吃这个,不是吗?"

雷斯曼没有理会她的问题,接着切开肋骨,撕开下面的大网膜,一层覆盖在腹部器官上的褶皱组织。他凝视着肠子。"看起来正常。"他从旁边的架子上拿了几块蓝绿色的塑料砧板,放在面前的桌子上。"我从宜家的厨房部买的。"看到我的问号脸,他解释了一下。

他把内脏一个一个掏出来,陈列在砧板上。肾、肺、心、肠、肝、脾、胃、胆。我无法理解它们怎么这么小,看起来就像棋盘游戏《手术》中的玩具器官。

一曲 k. d. lang 的歌响起。"你们知道这首歌谁唱的吗?"雷斯曼问他的学生。两人没吭声,他又说道:"你们这样可不行。这会影响你们的成绩。"尽管是开玩笑,但那声音却不太像开玩笑。他在砧板上解剖出每个器官,一边不停地擦拭渗出的血,然后大声问房间里每个人:"你做饭吗?"

"有时候做。"一个学生回答。

"你边做边打扫吗?还是让东西堆起来?我受不了把这些乱七八糟堆着,所以得跟着清理掉。"我也是,我想了想自己。但我——观看的学生们肯定也是——目前没有什么胃口。

雷斯曼把食道丢入一个罐子。切开胃和肠子时,他说:"里面什么都没有。没有食物。这不正常。我想这家伙放弃了。他的下巴不能正常进食。主人应该知道的。他们早该把他带进来看看。"扑通一声,一段肠子被放进罐子里。"根据研究,饥饿产生的痛是真实存在的。

这只动物一直都在经受痛苦。"

从尸检开始到现在,雷斯曼第一次停了下来,站在原地不动。他低头看着桌上的小尸体,整个手术过程中保持的冷静、临床的风范,突然被毫无防备的情绪所取代。

但很快,悲伤的迹象就消失了,他又回到工作中。取出腹部内脏,把它们切成小片以供分析,之后他又用史崔克锯和凿子切开了头骨。现在有强烈的烧焦毛发味弥散开来。他打开头骨的顶部。紧接着,我就发现了问题。和左半球相比,大脑右半球呈现萎缩,覆盖的血管明显减少。

"我可以看一下大脑吗?"当雷斯曼取下它时,我问道。他点点头。我套上一副手套,把大脑拿到手里。左半球较软,呈胶质状。而右边是硬的。萎缩的右半球可能是由于潜在的自然疾病,也可能是由于旧的脑外伤。这条狗狗是怎么了?

晚上,回到酒店,我睡不着。我醒着躺在床单上,思绪飞驰,想着雷斯曼尸检的狗和我亲眼看见的案件里的其他一些动物。它们忍受了什么样的痛苦?

直到大约十几年前,这些动物都是被忽视的。它们会从缝隙中跌落,几乎发不出一声呜咽。我想我是多么感激能遇到墨菲的团队、雷斯曼,以及其他优秀的人,是他们确保那些对动物的伤害不会因为太小而不被看到。即使是两只活在悲伤、短暂生命中的小乌龟也赢得了一点注意。

我们的法律体系在鉴定对动物犯罪方面无疑需要改进。尽管有法律保护许多动物免受至少某种形式的虐待,但还是对不同的动物给予了不同的对待方式。我们把定义为伴侣的动物提升到其他动物之上。此外不管是否是伴侣动物,在法律上动物都被视为物品,与汽车、手表和椅子等财产没什么两样。动物在美国受到的保护甚至比公司还少，美国最高法院在 2010 年确认了"法人人格"地位。公司具有独立于股东的法律身份。一般来说，动物保护法并没有将动物独立于与人类的关系之外，没有承认动物自身的个体性。除非我们普遍承认动物是有生命的存在，否则法律仍将保持混乱。

  变化的迹象出现了。在全国范围内，动物的利益越来越受到重视。多亏了鲍勃·巴克在电视节目《价格正确》① 中捐赠的百万美元，弗吉尼亚大学法学院于 2009 年开设了第一个专门教授动物法的课程。现在已有更多的法学院开始教授动物法。

  在一些案件中，法院慢慢不再把动物视为财产，而是类似于人的对象。自 2000 年以来，一些州开始允许人们把遗产或信托基金留下来照顾他们心爱的伴侣动物。在动物监护权之争中，传统上法庭会把伴侣动物当作财产来对待，但这种情况正在发生变化，现在的判决会倾向于动物监护人共同享有监护、探视和赡养的权利义务。2013 年纽约的一场离婚诉讼中，一对离婚夫妇为一条名叫乔伊的腊肠狗展开了抚养权之争。原告辩称乔伊是她的财产，因为她在婚前用自己的钱买下了乔伊。对这一争议作出裁决的法官马修·库珀拒绝对这条狗进行以往几乎所有法庭都会采取的财产分析。相反，库珀使用了一种类似于"儿童最大利益"分析的标准，这种分析在儿童监护权之争中被允许用于听证。不过，在庭审日之前，这对夫妇自行达成了协议。

  2016 年 1 月，阿拉斯加成为美国第一个颁布"宠物监护"立法的州。这使得法庭在决定离婚案件中谁应该获得允许照顾家中的狗、猫、非洲灰鹦鹉、鬣蜥、海龟甚至蟒蛇时，要考虑动物的福祉。罗得

---

① 一档猜价格游戏节目，玩家们对一件物品进行定价，最接近实际价格且不超出的人为赢家。——译者

岛州正在考虑类似的立法。

法庭之外，人们对动物作为个体的认识也正在加快。几个月前，我住在弗吉尼亚夏洛茨维尔的继兄看电视时被打断了，他惊讶地发现插播了一则失踪狗狗的安珀警报①。2017年，波士顿警方通过在《波士顿环球报》上发布请求，敦促公众帮助寻找一条走失的狗，几个月后又以同样方式呼吁寻找一条走失的小狗。

我们慢慢地承认动物有它们自己独特的自我。我们开始认识到动物不是作为"什么"，而是作为"谁"。

不仅是伴侣动物有一天会重新获得我们从它们身上夺走的自我。2013年，律师兼"非人类权利计划"主席史蒂文·怀斯为纽约的四只黑猩猩提起了一系列诉讼。其中两只黑猩猩，汤米和基科，属私人所有。汤米第一次被发现，是独自住在一个二手拖车停车场棚屋的笼子里。基科被关在一个水泥店铺的笼子里。另外两只黑猩猩，大力士和利奥，之前曾在石溪大学被用于实验。为了将这四只黑猩猩释放到保护区，怀斯提起诉讼，要求将它们宣布为"法人"。在2015年纽约最高法院关于石溪大学使用的两只黑猩猩的听证会上，法官芭芭拉·贾菲裁定怀斯和黑猩猩败诉。她觉得受到了之前一个涉及黑猩猩汤米的案件作为法律判例的约束。

然而，她并没有做出一个彻底打压的裁决，而是间接给未来的法官留下了一个挑战。贾菲对怀斯的论点表示同情。她写道，从法律的角度看，某些东西不一定非得是人才能被当作人来对待，以赋予公司的人格地位为例。贾菲还指出，法律人格的概念仍在不断演变："就在不久以前，只有拥有财产的白人男性公民才有权享有美国宪法规定

---

① AMBER Alert，主要用于美国和加拿大的儿童失踪或绑架预警系统，由警务部门通过各种媒体向社会大众播报，因1996年被绑架并遭到杀害的九岁女童Amber Hagerman而命名。——译者

的全部法律权利。"

值得注意的是，贾菲在结论中写道："然而，法院在接受变革方面进展缓慢，有时似乎不愿意对法律进行更广泛、更具包容性的解释……"正如肯尼迪大法官曾在劳伦斯诉得克萨斯州案[①]（2003年的一桩同性恋权利案）中恰当地指出："时代使我们对某些真理视而不见，而后代可以看到，曾经被认为必要和适当的法律实际上只起到压迫的作用。"

在纽约警察局的最后一天，我和约翰、塔拉两位警探一起去了曼哈顿。我们来到一座现代高档的高层公寓楼，叫作"天空塔"。进入大堂，我惊呆了。它看起来更像一个豪华酒店，而不是一栋公寓楼。这幢建筑包括室内和室外游泳池、篮球场、日托中心、理疗中心、瑜伽室、台球室和宠物水疗馆。金边和大理石环绕着门厅的燃气壁炉，还有闪闪发光的枝形吊灯和一个长方形的礼宾台，员工在那里接待我们。约翰解释了来访的原因，一位员工叫来一名保安，把我们带到大楼地下室的一个小房间。

我们是来查看一周前大楼后面的监控录像的。保安在一个小电视上为我们播放视频。塔拉、约翰和我挤成一圈，看着画面上的一个人打开垃圾箱的盖子，然后吓得满脸震惊跟跄着后退。他看了看四周，茫然不知所措，匆匆离开了镜头。

保安为我们回放了录像带，对着视频中那个人点了点头。"他打电话给你们的，是吗？"

[①] 1998年，John Geddes Lawrence和Tyron Garner因在休斯敦公寓内发生同性性行为而被警察逮捕，该行为据得克萨斯州《性悖轨法》被认定为轻罪，罚款200美金。Lawrence后来上诉至美国联邦最高法院，2003年6月26日，美国联邦最高法院以6比3的判决推翻得克萨斯州《性悖轨法》，宣布美国各州政府不得禁止成年人的自愿同性性行为。——译者

"是的。"约翰回答。

这位建筑工人当时立即报了警。他掀开垃圾箱盖时看到了一个撕开了的垃圾袋,露出一条小狗血淋淋的脑袋。第一个接电话的警察找到了狗的"监护人",他坦然承认了自己用刀刺进狗的胸部,把尸体放在垃圾袋里,然后扔进垃圾箱。

这位二十四岁的研究分析员声称杀死这头16磅重的梗犬是出于自卫。他说,这条梗犬"表现得很不理智",抓伤了他的胳膊。后来,在以严重虐待和折磨动物为罪名控告他的法庭听证会上,检察官认为被告的抓伤"很小很轻微"。法医则揭示说,除了刺伤外,这条狗还有"擦伤、髋关节脱臼,以及钝器伤造成的骨盆骨折"。但被告显然不认为他这么对狗有什么问题。幸运的是,很多人认为这是有问题的。

给我们又看了一遍视频之后,保安说:"我做这份工作已经十五年了。你会发现很多疯狂的事,但从没见过这么糟糕的。"他靠在椅背上,加了一句:"你们逮捕了那家伙?"

"是的。"约翰回答。

"是吗?很好。"

第六章 我们和动物一起受伤了吗？

我试图将自己的不作为和戴夫对西尔维斯特的所作所为作一番调和。我说服自己西尔维斯特的身体撞到墙上时并没有感到太多疼痛。我把自己的痛苦当成了他的痛苦。也许，我想，他没有那么痛苦。也许动物在这方面和人不一样。

这是一个使我安心的故事，编了几个月。直到有一天，发生了一件事，它编不下去了。

一整周的暴雨终于下完了，天空闪闪发光，好像被冲刷得干干净净。我请求菲扎姨妈带我和西尔维斯特去离公寓几英里远的小溪边玩儿。小溪更像一条小河，又宽又深，有的地方水都到了我的下巴。西尔维斯特和我常到那里游泳。在这美好的一天，我们仨走下山，穿过繁忙的大街，走进了一片坐落于满是垃圾的街道中央的绿洲。西尔维斯特没有像往常那样拴着皮带，他在我们前面蹦蹦跳跳，然后绕回来，跑到前面又绕回来。我想他脸上一定和我挂着一样的傻笑，充满期待。我盼望小溪的清凉水流像妈妈的雪纺围巾一样从我身上掠过。

然而，当我们到达时，溪水涨得湍急。所以我们改为沿着水边走。西尔维斯特不满足于走路。他不停地想逃到水里去，菲扎姨妈和我尽了最大的努力把他拉回来。大约半小时后，我们看到堤岸上有个人在遛一条拴着的狗。令我们惊恐的是，西尔维斯特追那条狗去了。

伴生：我们与动物的故事　　175

他并没有追到那边就此止步。也许是因为不被允许进入小溪而感到不服气,他继续跑着。不到一分钟,就消失在茂密的树林里。

菲扎和我在小溪边徘徊,大喊着西尔维斯特。我们从一家公司走到另一家公司,从一栋房子走到另一栋房子,问有没有人看到一条棕色的小狗,找了一下午。西尔维斯特不见了。

我们沮丧地回到家。我蜷缩在床上,痛哭流涕。我的宝贝不见了,这是我的错。最担心的是西尔维斯特试图在小溪里游泳,结果淹死了。悲伤扭曲了知觉。在一个九岁的头脑看来,这条小溪就像一条湍急的河。我构想了一幅画面:西尔维斯特在波涛汹涌的水中翻滚,他小小的身体撞在岩石上,一边挣扎着浮出水面。想象西尔维斯特的痛苦和恐慌时,我的胃就像有一只巨手把它捏成了两半,痛得下不了床。我躺在那里捂着肚子,意识到我欺骗了自己。戴夫揍西尔维斯特的那几个月里,我不仅仅是为西尔维斯特难过,而是和他一起受苦。

大约十年前,我在一个神经科学会议上听了一个关于脊髓损伤的演讲。大约有三百名神经科学家和像我一样的神经科医生坐在观众席上。当一位小组成员站起来作报告时,他播放了一段简短的视频,那些片段至今仍萦绕着我。

这名研究人员展示了他的实验视频。在实验中,他压碎了一只猫的脊髓,记录她在小型跑步机上的运动。视频中,我看到这只橙色的虎斑猫,她的大脑里植入了电极,挣扎着保持直立。她在跑步机上拖着瘫痪的后腿,不停地摔下来,研究人员则不停地把她重新放上去。

某一刻,研究人员把猫拎起来,让她在跑步机上重新定位,而猫咪做了一件完全出乎意料的事情。她用头蹭了蹭他的手。

我在座位上坐直了。我看了看演讲者,看他是否会以任何方式对视频中发生的事情有所表示。但他稳稳地继续自己的演讲,似乎没有注意到视频中的内容可能会引发任何伦理问题或暗示。然后我环顾房间，看看观众中是否有人注意到我注意到的细节。即使在她最痛苦的时候，猫咪也在向造成这种痛苦的那只手寻求安慰。

从那天起，我常常会想：这位研究员在他最安静、最私密的时刻，有没有因为他给那只猫咪造成的痛苦而感到刺痛？

每次去看望父母，我都要开一个小时的车，越过蜿蜒曲折的河流，穿过森林葱郁的山丘，经过历史悠久的村庄。当离父母家不远的时候，有一大片地，竖立着四栋长长的背对道路的大楼。灰色的矩形建筑，没有装饰，也没有窗户。没有任何吸引眼球的建筑特征。那是故意的。在那条乡村道路上开了这么多年车，我从来没有想过那些没有标记的棚子里有些什么。直到有一天我希望我能忘记。

我曾经在俄克拉何马的一个会议上做过一个演讲，内容是关于工业化畜牧业（通常被称为"工厂化畜牧业"）对公众健康的危害。全球每年饲养和宰杀的动物超过六百四十亿只。仅在美国，每小时就有一百万头动物被宰杀。很大程度上，对廉价动物产品的需求增加，导致集约化的动物养殖取代了全世界大多数传统的养殖方式。畜牧业的变革是如此剧烈，以至于被称为"畜牧革命"。人类与动物关系的这一前所未有的变化，不仅导致了史无前例的动物苦难，而且对人类自身健康也造成了毁灭性的伤害。

在这次会议上，我提供的数据显示，畜牧业（以及由此产生的动物产品的大量消费）产生的温室气体排放超过了整个运输部门。它还污染了我们的土地和水，增加了我们患癌症、肥胖、中风的风险，以及感染沙门氏菌、大肠杆菌和禽流感等传染病的风险。整个演讲过程中，一位面容严肃、留着红褐色短发、戴眼镜的女士不停地摇头，表示不同意。演讲结束后提问环节开始，那位女士发动了攻击，对我说的每句话都提出异议。她认为，没有环境危害，没有传染病风险，没有动物福利问题。

"你去过这些农场中的哪一个吗？"她问道，明显气呼呼的。

我告诉她我没有，因为这些地方不向公众开放。但我的数据来自约翰霍普金斯大学彭博公共卫生学院和联合国粮食及农业组织等机构发表的可信的研究报告。证据非常有力，美国公共卫生协会已经呼吁暂停工厂化农场。

这位女士叫简·桑德，是俄克拉何马州立大学兽医健康科学中心的主任。"你得去看看我们的农场，"她回答说，"一点也不像你说的那样。"

三个月后，我接受了简的邀请。农场比我读过的任何书和文献里写的都要糟糕。

11月下旬一个阴沉的早晨，我在俄克拉何马布里斯托一家音速快餐店的停车场和桑德博士碰头。互相问候并抱怨完天气之后，我上了她的车，去参观一个产蛋农场，大约半小时路程。这个农场并不是简最初为我安排的参观地点。她本来打算带我去看一个"肉鸡"农场，那里的鸡被泰森食品公司承包用于肉类生产。泰森养鸡场是俄克拉何马州最大的养鸡场之一。

但就在我飞往塔尔萨的前几天，泰森养鸡场的经理不干了。他告诉简，田纳西州一家养鸡场的卧底调查最近引起了新闻记者的注意。因此，他不会让任何外人进入他的建筑。卧底调查人员录下了农场雇员用带刺棍棒殴打病鸡的过程。和俄克拉何马州的工厂一样，田纳西州的工厂也是由泰森食品公司承包，给他们供应鸡肉。

泰森的经理一开始竟然愿意让我进去，这真是个奇迹。之前那次演讲活动中，我告诉简工厂化农场不允许公众参观时，并不是夸大其词。过去十年，各州都颁布了法律来保护动物农场免受外界的关注。特别是"Ag-gag法"可以将记者和动物保护组织的某些举动定为刑事犯罪，它禁止任何人拍摄秘密录像记录农场里发生的事情。这些调查不仅揭露了猖獗的虐待动物行为，还揭露了导致美国一些最大规模肉类召回事件的违规行为。正如《大西洋月刊》的一篇社论所言，Ag-gag法"说明这些行业是多么迫切地想要阻止这些信息外泄。"

我被允许进入的唯一原因就是简。她隶属于美国最大的农业学校之一俄克拉何马州立大学，认识俄克拉何马州许多动物农场的经理，这些人把她视为盟友。多亏了我和简的关系，他们一定觉得我不具威胁性。即便如此，简还是花了好几个月的时间，才找到愿意向我们敞开大门的机构。

简开着车，向我描述了要去参观的第一个场所，这是一个小型的家庭经营的农场。她以前从未见过这位农民，也没有去过他的农场。但这位独立经营的农民非常愿意让我们参观。简和我聊起各自的家庭和事业。她友好而热情。不过，我还是为这次访问做了很多心理建设。我看过这些地方的照片和视频，并不想近距离看它们。但简说得有道理。如果我被允许去看看工厂化农场是什么样子，就应该去看看。

我们遵照温德尔先生提供的驾驶说明，在错估了几次转弯后，找到了"右拐角处的大石头"，在那里左转并开下了一座小山。我们可以看到前面长长的棚屋，旁边是一栋两层护墙板的白色房子。车开进车道时，只见一个有点驼背、头发灰白的男人小心翼翼地向我们走来，似乎膝盖有点不舒服。从简的车里出来，我首先注意到前面棚子里传来一群鸡的叫声，接下来遇到了一种熟悉的气味。我是不是被时光送回了阿灵顿的公寓大楼？汗水、洋葱和马桶反味的气息笼罩着空气。

赫伯特·温德尔走到我们面前，热情地与我们握手。红润的脸颊和欢快的欢迎方式，立刻让我想起了我的公公。他把我和简介绍给他的一些家庭成员。不像他两个害羞的儿子，他的孙女很健谈。她最近刚从兽医学校毕业，今天来农场帮赫伯特带我们参观。赫伯特来自一个农作物种植户家庭，是家中第一个转行畜牧业的人。1957年，他买了一只鸡，开始了他的产蛋生意。从那时起，鸡的数量已经增长到三万只左右。

几分钟的互相问候后，简递给我一件一次性工作服、一双靴子和手套。这些东西是为了防止我们无意中把传染性病原体引入工厂，作为生物隔离计划的一部分——考虑到禽流感和猪流感经常席卷美国的工厂化农场，这种方法显然没怎么奏效。我俩把自己包起来，跟着赫伯特和他孙女进入最近的两个动物窝棚，然后……我的上帝呀！

外头飘散的气味这一次猛烈扑鼻，差点引起窒息。我立刻转身，离开其他人，抱住膝盖开始干呕。我的头起起伏伏，恶心到马上就要吐了。作为一名医生，本人闻过很多难闻的气味，但没有能和这个相比。我对这种气味的最精确描述如下：一个月不清理猫砂盆，再加上另外十只猫的猫砂，同样一个月都没换过，然后加入一个臭鸡蛋，加一具腐尸，最后额外打赏一点健康的硫磺。现在，把你的头伸到这个巨大的猫砂盆里，就能领会到这里的气味了。也就意思意思吧。

我遮住脸以免别人看到我作呕，担心如果吐的话会冒犯赫伯特。我很惊讶居然没有其他人被这种气味困扰。氨和粪便的臭味像气球一样塞满了我的嘴巴，上升到我的鼻子，渗入我的喉咙，胀满我的肺。除了那味道，我什么都感觉不到，也什么都不知道。

我费了好大劲才咽下喉咙里聚集的胆汁，挺直了身子。慢慢地，其他感觉开始活跃起来。先是触觉，苍蝇落到了脸上，我徒劳地拍着额头、鼻子、耳朵。接下来是听觉，不是每只鸡的唧唧咯咯，而是单一整齐的隆隆隆。

然后是视觉。透过昏暗的灯光，我看到一排排两层楼高的铁丝笼。每个笼子里关着五只母鸡。仅这座大楼就养了两万五千只鸡。母鸡们挤得满满当当，头都露在笼子上面，两侧，甚至下面。它们的脚踩在铁丝网上，无处可去，甚至不能伸展翅膀。

简告诉我，以前的标准做法是允许每只鸡在笼子里有 54 平方英寸面积的空间。现在，作为一种动物福利的姿态，每只鸡的面积提高到 60 到 65 平方英寸。65 平方英寸大约是一张信纸尺寸的三分之二。一只母鸡被迫在我的笔记本电脑屏幕大小的空间中度过她的一生，而这，被农业界视为进步。

塑料薄膜构成了建筑物的墙壁，几乎没法提供任何绝缘来抵挡外部寒冷。除了冷，里面的空气还是湿的。当我们沿着一排排走下去时，我用嘴来呼吸以减轻臭味。母鸡们争先恐后，互相攀爬着躲在笼子后面。她们怕我们。我也吓到了，担心她们会彼此践踏，赫伯特告诉我，这已经发生了。再近一点，我看到大多数鸡身上裸露的红色部分，羽毛在困住她们的电线上摩擦。我无法想象那有多痛苦。

"对不起，"我低声对她们说，"我很抱歉。"

由于这样拥挤的禽类通常会发疯，互相啄死，所以她们都被断喙了。工人们一手抓着鸡宝宝，把她们的喙插入灼热、冒着蒸汽的刀片之间，在她们完全清醒时切断三分之一到三分之二。业界称之为"剪喙"。但用加热的刀片或剪刀把鸡喙切下来（这是常见的做法）可不像修剪指甲。禽类的喙很敏感，神经高度支配，能够捕捉到疼痛和其他感觉。这就像在没有麻醉的情况下被切掉脚趾。小鸡要依靠喙来完成许多功能，断喙会给她们带来巨大而剧烈的、往往是终生的痛苦。

当我们四处走动时，赫伯特描述了这个工厂是如何运作的。传送带沿着整幢建筑物传送，自动收集鸡下的蛋。笼子旁边的壕沟里装着

伴生：我们与动物的故事　　181

饲料颗粒。这一切都是机械化的。到鸡死去前都没有人需要用手触摸她一下。这就是一只鸡的一生。蜷缩在笼子里堆叠在一块,就这么度过一年半,直至有人杀了你。

简提醒我说这是一个小工厂。平均规模的农场可容纳十万只禽类。最大的可能有二十万。我被肮脏和可怕的气味弄得不知所措,没法理解那些更大的工厂得是什么样子。

"我们把上下两排笼子叠在一起,"赫伯特打断了我的思绪,"这样它们的粪便都会从笼子里掉到下面的地板上。"第一次,我从笼子下面看了看地板。它是活动的。

蛆虫。成千上万的蛆在地上蠕动。我跳了起来,抬起腿。被压扁的蛆黏在我的运动短靴鞋底。当我单脚跳起检查脚底时,我滑了一跤。

然后我就躺下了。

当我回想起这一刻时,脑海中浮现的画面是电影《鬼驱人》①(当然是第一版)的一幕,这家人闹鬼的房子下面泥地喷发,埋在下面那些尖叫的骷髅和裂开的头骨纷纷往外冒。在狂风暴雨中,母亲拼命想要救出被困在屋内的孩子。当她跑进后院大声呼救时,双脚沿着一个泥泞的大坑边缘滑了下去。她跌入了死亡之池。

我摔的当然没有那么戏剧化,但如果这个地方没有痛苦的灵魂出没,那又会是什么呢?

我有个邻居,自称是纪录片制片人。当我问起他拍什么电影时,他告诉我他为生物供应公司制作视频广告,这些公司把动物卖给实验

---

① *Poltergeist*,1981年上映的一部恐怖片,斯皮尔伯格监制,讲的是一对夫妇带着三个子女住在郊区的房子里被鬼魂困扰的故事。——译者

室，而且不仅仅是动物。他们的产品目录中还提供立体定位仪、小动物限制袋、辐照室、恐惧场景实验包和休克室。农场供应目录中则出售脚镣、妊娠棚、电棒、家禽烫毛机、放血台和剥皮输送机。我经常想，当有人坐下来，从一个产品目录里订购了一个放血台，这难道不是有预谋的暴力吗？

人类与动物最常见的关系是我们吃它们。接下来就是穿它们，在它们身上做实验，然后用它们来交易获利。大多数虐待动物的行为并非由流氓杀手、暴力配偶或贩毒集团所为，而是由工业界和政府所为。实验室，毛皮农场，狩猎牧场，动物贸易，繁殖场，工厂化农场。这些制度化的暴力形式比任何其他形式的暴力都更加危险，因为它们已经成为常态。通过吃它们、穿它们、在它们身上做实验，我们把暴力实践嵌入日常生活之中。我们用我们的纳税，我们的购买行为，我们的胃口和欲望，告诉政府和企业去伤害动物。同时我们会扭过头去装作看不见。

我们必须装作看不见，否则我们对动物天生的同理心就会受到挑战。这些制度化的做法被藏在视野之外，正是因为它们引起的痛苦会让我们困窘。为了让自己感觉舒服一点，我们把这些虐待动物的形式从日常生活中抹去，这样还不够，还得换个角度去思考。语言很重要。它们不仅反映我们的思维方式，还影响着我们的思维方式。语言被用来发展心智模型，成为我们感知、解释和回应世界的透镜。为了切断我们与动物之间固有的情感纽带，我们进行了某种形式的语言欺骗。

通过语言，我们把动物分为编造的类别。对概念、物体和生物进行分类的倾向在人类本性中根深蒂固。这是我们理解世界的方式。但这一模式的危险性不仅在于组织信息，还包括过滤信息。当我们通过分类的视角来思考一个物体或一个生命时，会抓住一些先入为主的信息，这些信息决定了我们应如何看待它或她。每个词语都是一个自成体系的模式。如果我说我看到了一只松鼠，你的脑海中会立即浮现出什么想法和感受？当你看到阿拉伯人这个词时，你会弹出什么念头？又或是以下这些：澳大利亚人，素食者，女人，老鼠，狗，共和党人，无神论者。

思维中的分类框会导致刻板印象和偏见。研究表明，通过分类，我们会下意识地立即形成刻板印象。以肤色为例，最烦人的分类之一。为什么不根据睫毛长度或耳朵形状来把人分组呢？它们同样武断。心理学家约书亚·科雷尔研究过肤色如何影响现实中的决定。参与者玩一个电子游戏，在游戏中他们会遇到武装和非武装的目标，这些目标不是黑人就是白人，玩家必须迅速决定是否射击目标。所有玩家都不是黑人，如果武装目标是黑人，他们的射击反应会更快；如果武装目标是白人，他们的反应时间会长一些。

黑人，白人。我们最简单的分类系统是二元分类系统，它产生了严格的划分。善-恶。聪明-愚蠢。男-女。我-你。人-动物。我们-他们。群体之间的简单划分会影响我们的同理心，这一点我们刚刚开始有所理解。越来越多的证据表明，同理心可以通过我们对他人的分类来调节。成像研究显示，大脑的执行功能（即我们的"思考区"）可以削弱移情反应，这取决于我们对其他群体的固有态度。例如，2011年发表的一项研究证明了，如何识别社会群体——分为我们或他们——直接激活了大脑中影响我们对他人产生移情的部分。通过对红袜和洋基两支棒球队的"狂热球迷"所作的研究，调查者发现，在面对对手的不幸时球迷们会感受到快乐（反之则会感到痛苦）。当延续"他们和我们对立对抗"的心态时，大脑会产生一条移情的鸿沟。

当我们分类时，就会产生分化。有多少次，我们遵循"他们和我们对立对抗"的心态来为针对他人的暴力进行辩护？最极端的情况下，对"我们"群体的偏向会导致对其他人的非人化。非人化造就过人类历史上最黑暗的篇章。在几乎所有案例中，当把人与动物相比较时，人都会被贬低。把"外群体"描绘成类似于动物，缺乏情感和思想能力，如此便使得他们不值得被同情。

不过，只有当我们使动物非动物化时，非人化才会起作用。一旦剥夺了动物作为生灵的存在，我们就把它们变成了物体，变成了仅仅凭本能行事的野兽，不能体验痛苦或快乐，不能思考。在此前提下，对其他人的不相容同对动物的不相容有很强的共性。我们越是将其他人视为"他者"，就越能放心地无视他们的痛苦。对生物的分类，无论是人类还是非人类，都使我们看不到生命之间的内在相互联系。

布鲁克大学的一项研究，检验了对动物的非人化想法如何影响人们对移民的拒绝倾向。调查者发现，那些认为人类和动物更不一样的调查参与者对移民有更多的负面态度。然而，当这些参与者阅读了强调人类和动物之间相似性的故事之后，就对移民产生了更大的同理心。这一研究结果表明，对动物的心理分类不仅会影响我们对其他人类的认知，而且本身是有可能被消解的。这是个好消息。

而坏消息是，如果不去努力改变它们，我们的模式会自我维持，因此我们的信念就会从它们当中产生。神经科学家罗伯特·伯顿在他的《论确定性》(*On Being Certain*) 一书中提出了一个令人信服的例子，即我们认为自己知道的大多数东西并不是基于有意识的理性思考，而是基于无意识的潜在冲动。面对不确定的证据，我们本能地更会紧紧抓住原有的模式和信念。如果某些事物与我们的先入之见不符，比如一些反对它的证据，那么这些后来的信息就会被压制、忽略、低估或修改。例如，伯顿引用了社会心理学教授利昂·费斯廷格的一项观察，他描述了一个相信洪水会毁灭地球的邪教。当洪水没有发生时，那些入戏太深、放弃工作和家园的邪教成员重新诠释了证据，以表明他们一直都是对的，地球没有毁灭是因为他们的忠诚。正如伯顿所写道：

> 我们越是坚定于一种信念，就越难放弃它，即使面对压倒性的对立证据。我们不但不会承认判断错误并放弃自己的观点，反而倾向于发展出一种新的态度或信念，来为保留自己的观点做辩解。

说到我们对待动物的信念，做得可不要太好，一场场心理杂技表演让我们自己都相信：实验室里的猴子不会受苦，加州的奶牛很快乐，剪狐狸毛不是真的剥皮。这简直太了不起了。当旧招数不再那么打动人时，我们还会想出新的招数来。

从历史上看，人类与动物之间泾渭分明的划分可能足以削弱我们对动物的同理心。这或许有利于我们的生存——猎人需要把同情放到一边，以养活他们的家人。然而，今天，我们不需要伤害动物。我们有选择。而且，由于大多数人现在都有动物作为伴侣，用简单的二元信念模型来欺骗自己就变得更加困难了。从第一手经验和越来越多的动物行为研究证据中，我们知道，动物与人类的区别并不像曾经以为的那样。那么，我们如何调和自己在行为上的这种差异：爱护一些动物，同时又伤害另一些动物。

我们把动物分成几组。上高中的时候，我在一家兽医急诊医院周末兼职。一个悠闲的下午，我和一位技术员聊天，得知她周一到周五在一个实验室用狗和猫做实验。坦白地说，我很震惊。我问她怎么能在周末来医院工作，减轻猫狗的疼痛，而在工作日却给它们带来疼痛。她看着我，好像答案不言自明，"那些动物是为了研究而饲养的"。

今天，我们把动物分为实验动物、食用动物、毛皮动物、游戏动物、野生动物、劳作动物和伴侣动物。标签决定了我们分配给他们的描述。一只实验猫？好吧，他生来就该有植入大脑的电极。一只食用羊？注定被刻在我们复活节的餐桌上。毛皮貂？她的皮要被剥下来装饰我们的外套。你懂的。没必要质疑。这些标签已经讲述了我们需要了解、思考和感受的关于这些动物的一切。

在2011年的一项研究中，一组心理学家发现，简单地将动物认定为"食物"，对我们如何看待这些动物有着显著影响。心理学家要求参与者阅读有关动物在不同场景中受到伤害的文章。他们发现，如果将动物贴上食物的标签，那么参与者对动物痛苦的感知能力就会下降，对动物的道德关注也会减少。

但这些标签，其实是我们基于当前对世界的认识、已有的偏见及一时的突发奇想而"人为制造"出来的。渐渐地，即便给不同动物分组贴上这些标签，也不足以麻痹我们的同理心。人们开始了解到，猪可以悲观或乐观，牛学习新东西时会表现得很兴奋，鸡有食物了会分享和告诉对方，猴子会互相帮助生孩子，老鼠喜欢被挠痒痒。面对这些知识，我们被迫想出更加崎岖的心理扭曲。

一项开创性的研究观察信息呈现方式将如何影响利他主义发挥作用。在号召人们向一个饥饿救济慈善机构捐款时，研究人员比较了三种不同呼吁方式取得的效果。第一种方式讲述了关于一个饥民女孩罗基娅的故事。第二种方式出示了数百万饥饿儿童的事实和统计。第三种方式把故事和统计数字混在一起。你认为哪一种呼吁方式能带来更多的慈善捐款？答案是第一种。人们在阅读罗基娅故事后捐赠的金额，两倍于阅读提供事实呼吁后捐赠的金额。即使是第三种两者结合也没有好多少。这一结果表明，统计等抽象概念会降低我们的同理心。而故事恰好相反，它使抽象变得具体，把一个数字变成了一个相关的个体。

一项针对人们吃肉意愿的研究发现，接收到关于动物个体性的提醒越少，我们的同理心就越少，吃它们的意愿就越大。所以，为了进一步去除动物的身份，我们把它们切成片，切成块。牛、母鸡、火鸡和猪变成了牛排、小牛肉、牛肉、里脊、肋骨、鸡块、鸡翅、鸡腿、鸡胸、培根、火腿、香肠、猪大骨、猪腰肉。或者我们将动物全部重新命名。实验人员将实验室中的动物称为模型、工具、系统和配制品。

我们对动物的认识是语言的产物。把它们分组为不同的类别，分解成不同的部分，简化至抽象的概念——所有这些都是为了让我们的良心得到放松。这么做真的有效吗？

躺在鸡舍的地上，能更好地看到这里还有什么。在设法稳住自己之前的几秒内，我瞥见了粪便、羽毛、蛆、其他虫子和可疑的液体坑。我以最快的速度跳起来，抖了抖，扯下一次性工作服，尴尬地环顾四周，预计别人会嘲笑我的愚蠢。不过，他们已经走开了。在鸡叫声中，我听到赫伯特和简在另一排聊天。他得大声喊才能被听到。我四处找地方扔工作服，看到没有垃圾桶，就把它和手套揉成一团放在地上的一个角落里。一次性衣服毕竟是有用的，帮我挡掉了一点脏东西。但牛仔裤黏糊糊的，我不想知道是什么弄湿了我的屁股。

我赶紧跑过去和其他人一起，询问爬在地板上的那些个头最大的幼虫是什么。赫伯特的孙女解释说是黄蜂幼虫。他们买黄蜂来捕食楼里的苍蝇，但没发挥作用。潮湿的空气里充满了氨和污秽，苍蝇一定很喜欢这里。这会儿，我感到头痛，喉咙和眼睛都有灼痛感。我非常想揉眼睛，但不知道自己的手在这里碰了什么，所以不能让它靠近我的脸。

赫伯特对我说了些什么,但听不见。

"不好意思。"我回应道。

"我说,你听说过《中国研究》吗?"

"当然。"《中国研究》是康奈尔大学营养生物化学名誉教授 T. 柯林·坎贝尔(T. Colin Campbell)写的一本书。基于他二十年的研究,评估了中国的癌症和其他慢性病的死亡率。

"你对它了解多少?"赫伯特问道。

"嗯……时间太久了。"我不好意思承认自己不记得细节了。

"他们观察了不同的群体以及各自吃了什么。你知道哪一组人活得最长吗?"

"嗯……"我不明白赫伯特的点在哪儿,他为什么偏偏要谈《中国研究》?我的头现在突突地跳,"我不……"

"农民!"他得意地喊道,"你知道为什么吗?"这次他没有等我回答,"因为他们几乎不吃任何动物制品。我们这里的人死于中风、癌症、心脏病——都是因为吃肉太多!"他挠了挠下巴。"我是素食主义者。嗯,"停顿了一下,"我现在更吃素了。过去一天喝三次牛奶,但后来不喝了。因为关节问题。你知道牛奶和动物制品会增加你体内的炎症吗?鸡蛋也不吃了。我喜欢吃鸡蛋,但现在我看到了它对我的影响。"

"它对你有什么影响?"我问。这是我经历过的最奇怪的对话,从来没有想到一个鸡蛋生产商会向我描述鸡蛋的弊端。

"我吃素之前胆固醇一直很高,现在胆固醇大约是 140。我喜欢鸡蛋,只要我的胆固醇保持在 140 以下,嗯……我可能会时不时吃几个鸡蛋……但现在没人注意这个了。他们只是想怎么吃就怎么吃,然后去看医生,开服药治一治各种让自己不舒服的病。我有几个当年一起上大学的朋友做了医生,专门从事心脏直视手术。你知道他们的心

伴生:我们与动物的故事

脏直视手术做什么吗?"

"我知道。"

"他们就从你的胸骨中间切下来,撬开你的肋骨,直达你的心脏。我几乎没法去想那个,这也是我决定成为素食主义者的一个更重要的原因。我不想忍受心脏直视手术。"

我像个白痴似的,目瞪口呆地看着赫伯特。

赫伯特带着我们进入下一幢大楼,里面有五千只他称之为"自由放养的有机母鸡"。由于公众对鸡和火鸡挤在工厂笼子里的景象越来越感到不安,自由放养已成为商家的一个热门卖点。但是自由放养是什么意思呢?如果你拿这问题去问大多数人,他们可能会描绘出这样一幅田园风光:鸡在绿茵茵、洒满阳光的牧场漫步,按照政府规定的严格标准过着没有痛苦和折磨的生活(直到它们被人一把从脚上拎起来割断喉咙)。

实际情况往往大相径庭。根据美国农业部的规定,自由放养只是指"生产者必须向该机构证明家禽已被允许通往外部"。外部的定义并不确定,由生产者自行解释。它可以是起伏的草原,也可以是一块水泥地。通往的定义也很宽泛。它可能是指有一扇窗,理论上鸡可以挤出去,或者是有一个小开口去到有围栏的水泥地区,一次只能让几只进去。有机标签更是含糊不清的一种东西。

对赫伯特来说,自由放养意味着住在一分为二的棚子里。一半鸡住在右边,另一半住在左边。每一组在中间部分都有一根木梁。有些鸡栖息在横梁上,但横梁不可能都站得下,大多数站在一条金属线上,这条金属线把两边都圈了起来。它们甚至没有得到"通往外部"的最低标准。尿液和粪便会落到底下黑黑的区域里。尽管这栋楼里的鸡要少得多,但臭味几乎和第一幢楼一样强烈,蛆在我们下面蠕动。每个"房间"的最后面,都有一排长长的巢箱,以供一些鸡进入。

"当它们准备下蛋的时候,喜欢去箱子里的巢,那儿比较暗。"赫伯特说。

对于鸡而言就这样了。没有任何别的东西能丰富它们的生活。这些小鸡不仅被免去了日常痛苦,也被剥夺了任何快乐。我曾和高中生物老师争论过。我认为把青蛙放在一个12盎司杯子大小的小玻璃罐里对它们有害。他反驳说,青蛙呆在里面,有食物喂养,可以御寒,也可以免受捕食者(人类除外)的侵害,它们会更喜欢玻璃罐。于是我建议把罐子抬起来,看看青蛙怎么决定。老师无心尝试这个实验。

生物学家和动物行为学家花了很长时间才承认动物实际上喜欢有事可做。保护自己不受恶劣天气的影响是不够的。正如生物学家乔纳森·巴尔科姆所写:"仅仅在三十年前,把喜悦、无聊或快乐之类情绪赋予非人类生物都是科学上的异端邪说……如今世界各地的研究人员都发现,动物的思想和情感比人类想象的要多。"大自然是节俭的,她不喜欢扔掉那些导致痛苦、悲伤、焦虑、快乐、孤独、无聊和喜悦的基本神经线路。借用卡尔·萨根的一句话,我们是由同样的东西构成的[1]。对于动物,我们和它们共有的特质远多于不共有的。

这些"自由放养的有机母鸡"没有机会展示她们与我们共有的东西。她们的围栏某种程度上比第一幢楼里的那些要高档一点,但基本上这些鸡只是生活在更大的笼子里。

我看够了。来这儿才半小时,可我觉得蛆好像已经爬上了我的腿,钻进了我的脑壳,在我的脑回里蠕动。我想开车回酒店房间,洗个澡,吃片阿司匹林,然后在黑暗中蜷缩起来。但是赫伯特想给我们展示第一幢楼的风扇系统,所以我们在粪便中艰难穿回到更大的棚子

---

[1] 出处是卡尔·萨根在纪录片《宇宙》中的一句台词:我们DNA中的氮,我们牙齿中的钙,我们血液中的铁,我们苹果派中的碳,都是在坍塌的恒星内部制造的。我们是由恒星物质构成的。——译者

里。在这里我注意到一些之前没有注意到的东西。当我向赫伯特问起这时,他的回答和接下来的谈话比他迄今所说的任何话都更让我震惊。

在大棚的一角,一个临时的铁丝鸡网围起大约 15 平方英尺土地,里面有五只母鸡。母鸡们不是在铁丝网上走,而是在真正的泥地上走。它们在新鲜干草中筑巢,吃一碗有人亲手送来的食物。

"这里的鸡是干什么的?"我问赫伯特。

"看见那边那只母鸡了吗?"他指了指抬起一只脚的母鸡,"她的脚出毛病了。她们都有点毛病。我不忍心把她们关在笼子里。"

"为什么不能关笼子里?"我看着另一只蜷缩在干草中的母鸡,问道。

"如果一只鸡出了什么事,她就无法保护自己抵御其他鸡的伤害。"

赫伯特把这个围栏称为他的医疗单位,在那里隔离病鸡并亲自照料她们。这让我很困惑。把这些受伤的鸡放在一边,给她们特殊待遇,这样做是很好的,但剩下那些怎么办?虽然她们可能没有明显的瘸腿,但是当她们被塞进几乎不能动的笼子里,你怎么知道她们没有残疾呢?赫伯特帮助这几只母鸡的柔情背后忽略了一个更大的问题,那就是他如何对待所有的鸡。我进一步询问他关于医疗单位的事情。

"凡是笼子里站不起来的鸡我们都放到这里来。其中有 25% 是虚弱的,可能。"

"但你不觉得把其他的鸡关在那些笼子里有什么不对吗?"

赫伯特的抗辩突然增强。"这说法真是各种歇斯底里,毫无根据。最有效的养鸡方法就是养在笼子里。四十年前我们对这一点毫无异议。那时候美国人都呆在乡下,他们知道农场里有鸡,谷仓里有鸡,到处跑来跑去吃粪便,人们想要笼子里的鸡蛋,因为那样的鸡是卫生的，笼子里的蛋是上等货。但现在动物权利人士跑来说服人们把鸡关在笼子里是不人道的，把鸡关在房子里是不人道的。说现在我们很残忍，因为不让鸡在牧场上自由奔跑。一旦你让她们在牧场上自由奔跑，你就得开始担心虫子，你得开始担心她们会有螨虫和其他各种各样的问题。而且外面变冷了她们也会不舒服。"他的这番话立刻让我想起了我的生物老师。

"嗯，赫伯特，我注意到母鸡的脚都踩在铁丝上。你不——"

赫伯特知道我要说什么。"这对她们的脚来说确实很困难，但实际上脚的变形不会那么严重。"

"你认为不会吗？你不觉得在铁丝上站几个月会很疼吗？"

"这不像在地面上那么舒服，可一旦你让她们出来，就得给她们驱虫，因为会有肠道寄生虫。"

"在笼子里就不驱虫了？"

"在笼子里，你根本不用给它们驱虫。"

我不打算就这么放过这事儿。我想起在他家前院看到的跑来跑去的猫狗："我问你一个问题。你有狗，也有猫——"

"我喜欢猫和狗。"

"你会像关鸡一样把他们关在笼子里吗？"

"不会。"

"为什么不会？"

"让我问你一个问题，"赫伯特回答，"我们如何决定哪些动物该吃，哪些动物该当宠物？"

"我不知道。"

"好吧，这就对了。"

他就此打住，仿佛我四个字的回答就能解释一切。也许在某种意义上是这样的。我们中有谁知道答案吗？

伴生：我们与动物的故事　　193

赫伯特的孙女之前离开了一小会儿,她回来后我们的谈话变得更有趣了。赫伯特在鸡十八周大的时候从饲养员那里买来。在大约十八个月的时候,母鸡的效用就到头了。她们不能生产足够的鸡蛋来证明维持她们存活的费用是合理的。

"我们过去把母鸡卖给一家加工厂,每磅赚5分钱。它们会被做成骨粉之类的东西。我想是被喂给别的鸡吃。但现在如果你把鸡带到加工厂去,他们会跟你收费。"

"那你现在怎么处理这些鸡?"我问道。

"所以我们不得不自己动手杀死她们,我们拿得到许可,可以在自己的地块埋掉这些鸡。就是把一大批鸡放到一辆翻斗车里,然后用二氧化碳闷死。但当我们把她们放到车里时,她们会害怕得互相踩踏,惊慌失措地压到其他鸡身上,90%的鸡甚至在二氧化碳被打开之前就窒息死掉了。"

赫伯特描述的场景令我毛骨悚然。不过,令我惊讶的是这件事给赫伯特以及他家人带来了恐惧。

"我们不忍心杀了她们,"他说,"儿子,孙女,我们都受不了。我儿子们绝对拒绝杀死她们。"

"如果这样做这么困扰你,你怎么能杀得了她们?"

"我们只是闭上眼睛不去想。我们不忍心去想。"

孙女点头表示同意。"上次,很幸运,另一个农民一口气买了两千只鸡。我们高兴极了,不用杀她们了,所以那天晚上全家出去吃饭一起庆祝。"

心理学家雷切尔·麦克奈尔在她的著作《犯罪引发的创伤性压力》(*Perpetration-Induced Traumatic Stress*)中首次提出,对他人造成创伤的行为会使犯罪者出现与创伤后应激障碍有很大相似性的一系列症状，包括药物和酒精滥用、偏执、焦虑、恐慌、抑郁和疏离。麦克奈尔将犯罪引发的创伤性压力（PITS）定义为创伤后应激障碍的一种，当人们被要求做出一些行为（包括社会认可的行为）却违背了他们不愿意伤害他人的自然倾向时，就会出现这种症状。她发现，许多士兵报告说，他们对杀戮深感不安，只有在被迫的情况下才会这样做。对二战士兵的分析发现，大多数士兵不开枪是因为对杀人有天生的抗拒。更重要的是，很多研究表明，在战斗中杀过人的士兵，比如我之前遇到的杰森·哈格上尉，比没有杀过人的士兵患有更严重的创伤后应激障碍。麦克奈尔的理论被证明是令人信服的，也因此，精神病学家在《精神障碍诊断与统计手册》第五版中增加了一条，即积极参与伤害他人是导致创伤后应激障碍的原因之一。

尽管麦克奈尔关注的是退伍军人、纳粹分子、警察、刽子手和虐待者，但她想知道，以文化上接受的方式伤害动物的人是否会经历犯罪引发的创伤性压力？

乍一看，麦克奈尔的问题似乎很奇怪。毕竟，几个世纪以来，人类为了食物、劳力和皮毛，一直在捕杀动物。杀害动物并不是什么新鲜事。那为什么人类在这样做的时候会感到创伤呢？

1972年上映的电视剧《沃尔顿一家》（*The Waltons*）讲述了许多家庭在涉及他们所照料动物上面临的冲突。在《小牛犊》这一集中，家里的奶牛生产后，孩子们对新生的小牛产生了感情。但为了筹集急需的资金，父亲把小牛卖给了邻居农夫，而邻居打算把小牛宰了，孩子们因此受到极大的打击。最终，父亲意识到孩子们的损失，也意识到母牛"机遇"的损失，后者为自己的孩子哀鸣了好几天。在这一集的最后，父亲走近农夫，恳求道："你看，这头小牛对你来说只是桌上的肉，但对我的孩子们来说，她是玩伴和家庭的一部分。"父亲与农夫谈妥了交易，把小牛买了回来，节目在愉快的气氛中结束。

伴生：我们与动物的故事

对沃尔顿一家和两头母牛来说，同理心赢了。不过大多数时候，人类会把按捺住同理心作为解决内心冲突的一种方式，以便伤害动物。我们说服自己同理心是一种弱点，要硬起心肠。试图抑制一种自然反应所导致的问题是，它不会真正消失。同理心就像一株我们以为已经杀死的杂草，它会发芽，扎根在地下深处，等待合适的时间和地点重新钻出土表。我们越是想毒死这株杂草，它就越有可能以不受控制的形式卷土重来。

众所周知，屠宰场的员工流失率很高，运营第一年就高达200％。大多数社会学家指出其原因在于工作的危险性、受伤的高风险、低工资以及糟糕的待遇，但一些调查人员却想要知道，杀害动物的心理影响是否也会导致高人员流动率。

在一项研究中，调查人员询问屠宰场的工人，哪个部门的工作环境最差。选项如下：接收室（工人首先接收鸡的地方）、切割室（工人杀鸡的地方）、除脏区（工人取出鸡内脏的地方）、放血区（工人排出鸡血的地方）、拔毛区（工人拔除鸡羽毛的地方）、包装区（工人把鸡打包以便出售的地方）和冷冻区（工人把鸡冷冻的地方）。结果排名第一的是工人杀鸡的房间。"啊哈！"你可能会说，"选择切割室是因为它最危险。"也许吧。不过，可能还有另一种解释。

两位对屠宰场员工进行深入访谈的心理学家指出："屠宰场员工不可避免地记得他们第一次进屠宰间和不得不进行屠宰时的情景。他们回忆起鲜血淋漓的生动画面，并将这种经历描述为创伤性的……"雇员们报告说感到痛苦、悲伤和羞愧。他们中许多人经历了反复出现的噩梦，充满恐惧和焦虑。他们报告说梦见自己逃离复仇的奶牛，面对被宰杀而没有死去的奶牛，眼睁睁看着动物的痛苦，以及与动物打架和被动物注视。

已故的维吉尔·巴特勒是一名在泰森屠宰场工作了九年的工人，

在博客中他描述了自己离职后很长一段时间所经历的精神创伤。有一篇自述写到了屠宰场的一个夜晚。

小鸡们惊慌失措。有许多大声叫着,有的只是坐在那里瑟瑟发抖。有时你会看到一只鸡抬头看着你,和你对视,就知道它被吓坏了……没人能让我相信那只鸡不知道将要发生什么。

屠宰场工作人员如何应对这种痛苦?很多人辞职了。但有些人承受不起失业。正如一位心理学家所言:"这个行业非常善于招募最边缘化的弱势群体。"屠宰场倾向于外来劳力,其中许多是非法移民,还有一些是急需工作的人。为了保住工作生存下去,他们对现实采取一种漠然。天宝·葛兰汀[①]发现,工人们最常使用的心理方法是她所说的"机械方法","杀动物的人对待工作的方式,就好像装钉沿着传送带移动的包装箱一样,对自己的行为不带任何情绪"。第二种最常见的方法是施虐:享受杀戮并造成更多痛苦。"通过贬低动物的价值,"她写道,"这个人在心中为他对动物所做的残忍之事辩护。"

在她1997年出版的《屠宰场》(*Slaughterhouse*)一书中,盖尔·艾斯尼茨采访了几十位美国的屠宰场工人,记叙了他们的经历。在这些工人中,她遇到了许多漠然和施虐的例子。一名工人描述道:

> 最糟糕的事情,比身体上的危险更糟糕的,是情感上的伤害。如果你在那个棍子坑(猪被杀的地方)工作了一段时间,就会形成一种态度,让你杀死其他东西但毫不在乎。你可能会看着一只猪的眼睛,它正和你一起在血坑里走来走去,你会想,天哪,那真不是一只难看的动物。你可能想摸摸它。趴在屠宰场上

[①] Temple Grandin,美国动物学家、著名自闭症患者,伊利诺伊大学畜牧科学博士,HBO电视频道在2010年推出了以她为原型的故事片《自闭历程》。——译者

伴生:我们与动物的故事   197

的猪抬起头,像小狗一样用鼻子蹭过来。两分钟后我不得不杀了它们——用一根棍子把它们打死。我不能去在乎。

没有什么能比我们压抑的东西更消耗人的精力。就像那些被要求杀人的士兵一样,有令人信服的证据表明,屠宰场工人因伤害动物而痛苦,他们身上经常出现犯罪引发的创伤性压力的迹象如滥用药物。有几起案例,是工人因反复梦见暴力被送进精神病院治疗。一项针对巴西近千名雇工的大型研究发现,与在其他压力环境下工作的雇工相比,屠宰场工人患焦虑、抑郁和其他情绪问题的比例更高。在屠宰场工作的员工精神障碍的发生率是最高的。许多员工因愤怒而自残,并有自杀倾向。

目前还没有足够多的研究可以给出结论,说屠宰场的工人通常会患有犯罪引发的创伤性压力,但对其他类型工人的调查支持了这一观点。那些经常在庇护所和实验室杀死动物的雇员中,39%的人有轻度症状,11%的人有中度症状。尽管几十年来这一直是一个秘而不宣的话题,但越来越多的证据表明,许多直接处理动物和用动物做实验的实验室工作人员遭受了深刻的情感创伤。他们报告说自己经历过内疚、伤心、悲痛、焦虑、头痛、失眠、绝望、暴饮暴食和愤怒。给动物们造成的痛苦也给他们留下了伤痕,一个由前实验室雇员组成的团队因此组建了支持小组,去帮助那些遭受这种工作创伤的研究人员。

一种日益增长的不安情绪正在形成。许多过去被认为可以容忍的伤害动物的方式,正变得越来越难以忍受。我们对动物的同理心会越来越强烈吗?

临走前,简和我用肥皂洗手。我也擦洗了我的脸,希望能把那股恶臭抛诸身后。我们感谢赫伯特和他家人带着我们参观了他们的设施，然后跳上简的车开往我们的下一个目的地。令我沮丧的是，那股气味跟着我。它没放过我。我的牛仔裤、毛衣、头发、皮肤。一切都散发着臭味。

我问简这气味是否让她心烦。回答是没有，一点也没有。然后我问她，赫伯特的设施和她见过的更现代化的设施相比怎么样。她说，更新的设施更干净一些，但得承认禽类的状况与此类似。断过的喙，皮肤裸露，腿肿胀。换而言之，同样悲惨的动物，只不过数量多得多。

简希望下一站能向我展示什么是最先进的设施。我们驱车前往俄克拉何马州立大学斯蒂尔沃特镇的动物与食品科学系。她告诉我这些是研究和教学设施。和我有可能在商业机构看到的那些比起来，是非常小规模的版本。

养猪场的经理（一个又高又大的男人）对我们出现在这里不怎么高兴。他双腿叉开，两拳握在身侧，特意用极大的怀疑打量着我。我努力不让自己皱着眉头，朝他微笑。他深深地叹了一口气，让我们知道我们有多麻烦他。"好吧。贾斯汀会带你们看的。"他指着房间里的一个大学生。"但是不要碰任何东西，"他指着我，"你听到了吗？"

"当然。"我说。当我们进入第一间养猪房时，我立刻开始拍照。

房间里的噪音让我心惊胆战。仿佛五十个邪教徒在打鼓，围着火堆尖叫。大约有二十头猪站在板条箱里，面向中间的过道。它们的身体从左到右，从前到后，填满了这些妊娠箱。它们所能做的就是站着，无法转身，甚至连挠痒痒都不行。每头猪都在吠叫，用头和鼻子拱着笼子，上上下下，上上下下。这是它们唯一能做的动作。

猪站在金属板条地板上，这样它们的排泄物就会落到下面。即使只有二十多头，臭味也很浓。简告诉我，在这里闻到的是硫化氢，而不是鸡舍里的氨气。我未经训练的鼻子分辨不出这种臭味和其他臭味

伴生：我们与动物的故事　　199

的区别。

这个房间看起来像一个现代化设施。无菌，无生气，就像一个实验室。房间里除了猪什么都没有。但这只是平均规模的工厂的一个缩影，在那些工厂里，数千头猪可能被限制在一个棚子里。97%的猪被关在工厂化农场中。

我摘下右手手套，蹲在离我最近的那头猪面前，凝视着她的眼睛，抚摸着她的鼻子，说道："你这个可怜的宝贝。真是个可爱的小姑娘。"但人类的安慰并未被她认可。她的眼睛看向我以外的某个地方。她用头顶着铁栏杆，上上下下，嘴边冒着泡沫，就跟其他猪一样。在这场演奏会上，它们产生了几乎震耳欲聋的撞击声，在光秃秃的墙壁上乒乓作响。任何一个头脑正常的人看到这些猪，都会立刻看出它们已经疯了。

贾斯汀告诉我们，泰森食品公司资助了学校研究感染控制手段和培育肥猪的项目。在被工人杀死之前，这些猪要在妊娠箱里呆上三到四年。在第一个房间里，工作人员每年两次给母猪人工授精。贾斯汀带我们去了另一个房间，那里的猪妈妈们在生孩子。农场工人允许她们在这里呆上两周喂养幼崽。在这个房间里，关着猪的板条箱有一个不同的名字。这些分娩用的笼子比妊娠用的板条箱稍大一点，但也没大多少。有小的侧廊，对于每个妈妈来说，这可以容纳六到九只小猪。贾斯汀告诉我侧廊是为了防止妈妈们压坏自己的孩子，他说，要是没有的话就会发生一些惨事。

即使这种情况确实偶有发生，贾斯汀的观点也是误导性的。这些猪之所以被关在板条箱里，主要是为了省钱。我进一步向他提问。

"你觉得这些箱子残忍吗？"

"你知道的，有些动物权利和福利组织对妊娠箱非常不满。但实际上把这些动物关在这些板条箱里会更人道。这样，我们可以看到每一只动物，观察它是否生病。"就像把青蛙放在罐子里一样。

第三个房间是育养设施。十到十五头猪住在一个笼子里，它们的母亲并不在。猪妈妈们被送回了妊娠室，在那里人工授精，然后重新进入各个房间循环。当我跪下来的时候，这些小猪冲到手上，允许我透过笼子的栏杆，抚摸它们的鼻子和柔滑的耳朵。这些男孩和女孩还小，还没有开始精神错乱。

从这里开始，猪沿着流水线从一个房间移动到另一个房间，每个笼子里的猪群越来越小。当长到280磅左右时，这些猪被挑选出来，要么进一步繁殖，要么被杀死。

"那些猪屠宰后会被卖掉，最终变成了香肠、培根和其他猪肉加工产品。"贾斯汀说。他们把繁殖的猪送到第一个房间的妊娠箱里，和它们的妈妈一起，并排关在不同的笼子里，然后会一直呆在那里，直到挪到产房分娩的时刻到来。

我问贾斯汀："你们怎么把猪从妊娠室弄到产房？她们好几个月没有锻炼过腿了，挪进隔壁房间不会很困难吗？"

他咯咯笑起来，回答了我的问题，这是我听过的最悲伤的事情。"其实很简单。你会惊讶它们有多喜欢走路。"

生物学家和作家蕾切尔·卡逊曾说过："除非我们有勇气承认残酷的事实，无论受害者是人类还是动物，否则我们无法指望这个世界会变得更好。"

忽视我们对待动物的方式会产生深远的影响。1980年代，一个社会学家小组研究了社会认可的暴力是否会"溢出"到生活中的其他领域。该团队的理论是基于之前的研究曾表明，战争时期对于杀戮的文化支持与较高的谋杀率和虐待儿童率相吻合。为了检验他们的理论，社会学家们统计了美国所有五十个州和华盛顿特区被认可的暴力活动。他们考察了公众对死刑的认可度、狩猎执照的数量、暴力媒体的受欢迎程度以及对警察暴力的认可度等因素。结果令人不安。在那些大力支持合法暴力形式的州，强奸的发生率特别高。这项研究并没有评估因果关系，因此它不能证明更高的强奸率与接受其他形式的暴力之间有特别关联。然而，它确实增加了文化外溢理论的分量：一个社会越是以暴力合法化为手段，达到社会普遍认可的目的，那么发生非法暴力的可能性就越大。

对动物的虐待会导致暴力溢出吗？几十年来，社会学家注意到，当屠宰场迁入城镇时，暴力犯罪率——包括财产损失、毒品相关犯罪、虐待配偶和儿童——都会上升。以堪萨斯州芬尼县为例，在两家屠宰场开业后的五年内，当地的暴力犯罪增长了130%，而这只能部分归因于33%的人口增长。针对犯罪率上升，有人提出了若干原因来解释，包括工人的人口特征（这一点经常被用来为针对移民的种族主义辩护），人口突然激增造成的社会混乱，高流动率导致的失业率，以及身体压力大且高要求的工作。

心理学家艾米·菲茨杰拉德对此有不同的想法。许多对屠宰场工人的采访表明，他们对动物施加的暴力渗透到生活的其他方面。以下这段描述来自一名工人，他描述了杀妻的想法：

> 我脾气很暴躁。当我一个人的时候，想着……我杀了几千头牛，嘿，我杀了八九百头牛，没什么能阻止我朝一个人开枪。

这一段来自另一个工人，他自称是"猪贴条"，指的是刺杀猪并把它们放血至死的人：

> 我认识的每个"贴条"都有枪，他们中的每个人都会向你开

枪。我认识的大多数"贴条"都因袭击被捕。他们中的很多人都有酗酒问题。他们必须喝酒，否则没有别的办法来对付整天杀生、猛踢动物的生活。如果你停下来你就会去想，你每天要杀死几千条生命。

基于这些传闻，菲茨杰拉德想知道，与屠宰场相关的犯罪增加是否和她所谓的"辛克莱效应"理论有关。这个词来自一本开创性的著作《屠场》(The Jungle)，作者厄普顿·辛克莱[1]观察到动物的例行屠宰和其他形式的暴力之间存在联系。为了测试辛克莱效应，菲茨杰拉德从联邦调查局的统一犯罪报告数据库、人口普查数据和1994—2002年间美国五百八十一个县的警方记录中收集信息。她研究了有屠宰场的县的犯罪率，并将其与工厂雇员人口相当的其他县的犯罪率进行比较。用来比较的县在劳动力构成和伤病率方面都与拥有屠宰场的县相似，关键区别在于他们的工业以机动车制造和钢铁业为主，不涉及杀生。

菲茨杰拉德在仔细研读这些数字后发现，一家雇用一百七十五人的屠宰场，预计被逮捕人数将增加2.24人，被警方通报人数将增加4.69人。在拥有七千五百名屠宰场员工的县，财产损失、虐待儿童和性犯罪等犯罪的逮捕率和报案率是没有屠宰场员工的县的两倍多。这份研究强烈暗示着，导致犯罪率上升的原因不是重复性和危险性并举的工作，而是对动物的杀戮。

尤其能说明问题的是，在有屠宰场的县，虐待儿童和强奸的比例

---

[1] Upton Sinclair, 1878—1968，活跃于20世纪初的美国著名左翼作家，曾获得普利策奖，代表作小说《屠场》本意是揭露芝加哥等工业化城市中美国移民的恶劣生存境况和被剥削的事实，却无心插柳引起了公众对肉类加工卫生状况的质疑，并导致了相关的食品立法。——译者

伴生：我们与动物的故事

很高。钢铁锻造业对强奸案的逮捕率也有重大影响，但却呈负相关性。这些产业的就业率与强奸案的逮捕率下降有关。菲茨杰拉德推测，侵害儿童和妇女的暴力高发也许归结于屠宰场工人如何看待包括动物在内的弱势群体。

澳大利亚最近的一项研究测试了屠宰场工人的攻击性水平。调查人员发现，他们的攻击性水平是"如此之高，以至于他们的得分类似于……被监禁人群"。有趣的是，女性工人的攻击性得分是最高的。

有了这一点和菲茨杰拉德的研究，一个随之而来显而易见的问题是，是屠宰场让人失去了同理心，还是屠宰场首先吸引了缺乏同理心的人？菲茨杰拉德不认为是后者。"屠宰场工人们有一个共同点，就是为了得到工作可以不顾一切。"她告诉我。先前提到的天宝·葛兰汀和其他人的研究确定地表明，对许多工人来说，他们的同理心被职业挤压掉了。

大多数学者忽视了一种潜在可能，即对动物的暴力可能会溢出为其他形式的暴力，也许是因为他们害怕这一方向可能得出的结论。迄今为止，菲茨杰拉德的研究是唯一系统性的工作。但是，考虑到人类个体对动物的虐待与其他形式的暴力有着密切联系，那么认为系统性虐待动物也会如此，是不是并不牵强？

一天下来，我觉得自己被掏空了，筋疲力尽。返回音速快餐店停车场的路上，简和今天早上一样精力充沛。她很自豪地告诉我，大学的设施如何在提高肉类和牛奶生产效率方面进行前沿研究，是动物福利的典范。我没法理解她，我只能想象简在心理上的扭曲。她认为今天开车带着我到处走，是为了消除我读到的"虚假传言"。然而正好相反，我比以往任何时候都更相信这些设施对动物是残酷的，并威胁到人类的健康。那些楼里的气息就像邪恶精灵一样一直在我脑海里跳舞。

踏进酒店房间那一刻，情绪再也压制不住。我扯下衣服，抓起其中一个垃圾桶里的塑料袋，把衣服扔进去卷起来，这样就可以把一天的臭味和痛苦打包带走。在滚烫的淋浴中，我洗了三遍头发，生生地搓着皮肤。用一把备用的新牙刷在指甲下擦刮。滚开！滚开！我对着那味道大喊，我发誓那味道还在嘲笑我。

之后，我穿上干净的衣服，给帕特里克发短信，他等了一整天，想知道事情进展如何。我告诉他我结束了，明天回家后再聊。当我坐在床的一头，盯着面前空白的电视，胃里一阵翻腾。我饿了。不仅仅是饿，是饥肠辘辘。并不惊讶，当我不高兴的时候，我就会吃东西。帕特里克丢了工作，我吃东西。爸爸得了胰腺癌，我吃东西。外婆死了，我吃东西。我想吃东西了。

我上了车，向酒店附近的一个塔可钟餐厅驶去。突然想到，不，我还要喝上一杯。这时我看到一家连锁餐厅，就开进了停车场。走进餐厅时，没有人站在前台迎接我。我环视室内，一个酒保正忙着准备饮料，没看到其他员工。我在一个卡座坐下来等着。星期一晚上只有几个人在吃饭。三个男人坐在我后面的卡座上，低声交谈。其中一个转向我，点点头说："嗨！"

"嗨。"我说着转回头。到此为止，无意进一步交谈，我坐下来向前看，直到被一个服务生注意到。"天哪，你呆在这后面也太安静了，"他说，"我都没看见你！"

餐食送到，一个素食汉堡，一杯红酒，两份薯条，我十分钟内就吃完了。我再次招呼服务生，要账单。

"你一定是急着离开这里！"对方笑了。当他拿着我的支票回来时，我看了看价格，然后抬头看着他，一脸的疑问。

"是的，"他说，"坐在你后面的那个家伙付了你的酒钱。在他走之前不想让我告诉你,但我觉得你会想知道的。"

我转向身后的那个人,向他道谢,他正要起身和朋友们一起离开。这次我能更清楚地看清他了。深色眼睛,长长乌黑的直发披在肩膀上。

我开口道:"嗯,先生——"

"汤姆·佩里。"他说。

"非常感谢你的红酒。你真是太客气了。"

他点了点头。"你看起来太难过了。"说完就和朋友们一起走出了大门。

第二天早上我乘坐最早的航班离开。飞机上只有六个人,所在的这排座位只有我一个。我坐在那里,在黎明前的黑暗中,试着去想清楚昨天发生的事情。我记得当我问赫伯特如果他可以重新开始会不会去做其他事情时,他最后对我说了一句话。

"我可能会喜欢大农场,"他回答说,"几千亩庄稼,就不用担心……这个……杀鸡了。"

我想起了汤姆·佩里的话。他是怎么知道的?我很难过。我为那些生命永远不属于自己的动物感到难过。我为赫伯特感到难过,他觉得自己被困在一个可怕的行业里。我为简感到难过,她认为这种人与动物的扭曲关系没有问题。我为自己目睹了如此残忍之事感到难过。我为整个该死的世界感到难过。

在温暖、黑暗、轰鸣的机舱里,我静静地哭了。

回到家,我又哭了。一直哭了两周,三周,四周。我陷入这种沮丧中。就像以前每一次抑郁发作,我不让别人、朋友和同事知道。我努力保持我的膝盖、肩膀、脊柱挺直,不让身体坍成一团。尤其是这一次。有多少人会感同身受我对最卑微生物的绝望?我在独自一人时哭泣。在淋浴间。在车内。在壁橱中。但我骗不了帕特里克。一天,他发现我蜷缩在浴室地板上哭泣。他眼中充满痛苦地看着我,一言不发地把我搂在怀里,抱到床上,抱着我让我的眼泪肆意流淌。

悲伤、绝望和创伤是会传染的。1981 年,一位心理学家①发表了一篇评论文章,内容有关为大屠杀幸存者工作的治疗师的情绪反应。她写道,治疗师们经常"发现自己和他们正在治疗的幸存者做一样的噩梦"。替代性创伤(vicarious trauma)在当时还是一个新概念,但从那以后有很多迹象表明,人们通过听到、目睹,甚至阅读别人遭受的暴力而承受痛苦。

救援人员通常都有情绪健康状况。《卫报》的一项调查显示,近 80% 的人道主义工作者有心理健康问题,其中近一半被诊断为抑郁症。援助人员经历的部分症状可能是由于他们自己的人身安全受到威胁,以及在危险的、资源不足的地区工作。但受访者经常提到,目睹人类悲剧是造成他们自身痛苦的一个原因。

替代性创伤会导致职业倦怠的高风险。

记者是另一个经历替代性创伤的群体。他们花在梳理暴力图片和视频上的时间越多——比如那些展示地震、汽车炸弹和大规模强奸的后果的影像——患上创伤后应激障碍症状的可能性就越大。目前还有人揭示,军用无人机飞行员也经历了替代性创伤。这些人在世界不同地区上空执行"飞行任务",收集照片和视频,发射飞行炸弹,在战争中实施致命打击,执行美国中央情报局的暗杀任务。他们在舒适的办公桌前完成这些任务,远离任何危险。然而,一些调查人员了解

---

① 应为 Yael Danieli,以色列裔临床心理学家、创伤学家,以其对大屠杀幸存者及其子女的心理关注和研究著称,2008 年被任命为联合国秘书长办公室恐怖主义受害者顾问。这篇文章应该是 Psychotherapists' Participation in the Conspiracy of Silence About the Holocaust,发表于 1984 年。——译者

到，无人机飞行员和战斗飞行员一样，也有焦虑、抑郁、药物滥用和自杀的念头，这着实让人吃惊。

为什么无人机飞行员会遭受创伤？对此现象的解释有两种思路。一种是，长时间的工作和频繁的换班会导致工作倦怠。另一种是，不像战斗飞行员只需要飞入一个区域、投下炸弹然后尽快飞离，无人机飞行员会目睹由此造成的大屠杀。他们每天要花几个小时在屏幕前，以一种与战斗飞行员不同的方式近距离接触这一切。所以，非常讽刺，无人机飞行员目睹的暴力事件对他们来说更真实。

无人机飞行员可能会遭受"道德伤害"，这与犯罪行为引发的创伤性压力有重叠之处。道德伤害的定义是"实施、未能阻止、见证或获知违背深刻持有的道德信仰和期望的行为"，道德伤害可能导致"情感、心理、行为、精神和社会方面的"长期痛苦，无人机飞行员目睹了成年男女和儿童被自己行为影响的后果，可能会经历心理伤害，因为他们的行为违背了自己的是非观念。正如一名无人机飞行员所言："捕食者（无人机）飞行员一直在观察他的目标，密切了解他们，知道他们在哪里，知道他们周围的情况。"了解他们的目标——将他们视为个体，而不仅仅是"他们"所属的集体类别——可能会给无人机飞行员造成道德伤害，违背他们与生俱来的同理心。

创伤不仅仅是个体问题。它是文明出错的结果，是人类的集体残酷造成的。对波士顿马拉松爆炸案和"9·11"等悲剧的媒体曝露研究表明，我们在情感上会受到他人痛苦的影响。反复的媒体曝露会显著增加遭受集体创伤的风险，这种创伤发生在一群个体或整个社会的层面。创伤是全球性的。对他人的暴行扎入我们的意识之中。甚至是对动物的暴行。

我们天生倾向和动物建立联系，却又不断地与这种倾向背道而驰。当我们违背对于动物天生的同理心，对后者施暴时，无论是个体施暴还是系统施暴，都会为各种形式的暴力打开缺口。而随着我们对动物身份的理解不断发展，我们的同理心也在不断发展。动物受苦时我们也会受苦。

一天，我和新墨西哥大学的心理学家、名誉教授约翰·格鲁克博士聊起他过去和哈里·哈洛①一起在猴子身上做的实验。虽然格鲁克从小就喜欢动物，但他为了在动物身上做实验，早已系统地使自己脱敏。格鲁克作为博士生协助哈洛进行了一些行为实验。他们把小猴子放在隔离的房间里长达两年，以研究社会剥夺的影响（毫不奇怪，猴子们变得非常不安）。虽然哈洛在他的同事中被认为是一个受人尊敬的权威人物，但他残忍的实验却引起了公众的愤怒。1970年代，人们开始给格鲁克写信抗议这些实验。其中大部分信件没有引起他的注意，但也有一些让他感到震惊，促使他走上动物权益保护之路。"人们写信给我说：'知道你在那里做的事情……它伤害了我。'"格鲁克告诉我，"我从事这项工作是为了减轻伤害，而不是制造伤害。"

高中时，哥哥向我介绍了莫扎特。我由此深深地、热烈地爱上了他的音乐。很久以前我就提到过，我的大多数抑郁都是由有关人类暴行和不公的新闻所引发的。在数不清的抑郁发作中，莫扎特会来拯救我。不要绝望，他的音乐会这么唱给我听。不要失去希望！他最终会说服我。如果人类能创造出如此美妙的音乐，能让我流下不是悲伤而是狂喜的泪水，那么人类就没有那么坏。

不仅仅是莫扎特，还有我的丈夫，他会永远把我搂在怀里，如果这样能让我免于悲伤。还有汤姆·佩里们，他会给一个陌生人买一杯

---

① Harry Harlow，1905—1981，美国著名心理学家，其在20世纪上半叶进行的一系列关于婴儿时期的养育关系、依赖关系、社交孤立的研究十分经典。——译者

酒，因为她看起来很悲伤。还有那些人道主义者，他们冒着生命危险去救治难民。还有那些男孩，他们会把车拦下去救一只海龟。还有《宋飞传》的制作者们。

是那些给世界以美丽、善良和欢笑的人拯救了我。最终，他们拯救了我们所有人。

每次从抑郁中走出，我都觉得自己像是从一场严酷挑战中苟延残喘。忧虑、恐惧、悲伤和怀疑不断诱惑着我。但我挣扎着爬到另一边，遍体鳞伤，却感觉更强壮，更有力量了。我活了下来。

我带着自己的武器——一种新的理解，走出了抑郁。我们为了麻醉自己对动物的同理心而经历的曲折心路，并不是沮丧的理由。这是希望的理由。我们的同情是如此强烈，以至于我们必须竭尽全力去克服它。这些曲折想要纠正自己，追问我们有没有别的路。我明白了我和西尔维斯特遭受的虐待，总有一天，我们作为一个社会也会明白，确实有另一条路。只要我们有足够的勇气去寻找。

在那之前，我不能给我在俄克拉何马州遇到的动物更好的生活。但我可以给它们点别的。我可以给它们各取一个名字。有了名字，我就把我们从它们身上夺走的生活故事还给它们。我把我在工厂里拍的照片拿出来放在面前。在这张来自赫伯特农场的照片中，我给前五只母鸡取名为亨丽埃塔、杰拉尔丁、希尔达、艾瑟尔和伊莎贝拉。在我想象的故事中，这些动物从来都不知道笼子里的生活。它们在一个庇护所里一起长大，很少离开彼此的身边。亨丽埃塔首先从柔软的干草窝中醒来，走到阳光下，展开翅膀。杰拉尔丁和伊莎贝拉很快也出现了，呼唤她，和她一起去探索牧场。

随着每一个名字被念出来，世界黑暗角落里的一束光在歌唱。特里克西、卡马拉、福金顿·斯迈思爵士、格特鲁德、拉姆齐、塞德里克、尤西、安吉丽卡、奥斯卡、巴克斯、梅布尔女士、阿萨米、费利克斯、雪、甘草、惠灵顿先生、拉吉、埃德温娜、温斯顿、巴特卡普、柳树、格雷伯爵、斯帕克尔斯、玛蒂尔达小姐、埃丝特、花生、奥拉夫、邦戈、爱德华多、洛基、沃利、比阿特丽斯、苏基、伊冯娜、麦考钦爵士、芬顿、比格布兰奇、木兰、庆子、黑胡子、拿破仑、胡安、雅利雅、甘地、维罗尼卡、佩妮、尼古拉斯、米尔顿、摩梯末、梅朵、罗密欧、日瓦戈博士、薇诺娜、夸梅公主、洋甘菊、圣人、伟大布鲁诺……

第三部
与动物同行

第七章　和动物站在一起

西尔维斯特。

他失踪了。我睡不着。我不想去上学。我愿意把所有的时间都用来寻找他。他还活着吗？他饿了吗？他害怕吗？放学后，我和姨妈、哥哥或者戴夫一起挨家挨户地敲门，询问是否有人见过一条小狗，只要你跟他示意他就愿意把小爪子递给你。

晚上，我最大的恐惧在脑海里翻腾。西尔维斯特逃跑是因为戴夫在伤害他吗？当这个问题嘲弄我时，更糟糕的想法不是戴夫对他做了什么，而是我没有为他做什么。当西尔维斯特最需要我的时候，我却没能和他站在一起。

2004年8月，六头奶牛从奥马哈市内布拉斯加牛肉有限公司的屠宰场逃走，奔向自由。奥马哈警方和屠宰场工人很快就抓获了其中四头，但另外两头牛被证明更加难以捕获。第五头沿着主大道飞驰到铁路调车场，剩下那头——一头乳白色的奶牛冲向第三十一大街，把路上的行人冲得四散奔逃。在警察和工人同这一对不容易被赶上拖车送回屠宰场的牛进行意志比拼时，交通被迫缓行，人群则聚集起来观看这一场面。与此同时，正如一位记者所述，附近的奶牛们也在背景声中大声哞哞，似乎在为逃跑者加油。

"这是一头难搞的牛，"警官黛布·坎贝尔谈到其中一头时说，"它有自己的想法。"

差不多一个小时后，警察把第五头牛逼到铁链栅栏的拐角。三名拿着猎枪的警官开了六枪。奶牛又跑了一会儿，然后倒地死去。人群中发出叹息声。不久后，警察射杀了剩下在逃的那头。开枪是在时长十分钟左右的下午休息期发生的，那个时候屠宰场的工人正好走到外面去呼吸新鲜空气，或者抽支烟。他们中的许多人看着警察杀死了两头牛。

这个故事本身并没有什么不寻常处。新闻网站经常报道猪、牛和其他动物为了逃离命运而拼命奔突的事件。然而怪异的是，警察开枪射杀奶牛的第二天，消息在屠宰场员工中迅速传开，一名工人目击者的一番生动复述无疑是推波助澜。"他们向它开枪，好像有十下。"她说。她很生气，其他很多员工也很生气。她把射杀奶牛与奥马哈警方最近射杀一名手无寸铁的墨西哥男子作了比较。屠宰场的许多工人是移民，他们对警察的偏见和威胁忧心忡忡。对工人们来说，警察杀死一头没有防御能力的奶牛是不公正的——即便牛是从一个本来就要杀死它的地方逃走的。

很多时候，我们内心根植的同理心被埋在地下，但这片土地会裂开，足以让一两根卷须冒出。屠宰场工人的集体同理心早已被例行的、视作正常的杀戮所麻木，当几头牛把这一切从习以为常的背景中带出时，土地就裂开了。目睹和耳闻牛不是在屠宰场被宰割，而是在城市街道上被警察射杀，唤醒了工人们对牛和他们自己的新的叙事，尽管简短。那天，当愤怒的故事从一个工人的耳朵传到另一个工人的耳朵时，他们感到自己与牛是一条心的。

没有什么比共同为生存而战更能唤起与他人的友谊了。对于史蒂文·彼得森来说,这发生在他爬过一条随时可能裂开的冰河时。

在史蒂文家,打猎是一项传统。从孩提时代起,史蒂文就一直猎鹿,从未停下来反思过自己的行为。直到一个冬天的下午,他冒着生命危险去救一头鹿。

当史蒂文的车驶过明尼苏达德卢斯南部的凯特尔河时,他注意到事有蹊跷。那个寒冷的12月天,五十岁的史蒂文和他在密苏里的家人过完圣诞节后,正赶回德卢斯的家。史蒂文在密歇根聋哑人学校当木工老师,最近被解雇了,他搬到明尼苏达州开始新的生活。驱车返家路上,没有工作要赶,他悠然地看着雪景。经过35号州际公路上的凯特尔河大桥,他发现下面远处的河水有动静,并且看到有一块石头似的东西在水面上下摆动。不确定自己看到了什么,他继续往前开。

"我试图忘记我看到的,"史蒂文告诉我,"但当我继续开车时,却一直在想有什么不对劲。"他没法抛开越来越强烈的疑虑,于是踩下油门,在下一个出口掉头。当他回到桥上,走下车时,他清楚地看到一头小鹿的上半身。"它的后腿和身体的大部分在水面下,是看不见的。它被困在河中的一个冰洞里,一次又一次地用前蹄挣扎着要把自己拉出来。但它没法获得牵引力。"

史蒂文的第一反应是拨打911,但由于耳聋,他认为与接线员沟通会花费太长时间。那天的气温刚刚过零下十几度,小鹿看起来随时都会因精疲力竭而垮掉,淹死。"时间至关重要,"他对我说,"所以我想,忘了911吧。我就知道这得我来弄。"

他伸手取出卡车里的一根拖车带,离开桥,沿着陡峭河岸小跑了大约四分之一英里,在纠结的灌木丛中一遍遍滑倒。当他走到寂静不动的河边时,对眼前的景象犹豫了。这条河大约有足球场那么宽,上面覆盖着一层薄冰。在河中央,小鹿挣扎时溅出的水被冻成冰盖上的小丘。冰柱挂在小鹿的睫毛、脸颊和下巴上,把她的脸刻成了一幅冰封的风景。

"这头鹿是如此疲惫不堪,"史蒂文说,"它可能从清晨开始就在河里挣扎。现在是下午了,水越来越冷,洞口在退缩。鹿随时都会沉下去。我想,如果我踩错地方,也可能会落水。"

但随后小鹿转过头来,看着他的眼睛。就在此刻,史蒂文打开手机的视频功能,用手语给家人和朋友留言,告诉他们自己将冒着生命危险去救这头鹿。他把手机放在一边,拿起带子和一根大木头。史蒂文以自己的身体为垂直线,和圆木呈T字交叉,以保持平衡,一寸一寸地穿行在冰面上。当他爬向河中央时,他看到水在下面移动。冰层越来越薄。

越往中心爬去,冰就越透明。当他接近那头鹿时,她停止了挣扎,凝视着史蒂文。"它想逃跑,"他告诉我,"但它无处可去。冰在它周围形成了一个完美的圆圈。那头鹿看着我的眼睛发抖。我就觉得它在求助。"史蒂文一边在心里反复对鹿说他是来帮忙的,一边把带来的带子扔到鹿头周围,并小心不让带子缠绕住鹿的脖子,生怕会勒死它。几次尝试后,他抓住了绑在鹿的背部和右肩上的带子。当他看到她深吸一口气,胸部挺起时,他拉了一下。艰难地,他把小鹿从洞里拉了出来。

她出来了,但在离开冰面之前,她并不安全,仍有可能沉下去。史蒂文也一样。除了颤抖之外,鹿一动不动。史蒂文试图推着她在冰面上前进。但这并没有让他们走得很远。这就像把一个40磅重的沙袋推过一条土路。然后他坐在冰上,再次等待小鹿做一次深呼吸。他用双腿把自己向后推,同时拉着拖带。这似乎奏效了。于是他继续这样做,让他的动作和她的呼吸同步。看到她胸部隆起,他就用力推动双腿,手臂拉动。好像他们齐心协力在工作。山谷深处唯一能听到的是他们的声音。"每次我哼一声，拉一下，"史蒂文说，"她就发出吼叫。"

一点点地，史蒂文把鹿带到了岸边。他十分激动，抬头一看，心却一沉。这边的河岸几乎有 25 英尺高。很陡，非常危险。小鹿现在有了更多的活力，她爬上河岸，结果立刻跌回冰面。"她爬上陆地，又掉了下来，"史蒂文说，"她一次又一次地爬上去，又以滑下来告终。我想，现在她随时都有可能砸破冰面，掉进另一个洞里。"史蒂文累坏了。他的手冻得发抖。他们都已经没有力气。他要如何把她从冰面上弄出去？在付出那么多努力后，他还要眼睁睁看着她死去吗？

不，他告诉自己。那不会发生。他紧紧抓住拖带没打结的一端，爬到山顶附近。当他往下看时，又感到绝望了。离河好远啊！他用正在消失的力气做了最后一次努力，脱下现在只会加剧疼痛感的湿手套，用尽一切去拉拖带。他拉啊拉啊不停地拉，直到那头鹿躺在他身边，没有反抗，终于被拽到干燥的陆地上，安全了。

向我描述完这一场景后，史蒂文停顿了很久，似乎在为一段对他来说仍然特别沉重的记忆做准备。当他重新开始时，他说："我跌跌撞撞走到鹿跟前，倒在她身旁。我们都很冷，精疲力竭，全身湿透，大口大口地呼吸。她一直看着我，我也一直看着她。我们只是这样躺在一起。"

时间静止了。在那寂静之中，小鹿和人是相同的。

《星际迷航：下一代》系列剧集中有一集令人印象深刻，叫作"人的测量"，这是对史蒂芬·杰伊·古尔德的《人的错误测量》[①] 一

[①] 1981 年，古生物学家、当代最有影响力的科普作家之一 Stephen Jay Gould 出版了 *The Mismeasure of Man* 一书，它在 2006 年被 *Discover* 杂志列为有史以来最伟大的 25 本科学书籍的第 17 位。——译者

书的戏仿，该书批评了利用生物遗传来支持种族主义、性别歧视和阶级界限的做法。这一集中，一位科学家想要拆除安卓系统的数据中尉[1]，以弄明白他是怎么运作的，而这个过程可能会让他丧命。数据中尉并不想被拆解和销毁，但这位科学家认为数据中尉只是一台机器，在这个问题上没有任何权利。整集中，根据他认为数据中尉是无知觉的观点，这位科学家称之为"它"。

数据中尉的命运由一场激动人心的法庭审判决定。皮卡德船长围绕着数据中尉的私人物品和他对这些物品的情感依恋为他进行了辩护：他的星际舰队勋章，皮卡德送给他的一本书，一个船友和他以前情人的全息图。（数据中尉还照顾了一只叫斯波特的猫，这是他的另一个人性标识。）数据中尉的这些个性表现不仅让法官感到惊讶，也让科学家感到惊讶。皮卡德向这位科学家提出挑战，要求他证明船长是有知觉的，而数据中尉是没有知觉的，这是这位科学家无法做到的。

法官做出了有利于数据中尉的裁决。当她走到那位失望的科学家面前时，他提到了数据中尉，说："他很了不起。"

精明的法官看着他说："你没有用'它'来称呼他了。"

这是一个关键时刻，不仅是对数据中尉，也是对这位科学家。他几乎没有察觉，从遇到数据中尉的那一刻起，在内心深处的某个地方，自己就在轻轻地抹去那条尖锐的划分线。随着数据中尉知觉能力的一点点揭示，科学家对数据中尉的看法也发生了变化。随着审判的高潮，数据中尉不再是一个无生命的物体。他是一个人。

不把另一位个体看成是抽象的，而视为与我们自己没有多大的区

---

[1] Data, 是《星际迷航》系列中的一个人形机器人角色，由星际舰队于 2338 年发现，是 Omicron Theta 行星唯一的幸存者，他的身体和精神能力远远优于人类和其他类人生物。——译者

别，这种能力的获得，有时候需要一生的学习，有时候只需要一个下午。

我注意到，当史蒂文告诉我他的故事时，在某些时刻，他不再用"它"来指代那头鹿，而是用"她"。我不认为他意识到自己语言上的变化。这不是他有意而为的决定，而是自然而然形成的。仿佛回溯这次救援改变了他对鹿的看法。

对于他人的生死挣扎，我们能够感同身受。当我问史蒂文，既然他经常杀鹿，为什么还要不遗余力地去拯救这头小鹿，他只是简单回答说："她在为自己的生命而战。"在他人身上认识自己或是反过来，这种能力来自深度的民主意识。它突破了社会障碍、财富、教育、性别、职业地位，甚至是物种。有了同理心的有益运用，"你"和"我"之间的障碍就消解了。这并不是让你或我在这个过程中迷失（那是不健康的），而是让我们变得不仅仅是自己。同理心使我们分开的节奏变得和谐。

史蒂文躺在小鹿身边，摸了摸她的脸。他拂去她脸上和身上的积雪，并逐一抬起她的腿和肩膀，检查是否有伤。有几处流血的伤口，看起来都不深。没发现严重的伤势，史蒂文轻轻地扶着小鹿站了起来。她像初生的牛犊一样摇摇晃晃，不太稳地走了几步，又绕了回来，用前肘撑着蹲在地上。史蒂文在她身边继续呆了将近一个小时，温柔地抚摸着等她恢复体力。最后，当她的双腿能够站稳时，他最后一次摸了摸她："再见。"

史蒂文给这头鹿取名为"冰河小姐"，这次救援可能引发了一场根本性的变化。当我问起他打猎事时，他告诉我："我想我会把枪带到铁匠那里，将枪管打个结，挂在墙上，作为我最后的战利品。"

史蒂文会一直信守自己不再打猎的承诺吗？我不知道同小鹿的一

伴生：我们与动物的故事

次邂逅是否足以改变他一生的习惯。但是在很多故事中，看似微小、琐碎的时机会激荡成关键时刻。就像发生在詹姆斯·朱利安尼身上的那样。

我第一次见到詹姆斯·朱利安尼是在他的宠物店，位于纽约布鲁克林的"钻石项圈"。这家店由两条短过道组成，商品从地板一直堆到天花板。有宠物食品、项圈、猫砂盆、床、衣服、蝴蝶结——但没有动物，或至少没有关在笼子里的动物。詹姆斯和店铺的共同主人、也是他一生的挚爱莉娜·佩雷利，永远不会出售动物。在店里到处游荡的小动物们被营救出来等人收养。有三只猫分别叫作靴子、奥利奥、莱西，在货架上和有床上用品的各处睡着。三条不同形状和大小的狗狗站在柜台的狗栏后头。

每隔几分钟门铃就会响一次，因为有顾客进来，大多数都牵着狗。头发蓬松、穿着浅口便鞋的小老太太；满身文身、戴着假牙的男人；穿瑜伽服的女人；带着花枝招展的袖珍狗的异装男子。詹姆斯向他们打招呼，就像认识他们每一个。他叫每个人宝贝、甜心和妈妈——无论他们是年轻还是年长，是女人还是男人。房间后头有盥洗台、剪子、刷子、洗发水、吹风机和毛巾，随时可以使用。在这个清爽的星期六上午，不到一小时，就有超过二十五个人带着狗狗来洗澡和理发。这可能是全纽约最繁忙的美容院了。

如果你有幸遇到詹姆斯，很可能会有和我一样的最初印象。他大摇大摆，夸夸其谈，但在浮夸的外表下，却隐藏着一种坚如磐石的温柔。

詹姆斯站在收银台后。他身高6英尺2英寸，体重约250磅，身穿蓝色天鹅绒连体服和白色背心，有一头光滑的棕色头发，一个裂了条缝的方形下巴，脖子上文了一个链状文身，右手手指夹着一支点着的银万宝路香烟。正是我想象中的前黑帮分子的样子。

詹姆斯正在一边擤鼻涕，一边向我道歉。"我觉得很难受，我不能生病，妈妈，"他说，"我已经连续忙了三百天，连圣诞节都没有一天假。不，抱歉，只有一天假。没有其他人会去弄这个，妈妈。""这个"指的不是"钻石项圈"，这家店带来的收入实际上支撑了詹姆斯真正的热爱：他的动物庇护所。时至今日他可以滔滔不绝地说着他的"宝贝们"，可如果是在过去，他会告诉你他不喜欢动物。他认为没有理由养动物。它们是又脏又臭的讨厌鬼。然而，正是这些讨厌鬼中的一个给他上了一课，改变了他的生活。

詹姆斯并不是和动物一起长大的。他出生于1967年，有一个德国裔母亲和一个意大利裔父亲，在五个男孩中排行第四，还有一个姐姐。他们住在纽约皇后区的里士满山，是一个信奉天主教的蓝领家庭，家庭关系十分紧密，但财务状况一直很困难。1980年代，他们的父亲经常处于失业状态，因为当时工会的木匠们工作机会很少。没有什么游戏和电视可供娱乐，五兄弟就去找其他的乐子。

詹姆斯和他的兄弟们加入了"112疯狂公园"街头帮派，帮派的主要任务似乎就是尽可能到处涂鸦，以标记他们的地盘，还有和其他的街头帮派打架，来保卫他们的地盘。他们偶尔会被打出乌青眼，缝上几针，或是因行为不检和小偷小摸而被捕，这些都是为酗酒、吸烟和受到其他孩子尊重而付出的小小代价。然而，这样过了不到一年，詹姆斯的街头帮派生涯就被一个名叫"胖乔治"的人终结了，此人把他介绍给老约翰·戈蒂的儿子，戈蒂是美国最有权势、最危险的犯罪头目之一。

十七岁时，詹姆斯加入了小约翰·戈蒂的团队，成为一名打手。"威胁别人，打断别人的腿，"詹姆斯说，"我不得不和一些人出去收钱，或者教训那些冒犯了关系户的人。"他大部分时间都在打杂，为高级成员跑腿，贩卖非法香烟、类固醇和致幻毒品，洗劫别人的家，尤其是那些单身女人的家。"对我来说，遇到（女人）并不难，"他告诉我，"我会哄骗她们带我回家，然后在她们睡觉的时候实施抢劫。"黑手党从詹姆斯"挣来"的钱里抽成 10%。作为回报，他们承诺如果詹姆斯遇到麻烦，会伸一把援手。詹姆斯加入黑手党的同时，他的兄弟们倒是放弃了街头混混的生涯，转而追求体面的职业。詹姆斯在他的兄弟姐妹中成了社会弃儿，他把戈蒂团队当作自己新的家人。

1985 年 12 月，老约翰·戈蒂组织谋杀了当时甘比诺家族（前老大叫卡洛·甘比诺，因而得名）的首领保罗·卡斯特利亚诺，这是 20 世纪大部分时间里控制纽约地区有组织犯罪的"五大家族"中最著名的一个。随后老约翰统治了甘比诺家族，为戈蒂团伙的鼎盛期铺平了道路。金钱滚滚而来，好日子也来了。当詹姆斯不工作的时候，他和戈蒂的其他成员一起，在"我们的朋友社交俱乐部"里面打发时间，黑帮分子经常到这里交易。俱乐部有一套一套的规则要遵守。首先，没有胡子。"老鼠和警察都有胡子。"小约翰看到詹姆斯的胡子后告诉他，并命令他剃掉胡子。以及，没有耳环。不要在俱乐部之外谈论俱乐部里发生的任何事情。永远不要提"毒品"这个词。

小约翰对吸毒零容忍。这一条对詹姆斯来说是最具挑战性的规则。他已经变成一个不折不扣的可卡因瘾君子和酒鬼。他会偷偷溜进小约翰的浴室吸可卡因。"如果被他抓住了，"詹姆斯说，"他会当场杀了我。"如果其他成员注意到詹姆斯的毒瘾，他们会睁一只眼闭一只眼。那是一段宽容的时光。

1990 年 12 月老约翰被捕后，戈蒂团伙就此结束。又过了两年，老约翰被判犯有五起谋杀、敲诈勒索和其他罪行。不过随着强大的甘比诺老大的退场，从很多方面来说，黄金时代都结束了。1993 年，詹姆斯也草草落马。他回忆说："我因为在长岛那头的一次劫车行动栽了。"当时和他在一起的还有另外两名成员，每个人都带着一把上了膛的枪。"这完全说不通，因为这次打劫本来应该是一次内部行动。我们将运送一卡车非常受欢迎的'游戏男孩'①，如果一切按计划进行，能大赚一笔。"午夜时分，当他们到达装货码头时，萨福克县的警察包围了汽车，用枪指着他们的头。他们的内部人员在几周前一次缉毒行动中被抓获，"为了保住自己，就把我们都给供出来了"。

让詹姆斯栽了的是一个"绑架工具箱"，里面装着手套、胶带、滑雪面罩和手铐，还有盗窃工具和他们随身携带的枪支。詹姆斯受到密谋盗窃、绑架和谋杀的指控，被定罪并被送进河口惩教所。两年后，当詹姆斯走出监狱大门时，"胖乔治"开着"我见过的最大最长的豪华轿车"来接他，并递给他一个 8 球可卡因②和一卷 20 美元面值的钞票。詹姆斯又回到戈蒂那伙人的圈子里，恢复了老习惯。他成了一个更严重的瘾君子，以至于不到一年，小约翰·戈蒂就受够了，把他踢了出去。

由于无处可去，詹姆斯回到街头，继续贩卖霹雳可卡因、大麻和合成代谢类固醇，以支撑自己的毒瘾。他到处流浪。经历了黑帮的光鲜生活后，他的新生活完全令人沮丧。他会看着那些六七十岁、一杯接一杯借酒消愁的男女，心想这是不是他的未来。这是詹姆斯第一次认真审视自己的生活。三十五岁那年，他回忆道："我在这个星球上活过的日子没有一分值得炫耀，除了那些爱我的人的心痛，以及监狱文身和定罪记录。"于是，2002 年 8 月一个炎热的夜晚，他开车去了皇后区的洛克威海滩，带着一直放在床底下的一把"廉价.25 乌鸦手枪"。等到离那些流连的海滩游客足够远，他走向海边，闭上眼睛，

---

① Game Boy，任天堂公司在 1989 年发售的第一代便携式游戏机，直到 2004 年之前，它都是全球销量最高的游戏机。——译者
② 8 球是一个毒品领域的术语，指大约 1/8 盎司（从 3 到 3.5 克不等）重的毒品，大概在 1980 年代开始出现。——译者

做了几次祷告，为他打算犯下的最后一桩罪行赎罪："谋杀我自己。"

之后，两件事改变了他的人生走向：一个好女人的爱和一条小狗。

在海滩上，当詹姆斯低声祈祷时，他听到身后传来咯咯的笑声。一群年轻女性邀请他一起玩耍，因为她们很漂亮，他觉得自己无法拒绝。那天晚上，在派对上，一个人把他拉到一边，告诉他，她注意到他的枪。一见到他时她就预感到他会做什么，她恳求他在散会前对她做一个承诺。"我想让你跟我的一个朋友谈谈。"几个小时后，这位名叫莉娜·佩雷利的朋友打电话给詹姆斯，他们很投缘。这是詹姆斯第一次向另一个人讲述自己的生活。他们开始约会，一周后，他从皇后区搬到布鲁克林，住进了一栋养着五条狗和十几只猫的房子。

莉娜·佩雷利被称为"布鲁克林的疯狂猫女"。莉娜热爱动物，不会对任何需要帮助的动物置之不理。当她第一次在布鲁克林买下这栋房子时，她注意到后院有一窝小猫。她开始喂它们，之后，更多饥饿的猫和狗来到她的花园，而且经常进入她家，爬上她的沙发，椅子和床。

莉娜像对待其他流浪动物一样收留了詹姆斯，但詹姆斯并没有放弃他的街头生活，继续酗酒、吸毒、贩卖毒品。接下来两年里，他会一次次酩酊大醉和消失几天，结果又回来，发现他的东西都被扔在前院，然后乞求莉娜的原谅。他们还会为动物争吵。

"我不喜欢这个，"詹姆斯说，"我把所有的动物赶出了卧室。我不想让它们呆在我睡觉的地方。我吃东西的时候不想看见它们。我就是不喜欢它们。它们是肮脏的。莉娜一直逼我去爱它们，我说，去他的。"当莉娜开玩笑说他总有一天会爱上一条狗时，詹姆斯嘲讽地套用了动画片《兔八哥》中的一句台词："哦，多可爱的小狗啊。这正是我想要的。我自己的小狗狗。我会给它起名叫布鲁诺,我会抱着它,抚摸它,抱紧它。"詹姆斯一点都不知道他的话多么有预见性。

2006年,莉娜辞职开了一家宠物精品店。她提出让詹姆斯担任合伙人。"宠物精品店?那他妈的是什么?"他得到的解释是,"钻石项圈"是一个销售"高品质产品,从皮带到食物,从衣服到床上用品"的地方。詹姆斯知道莉娜对自己已经达到了忍耐极限,他勉强同意了合作。

在一个晴朗的春日,詹姆斯和莉娜在一家户外咖啡馆喝咖啡,离他们新开的宠物店只有几个街区远,这时莉娜注意到街对面的兽医院外有个奇怪的东西。"她看到了什么,"詹姆斯告诉我,"她说:'天呐!那是什么!'我说:'是地毯。'因为它看起来像地毯。她说:'那不是地毯!那不是地毯!去看看是什么。'所以我穿过街道,看到了一条狗。一条他妈的狗。"

这是一条瘦小、虚弱的西施犬。它的毛发纠缠得打成许多结,詹姆斯不禁皱起了眉头,心想那一定很疼。狗的下巴是扭曲的,皮毛因为腹泻和呕吐呈现出腐臭的颜色。"那条狗黄绿相间,"詹姆斯告诉我,"我向上帝发誓。"蛆虫在裂开的疮口上蠕动,一条粗绳缠在狗脖子上。绳子的另一头绑在一个停车收费器上。狗狗几乎一动不动。

詹姆斯猜想是有人把狗丢在医院门口好让它被安乐死,但兽医办公室的工作人员到目前为止要么没有看到,要么视而不见。詹姆斯抱起那条不动的狗,感到蛆虫在自己的皮肤上蠕动。当他把狗狗抱进医院时,兽医走上前问:"它是你的狗吗?"詹姆斯说不是,兽医说:"那就把它弄出去,除非你给钱。"

当詹姆斯咒骂兽医时,莉娜恳求他承担费用。詹姆斯不情愿地把狗交给了兽医,等他做完检查后才回去。回到家里,詹姆斯大发雷霆,先是骂兽医,然后骂那个把狗丢下的人。他想,它病得那么厉害，怎么会有人把它孤零零留在那里？

虽然当时詹姆斯没有意识到这一点，但愤怒实际上推动了他停滞已久的同理心。同理心并不限于体验他人的悲伤和快乐。它可以是对他人痛苦的情绪反应，从而导致愤怒而非悲伤。愤怒是一个强大的激励因素。例如，在各种社会问题上感受到更多同理心的愤怒的大学生，更有可能采取行动去倡导改变不公正的制度。也许同理心愤怒比其他任何情绪更能表达与他人的伙伴关系。它说的是，"我和你站在一起"。

詹姆斯现在需要的只是一点点推动。几个小时后，兽医的消息不出所料，并不乐观。医院工作人员剃光了狗的毛发后，发现它身上长满了肿块。有人打断了狗的下巴，让它重长，但没有对齐。当詹姆斯和莉娜回来接这条 7 磅重的西施狗时，发现它被洗干净了，剃了毛，眼里充满活力。一个技师把狗狗递给詹姆斯，就在这时，他的同理心被推了一把。

狗狗舔了他的脸。

不假思索，詹姆斯也亲了亲狗狗的头。狗狗摇着尾巴，不停地舔他的脸。"你喜欢我吗？"他问狗。作为回答，狗舔了舔他的嘴，詹姆斯笑了。他自个儿的反应把他弄糊涂了。"他舔自己的屁股，"他告诉我，"他还舔他的蛋蛋，我居然让他舔我的脸。我以前决不会让动物舔我的脸。"

当莉娜看到詹姆斯抱着狗狗时，她说："我想你知道我们可以给他起什么名字了。"

"你肯定想到了。我们就叫他布鲁诺。"

詹姆斯身上新发现的因布鲁诺而起的同理心让他进入了另一种生存状态，不再被自我专注所束缚，取而代之的是善良和做好事的愿望。那么，同理心有什么不利之处吗？现在能够确定的是，同理心塑造了我们的道德，因为它会驱使我们去阻止他人受难。是它让人们冲进燃烧的建筑物里救人。看到一个吓坏的人被困在燃烧的大楼里会唤起我们的情感和同情。但同理心可能是善变的。它很容易被潮流和当下所左右。如果需要帮助的事态或人不在视线之内，那么也常常不会在人们的思考之列，这就是为什么慈善机构要不断在电视上播放世界各地挨饿的儿童、在寒冷中蜷缩的猫以及在难民营劳作的家庭。慈善机构需要不断地提醒我们，拨动我们的心弦。

然而，过度拨动我们的心弦则会导致无效的利他主义。当卡特里娜飓风来袭时，许多人争相领养被遗弃的动物，这些动物悲伤的脸被贴满了网络。虽然这是一个富有同情心的举动，但动用直升机把这些动物送到全国各地的新家可能并不是善款的最佳用途。更持久有效地利用资源并能帮助到更多动物的做法，是把这笔钱用于绝育运动和教育动物监护人如何在紧急情况下照顾动物。哲学家彼得·辛格将那种更冲动的慈善行为称为"温情效应"（warm-glow altruism），它只会引起暂时的喧嚣，使得人们自我感觉良好而已。辛格认为，相比之下，有效的利他主义更多依赖理性而非情感来利用资源以达到最佳使用效果。举例来说，由于缺乏即时效应，人们可能会觉得把钱捐给一个教育活动是不值得的，不如把小狗带回家，但实际上教育活动可能会拯救成千上万条小狗。

同理心的另一个局限性是，如前所述，本能的情绪反应会带来群体内的偏见，而非公平和正义。这就是导致许多人会在战时挥舞国旗而忽视对"敌方"平民造成苦难的原因。我们创造了一个术语来帮助克服这种认知失调：附带损害。群体内偏见也解释了为什么我们可以在大嚼鸡翅的同时慷慨地照顾伴侣动物。偏爱会使我们看不到他者的需要。

由于这些和其他原因，使用同理心作为道德指南，特别当它涉及情感时，常常会受到批评。然而，如果没有同理心，道德、伦理、正义、公正和公平的概念首先就不会存在。尽管我们中有许多人可能都渴望变得更理智，但我们归根结底是情感动物。这并不总是坏事。想想看，如果没有与运动员的情感联系，看奥运会将多么无聊。没有同理心，我们就无法分享花样滑冰运动员完成四周半跳时的喜悦，也无法分享他摔倒时的失望。

此外，回想一下，最高级的同理心形式需要情感和认知两个部分。对理性、洞察力和想象力的运用使我们能够理解他人的经历和需求，而同理心的情感成分则迫使我们采取行动。情感和理性能力结合时，可以帮助我们最好地接受他人的观点，并促进最有效的利他主义。

那么，如何创造一个有道德的世界？答案不是将同理心连根拔起，而是滋养它的嫩芽，让它变得强壮，不屈服于时尚、冲动和偏见之风。与其指责我们在帮助他人时感受到的"温情效应"，不如拥抱它，把它当作更广阔旅程的开始。那些收养卡特里娜飓风落难动物的人们很可能会继续资助教育活动。很多时候，需要通过与一个个体的情感联系，才能把同理心扩展到整个群体。正如詹姆斯身上所发生的那样。

当詹姆斯为这条狗命名时，他不仅对布鲁诺，而且对其他处于同样困境的动物做出了无条件的承诺。我看到了你，不再是讨厌鬼，不再是一个种类，更不再是一个数字。我把你看作是你。我和你在一起。

无论健康还是疾病，詹姆斯都和布鲁诺在一起。第一天晚上，他把布鲁诺带到宠物店，因为莉娜的哈巴狗布洛克对这条新来的狗不太友好。在店里，詹姆斯用勺子喂布鲁诺，给他吃药，为他铺了毛巾床,还给他留了一碗水。走的时候,布鲁诺陪他到门口。当詹姆斯走出来,透过橱窗往里面看时,布鲁诺仍然站在那里,摇着尾巴。

第二天晚上,他们继续把布鲁诺留在店里,詹姆斯觉得自己又一次抛弃了布鲁诺。但第三天清晨早早醒来时,他想到的不是布鲁诺,而是毒品。他像瘾君子那样发抖,需要得到更多的类固醇。不过,首先,他必须得去喂布鲁诺。当他回到店里,发现布鲁诺正摇着尾巴等他,"就好像我是他一生中见过的最好的事物"。詹姆斯把毒品忘得一干二净,和布鲁诺一起度过了这一天的剩余时间。此后他再也没有碰过毒品或酒精。

"那是我的孩子",詹姆斯停顿了一下,指着身后墙上的一张照片,上面是一条长着斑白下巴的小狗,身上有几块修剪过的灰色和褐色皮毛。然后,詹姆斯继续讲了下去。"所以现在我带着这条受伤的7磅重的西施犬走来走去,他胸部挂着一个乳头,屁股流血不止,还有一张扭曲的脸。我爱这一切。这是不应该发生的,妈妈,你明白吗?"

我问他为什么不应该,他回答说:"我应该是个硬汉,黑帮分子,坏蛋。"

布鲁诺仅仅多活了两个月。"那天我走进店里,是阵亡将士纪念日前的周末,他没有跑过来接我,我知道出事了。"他和莉娜赶紧把布鲁诺送到急救动物医院。给布鲁诺做完检查后,兽医告诉詹姆斯,狗狗至少还需要在医院里住三天,费用大约在 3 000 到 4 000 美元之间。"我身上有一大笔买类固醇的钱,我说,'这里',从口袋里掏出大约 1 万美元,放在柜台上。她看着我,就像看个疯子。我说:'留着吧,都留着。当我三天后回来的时候,'"——詹姆斯哽咽着——"我说……我说:'布鲁诺最好 100% 健康地回到我身边。'"

布鲁诺没能被救下来。淋巴瘤长满了他的重要器官。布鲁诺死

伴生:我们与动物的故事

后，詹姆斯把他的尸体洗干净，埋在他们的后院。

我问詹姆斯，为什么所有和他生活过的猫狗之中，只有布鲁诺能如此深地打动他？

"他被打倒了。"詹姆斯擤了擤鼻子。我不确定他的鼻涕是因为寒冷还是因为情绪。"他被伤害。他被虐待。我走进宠物医院，他们把他给了我，他舔了舔我的脸。我本来以为他会咬我。有人对他做了这些。但他原谅了我。"

当我看着詹姆斯不停擤鼻涕，和顾客打招呼，怀里抱着一只或另一只猫走来走去，我突然明白为什么布鲁诺对他的影响是其他动物所没有的。就像屠宰场工人在逃跑的奶牛身上看到了自己的影子，詹姆斯认同布鲁诺。他们都伤痕累累。当然，受伤的方式不同，但和布鲁诺一样，詹姆斯也被击倒在一块几乎活不下去的垫子上。只不过，詹姆斯的情况，是他自己造成的。

社会理论家杰里米·里夫金写道："除非一个人能够承认自己身上同样的脆弱和挣扎，否则他就无法真正同情另一个人的脆弱和挣扎。"为了明白他人的感受，我们需要能够让自己具有这些感受。举例来说，具有良好自我意识的企业领导者，会拥有更敬业的员工，也更成功。这些领导者对自己的需求和情绪有很好的了解，也能够更好地对他人产生同理心。

当布鲁诺第一次舔他脸的时候，詹姆斯经历了一次深刻的领悟，即便是下意识的。过往的人生给他带来了极度的羞耻。他是一个每天都在为下一剂毒品活着的瘾君子，一个前黑帮走狗，一名失败的暴徒。当布鲁诺原谅了他、不再因其他人对自己造成的伤害而怨恨时，詹姆斯也学会了原谅自己。

有了原谅和宽恕，他的同理心全面爆发。如今，詹姆斯已经十几年没再吸毒和酗酒了，也无意复吸，动物成了他的新瘾头。现在他经营着"基诺动物庇护所",基诺是他喜欢的另一条被虐待过的狗。一旦有动物需要帮助,来自布鲁克林甚至更远地区的人都会打电话给他。他拯救了数百只被忽视、被伤害和受虐待的狗、猫、鸽子、浣熊、兔子、松鼠、蜥蜴、负鼠和猪。詹姆斯很忙,每天早上醒来都要给一群小家伙喂食,它们喵喵叫着汪汪叫着,为了吸引他的注意力。喂完后他开始打扫房间,一层是给猫的,另一层是给狗的。动物们在庇护所里跑来跑去,那里的座右铭是"有沙发,没笼子"。到了晚上,他又回到这里,再来一遍。

不救助和照顾动物时,詹姆斯会去接受电视和广播采访,去图书馆和学校做演讲,教导别人同情动物。他不再被动地跟随生活沉沉浮浮,现在他决定着自己的方向。

"三十九年来,我好过的女孩比谁都多,吸过的可卡因比谁都多,喝过的啤酒比谁都多,享受过的生活比谁都多,"詹姆斯告诉我,"我再也不想这样了。你知道我想做什么吗?我想回报点什么,因为我拿走了太多。你明白吗?这很疯狂。我被咬过,被挠过,被尿过,被吐过。我一点也不介意。我喜欢被咬。我喜欢被挠。这使得一切很真实。我喜欢和动物互动。我喜欢清理它们的粪便,虽然听起来很疯狂。我们需要彼此。我跟你说,亲爱的,如果没有它们,我就不会在这里。我要么进精神病院,要么进监狱。或者像查理·辛[①]一样玩完。"

他回来了!

三个晚上之后,戴夫在公寓附近的灌木丛后发现了西尔维斯特,

[①] Charlie Sheen,美国男演员,因为酗酒、吸毒和婚姻问题不断引起媒体报道和公众质疑,2015 年公开承认自己 HIV 阳性。——译者

他浑身发抖，毛发湿透。戴夫知道我正呆坐在公寓里把脸埋在枕头中，立刻把西尔维斯特带到我身边。当他们走进前门时，西尔维斯特挣脱了戴夫的怀抱，扑向我。我们拥抱在一起，就像保证永远也不再让对方失望。当我亲吻他毛茸茸的脸，检查每一只爪子是否有伤口和瘀青时，我做出了一个决定。

一个星期五的下午，我在公寓里焦急不安，直到戴夫为顾客装完杂货回到家。当我鼓起足够的勇气走进外公外婆的公寓时，发现戴夫独自在他的卧室里，转着他的双节棍。

"戴夫，"我开口道，"西尔维斯特也差不多是我的狗狗。他是我的狗。你不能再伤害他。如果你这么做，我就告诉我妈。我会的。"

戴夫再也没打过西尔维斯特。

最没有防御能力的生物竟然拥有彻底改变我们的力量，这相当令人惊讶。一条小狗把詹姆斯·朱利安尼变成一个改过自新的人，现在他献身于拯救动物。西尔维斯特则把我从一个被动的女孩变成一个负责任的人。我觉得自己和西尔维斯特是一个联盟，我们都在和自己面对的邪恶斗争，这也将使我终身致力于同任何形式的虐待作斗争。

我们需要同理心。它给了我们驾驭命运的勇气。在那些遍地废墟满目疮痍的国家，同理心是反对暴力和苦难的一种立场。自2011年叙利亚爆发内战以来，这个国家估计有六百五十万人流离失所，第二大城市阿勒颇遭受了最严重的破坏。虽然大部分居民已经逃离该地区，但一部分叙利亚人还是顶着子弹和炸弹照顾那些滞留者，其中包括成千上万只被困在战火中的动物。就像"叙利亚动物救助协会"的少数志愿者，他们每天都"为了那些被抛弃的、需要帮助的、被遗忘的动物"冒着生命危险工作。"阿勒颇猫人"、救护车司机穆罕默德·阿拉·贾利勒留下来喂养、治疗了数百只饥饿受伤的动物。对这些个体来说，照顾战争中的动物受害者是他们个人对周遭残酷的抗议。

正是这种对动物的支援，使得松村直人甘愿将自己置于绝境。2011年，一场地震和随后而来的海啸导致日本福岛第一核电站发生放射性熔毁。这是自1986年切尔诺贝利事件以来最严重的核灾难事故。辐射区有将近五万七千人逃离，之后再也没有回来。但松村直人这位稻农回来后却不再离开，在没有供电、只能从附近水井取水的情况下生活。后来他接受了辐射测试，结果显示他的身体"完全被污染了"。尽管辐射暴露的影响还不显著，但变化却深入他的细胞层面，它们将慢慢分裂成癌细胞突变，有朝一日接管他的身体——在他活得足够久之后。

松村没有把辐射太当一回事。他之所以留下来是因为他爱动物。当他回到离核电站只有10英里的富冈小镇时，并没有像预期那样看到一个生机全无的鬼城。他发现了一群动物，有牛、猪、狗、猫、马、鸡，甚至鸵鸟。当村民们离弃这个城镇时，也留下了成千上万的动物。松村看到死去和垂死的动物被困在谷仓里，或是被拴在铁链上，没有食物，没有水。他记得最糟糕的一幕是一头母牛，只剩下了皮包骨。她的小牛犊没有奶喝，正在大喊大叫。"小牛在吸吮稻草，把那当作妈妈的乳头。"第二天，妈妈和她的孩子都死了。

动物们不断死去的场景激怒了松村。他说，日本政府抛弃了他们，任由村庄腐烂。"我们是受害者"，他告诉记者。松村加入了动物们的行列，和它们相濡以沫。这场灾难已经过去多年，他正喂养和照顾那些幸存的动物，想要尽最大努力让它们过得好一点，特别是那些奶牛，政府希望杀死它们。"我不能丢下动物们，"松村告诉记者，"对我来说，动物和人是平等的。"

如果死亡是一个伟大的均衡器，那么同理心也是。

同理心是强大的。它能击穿精神上的隔离墙，将看似不同的个体团结起来。它告诉我们，每个人的抗争和其他人的抗争并没有太大不同,甚至和动物的抗争也没有什么不同。我们有着同样的斗争要去面对。

　　昨晚塔卢普叔叔来了。他从伦敦飞来的时候我已经睡着。但我知道他睡在我旁边的床上,就在我和妹妹萨哈尔、哥哥卡姆兰合住的房间里。在他来之前,萨哈尔和我玩剪刀石头布来决定谁为塔卢普让出她的床,赢的人和父母一起睡。我输了。我得睡在我的床上。

　　清晨的阳光透过百叶窗照进来,我下了床,看看身边空空的那张床。塔卢普昨晚睡的那张床干净整洁,就像他一样。我换掉了下面有褶皱的黄色涤纶睡衣,把它塞到枕头下面,到浴室里洗了个澡,然后走进起居室。没有人在,也许大家都在隔壁和我的外公外婆一起。空气中飘着茶和果酱吐司的味道。我走进厨房找吃的,但停了下来。塔卢普在那里。

　　他背对我,摆弄着柜台上的茶壶,听到我的声音后转过身来。他穿着西式服装:深灰色休闲裤,浅蓝色长袖有领衬衫。奇怪的是,在我越来越恐慌的情况下,我觉得他看起来很英俊。饱满的黑发,胡子刮得很干净,一张吉米·史都华[①]的脸。

　　"坎瓦尔!"他说。他仍然用我出生时的名字叫我。因为用英语读起来很困难,搬到美国后我的名字就被改成了阿伊莎。一个新名字,母亲告诉我,一个新开始。

　　"昨晚我来的时候,还希望你醒着呢。"塔卢普说。

　　我站在那里,吓得浑身发冷。

　　"你看到我不高兴吗?你的兄弟姐妹们都很高兴。你不过来打个招呼吗?"他张开了双臂。

---

① 　Jimmy Stewart,1908—1997,20世纪著名的美国男演员。——译者

我还是没动。我不断祈求有人从前门蹿进来。有人会来救我。

"来吧，"他说，"我受伤了。"

我仿佛被催眠了，走进他的怀抱。他闻起来有一股常用的柠檬须后水味。他双臂搂着我，把我拉近，吻我，又深又长。两秒，三秒……五秒。当他放开我时，他说："你不会去睡觉吧？你今晚会等我吗？"

我没有回答，低头看了看自己的光脚。我为什么没穿运动鞋？

他把我胳膊抓得更紧了。

"是的，"我喃喃说，"我会等你的。"

他松开了我的胳膊。我跑向鞋柜。快点。快点。在他从厨房出来之前。在他想要更多之前。

我把脚塞进了运动鞋。没时间穿袜子了，也没时间系鞋带。我冲出公寓，冲进走廊，下楼，跑进大厅，跑出大楼。我用胳膊使劲把他的口水从我脸上擦掉。差不多安全了。但我还需要一样东西。

我在外公外婆的公寓停了一下，匆匆打个招呼，就和我的同伴离开了。我们躲开大人们来到我的游戏室，它隐藏在双子公寓楼的边缘，位于山脚，秋千下面。通过一个乔木和灌木框成的开口，我们进入最大的房间，"客厅"，把铺在地上的褐色树叶、卵石和树枝踩得嘎吱作响。"客厅"左角是一个小小的厨房储藏室，在那里多刺的黑莓树枝密密麻麻地交错着。虽然 10 月中旬的天气很暖和，但黑莓早已不见，我的肚子咕咕直叫。

我收起树枝，也不管被它们刮得胳膊疼，跪在灌木丛中央，来回推一块巨石，直到它挪开刚好露出我在春天用一块锋利岩石挖的小洞。我取出一罐紫色苏打水。我经常和妹妹们在这个想象的屋子里玩耍，但从来没有告诉她们我的秘密食品储藏室。我把石头滚回洞上方，走进"卧室"，我的床在最高的橡树上。我像猴子似的爬到屋子

伴生：我们与动物的故事　　237

里位置最好的那根树枝上,得有30英尺高。我砰的一声打开汽水罐,贪婪地吞了一大口。就像被困在气球里的空气流回了我的喉咙。不太新鲜,又热,也没有嘶嘶声,但没关系。甜葡萄的味道使我的胃平静下来。我一定要记得下次在岩石下面再放一罐。

  我坐在树枝上,看着操场上的其他孩子,没人会来打扰。我唯一需要的朋友就在浓密的树根旁耐心地等待和保护着我,直到我准备下来。

第八章　朋友们

3月份，得克萨斯州一年一度的休斯敦牲畜展和牛仔节上，烟熏肉、漏斗蛋糕、烤玉米、汗流浃背的人、动物麝香和粪便的气味混杂在一起，到处是舞台和竞技场。在为期三周的时间内，有超过两百万游客来到这里，观看现场音乐会、拖拉机表演、动物拍卖和牛仔竞技。黏手的孩子、穿着紧身牛仔裤的男人和戴着牛仔帽的女人在场内游荡，寻找另一种小吃或下一个活动。在主竞技场，数千名观众坐在看台上，为轮流骑在公牛上的男女欢呼。而在远离主要庆典活动的地方，一个十五岁女孩坐在一个阴暗的猪圈里，抱着一头300磅重的猪痛哭流涕。

作为独生女，阿莱娜·伊达尔戈在她的家乡得克萨斯皮尔兰市长大，身边一直围绕着动物，从小的梦想是成为一名兽医。当就读的高中为她提供了一个参加"美国未来农民"组织并学习了解农业动物的机会时，阿莱娜欣然接受。"美国未来农民"是美国最大的技术和职业学生教育项目，在全美五十个州、波多黎各和美属维尔京群岛有近八千个分会，许多学校都会围绕这些项目开展培训，像阿莱娜的高中也是。阿莱娜认为他们会教自己如何照顾动物。

在她参加"美国未来农民"的第一天，一位老师带着阿莱娜和同学们去了附近的一个畜棚,那里有小山羊迎接他们。但老师没有讲如何与动物互动,如何照顾它们,而是让学生们对山羊进行评估和判断,就好像它们是倒挂在肉铺里的山羊尸体一样。"他们没有教我们太多关于动物的知识,"阿莱娜告诉我,"如果有的话,那就是关于动物的死亡。"

且不管和想象中差距很大的这第一次畜牧业介绍,阿莱娜仍然很兴奋有机会在后面的课程中学习饲养动物。下一阶段开始前几天,她放学跑回家告诉妈妈说自己要养猪了,妈妈回答说猪最后都会被杀掉的,阿莱娜想,好吧,这个世界就是这样的。她告诉自己,至少她会善待这头猪,给一头猪几个月的美好生活就足够好了。然后她遇到了胖墩儿。

阿莱娜深深爱上了那头超重的猪。就他的年龄来说,胖墩儿的体形是如此之大,以至于阿莱娜的老师让他节食,尽管没啥效果。他是一个大男孩,喜欢吃阿莱娜给的食物,就像他似乎喜欢她给予的任何东西一样。几个月来,每天下午,阿莱娜都会在学校的农舍里和孩子们在一起。如果她不是在给他洗澡,也不是在帮他擦猪圈,那就是和他依偎在一起。胖墩儿会把头枕在她腿上,当她挠他的头和肚子时,他会轻轻地哼着鼻子。阿莱娜经常把他从猪圈里放出来,这样他就可以跑了。他们一起玩追逐游戏,她一开始会追着他,直到胖墩儿转过身来反追,像狗一样发出吠声,就好像在笑。

阿莱娜的老师们对她花那么多时间和胖墩儿一起玩耍感到不满意。其他学生正为春季的休斯敦牲畜展和牛仔竞技节做着准备。牲畜展是这一年课程的高潮。在表演中,"美国未来农民"的学生会在评委面前展示他们的猪,评委则根据猪的姿势、身材和步态进行评分。这些分数将影响学生们在随后的拍卖会上出售动物的价格。分数越高,价格就越高。

演出前的几周，学生们把大部分时间都花在训猪上，为它们在评委面前的三十二秒走步做准备。根据老师们的说法，训练动物最好的方法是鞭打它们。但阿莱娜拒绝鞭打胖墩儿。

演出前几天，阿莱娜的一位老师注意到胖墩儿不像一头训练有素的猪那样走路。"来，我来帮你"，他对阿莱娜说，抓过她原来只是假模假样挥舞的那条鞭子，并不断用金属的那头殴打胖墩儿。"他使劲打我的猪，我的猪开始哭了，"阿莱娜告诉我，"我也开始哭，每个人都看着我，不明白这女孩在干嘛，因为所有的孩子都习惯了这样。"阿莱娜愤怒地抓回鞭子，告诉老师她不干了。

阿莱娜再也没有回来参加训练。当其他学生下午都在用鞭子想要把猪打成合适的姿势时，阿莱娜坐在她的猪圈里和胖墩儿玩，试着安慰自己。她知道将要发生的事，她模模糊糊地告诉自己，不管怎样，一切都会好起来的。但即使这样，还是有一股不安的感觉越来越强烈。

牲畜展那天，这股不安凝固成完全的恐惧。事情发生得太快，以至于直到今天，阿莱娜都没搞明白。轮到她上台时，阿莱娜领着她的猪出现在评委面前。与其他学生不同，她从来没有用过鞭子。"胖墩儿非常信任我，他只想从我身边走过。"阿莱娜说。尽管缺乏训练，但胖墩儿在他的类别中获得了高分。在阿莱娜知道发生了什么之前，有人迅速买下了胖墩儿，递给她一张 2 000 美元的支票，还与阿莱娜和胖墩儿合影留念。"我不知道发生了什么。他们让我拿着这个奖状拍了一张照。我在这张照片里哭了，而且不是几滴眼泪——我是说真的哭了。我的父母站在我身边，不做声。我抱着我的猪，猪现在开始慌了，大家一直叫我不要碰我的猪，这不专业。所以在照片里——猪在前面，所以你看不到——但我是在抚摸他。"阿莱娜没有太多时间来安慰胖墩儿。拍完照，胖墩儿立即被带上卡车，开走了。那是阿莱娜最后一次见到他。

阿莱娜站在父母身边目送卡车离开,另一个同学走过来。"你得到了这些钱,你的猪被安置得很好,你为什么还要哭?"阿莱娜不明白他为什么要问这样一个问题。她忍着泪水,回答道:"我刚刚失去了我的朋友。"

"美国未来农民"的使命是"通过农业教育,发展学生在领导能力、个人成长和职业成功方面的潜力,从而对学生的生活产生积极影响"。阿莱娜的训练经历使她成为一名领导者,但并不是她老师期望的那样。

失去胖墩儿后,阿莱娜认为她不能继续在"美国未来农民"待了。然而,她的朋友说服了她,说比起另一个学生,她会给一只动物更好的生活。于是下一学年开始时,阿莱娜和另一只小猪签约了,她叫他小玩意。第一周,阿莱娜就发现小玩意出了问题。他又肿又红的眼睛渗出了脓液。她给一位老师发短信,恳求他看一看小玩意。老师没有来,而是发短信说猪的眼睛里可能有刨花。他指示阿莱娜用水清洗小玩意的眼睛,她照做了。第二天,小玩意的眼睛没有变化。阿莱娜再次给老师发短信,得到的还是同样的指示。一个多星期,阿莱娜反复清洗小玩意的眼睛,然而脓液继续流着。"我一直告诉我的老师,你知道,他们需要过来检查一下小玩意,"她说,"他们说只要继续清洗就行了。但我坚持认为事情不对劲。"一周后,老师们不再回阿莱娜的短信。最后,其中一位老师决定过来看看猪的眼睛,看到时,她脸上掠过惊恐的表情。"我们得把你的猪送到兽医那里去,"她告诉阿莱娜,"马上。"

当她们把小玩意带到动物医院时,为时已晚。兽医诊断他对猪圈里的木屑产生了严重的过敏反应。炎症使他的眼睛留下了瘢痕。小玩意失明了。

虽然阿莱娜对老师无视她的请求感到愤怒,但现在她无能为力。当小玩意在医院康复时,她把注意力转向另一只需要她帮助的猪。阿莱娜和小玩意隔壁猪圈的猪交上了朋友,并给她取名为柯蒂斯。负责养这只猪的学生很少露面。日子一天天过去,阿莱娜注意到柯蒂斯睡在自己的便溺里。到了晚上,阿莱娜能听到她饿得嗷嗷叫。

阿莱娜把猪被疏于看养的事告诉了老师。然而他们对此不屑一顾。一天,柯蒂斯躺在猪圈里,口吐白沫,气喘吁吁。她被得州的骄阳晒得过热了。阿莱娜受不了了,径直走到学校大楼找到一位老师。"罗恩先生,快来看这头猪。"她说。当他们走进猪圈时,罗恩先生看了看柯蒂斯:"是的,它热过头了。"

"我就说,'是的,我知道',"阿莱娜告诉我,她的声线提高,回忆起当时的愤怒,"我们需要做点什么。他说:'那你打算做点什么吗?'然后他就离开了。于是我把这头猪带出来,开始给她洗澡,用水管冲洗。她可爱到了极点。我从没见过这么有个性的猪,眼神非常富有表现力。"从那时起,阿莱娜就把事情都揽到自己手里。每天,她给柯蒂斯喂食、洗澡、清理猪圈。与此同时,她一直在心里为小玩意从动物医院回来做准备。

"小玩意通常都是那么精力充沛,"阿莱娜说,"但那天他回来的时候,扑通一声就倒在猪圈里。他看起来那么累。这对我来说也是一个艰难时刻,因为我的猪失明了。"阿莱娜不知道该为小玩意做些什么,但看起来柯蒂斯知道。"柯蒂斯一定感觉到了什么,走进小玩意的围栏,开始用鼻子拱他的肚子。她躺在他身旁。很明显,小玩意很难过,而柯蒂斯一直陪着他。"

那天之后,小玩意和柯蒂斯迅速成了好朋友。无论是小睡还是追逐,只要阿莱娜允许,两只猪就会经常在一起。"有时他们中的一个

伴生:我们与动物的故事 243

躺下,另一个也会直接躺下。就像你有一种朋友,有时可以和他们一起放松,什么都不用做。看到这一切不太容易相信自己的眼睛,因为你从小到大只知道这些动物是食物和东西,但他们真的依偎在一起,打盹儿。他们呆在一起很开心。"

然而,随着拍卖时间越来越近,阿莱娜恐慌起来。失去胖墩儿依旧使她伤心。她知道她不会卖掉小玩意,但柯蒂斯呢?柯蒂斯不是她的猪。她无法忍受失去柯蒂斯或把她和小玩意分开的想法。阿莱娜找到负责柯蒂斯的女孩,请求她不要卖猪,但女孩拒绝了。阿莱娜该怎么办?

阿莱娜的朋友凯瑞也越来越喜欢柯蒂斯,她俩做了一个决定,把柯蒂斯买下来,并且在牲畜展开始前几天启动了一个众筹页面来筹集资金。女孩们在自己的网页上写下了衷心的请求,希望大家帮忙救救她们的猪。四十八小时内,筹到了2 000美元。刚好赶上拍卖。或者她们自己是这么认为的。

展会上,一则传言迅速扩散,说有个女孩试图拯救一头猪。有人猜到这个女孩是阿莱娜,他们看到她时都会忍不住多看两眼,在背后窃窃私语。阿莱娜感到这些人似乎在有意回避自己,但她更关心的是柯蒂斯。"我坐在看台上看着她在评委面前转身,"阿莱娜说,"她的饲养员开始遛她,但柯蒂斯不认识这个女孩。她从不和她的猪在一起。因为从来没有受过训练,所以柯蒂斯走路的姿势不太正确。女孩生气了,开始抽打她。你可以在柯蒂斯的脸上看到,她好像在说:'你在干什么?'女孩狠狠地打她,柯蒂斯开始尖叫。"阿莱娜看着柯蒂斯哭,心都碎了。展示结束后,她立刻跑到女孩跟前,恳求让自己用2 000美元买下柯蒂斯。但这并不够。那女孩以更高的价格把柯蒂斯卖给了一个育猪饲养员。

因为柯蒂斯作为一头繁殖猪还在某处活着,阿莱娜没有放弃。钱还在她手上。她和凯瑞发起了一场争取让柯蒂斯回来的运动。她们给"美国未来农民"的老师们发了电子邮件,希望能通过谈判从饲养员手中买下柯蒂斯,但请求被置之不理。两周后,校长用扩音器把阿莱娜叫进了办公室。"他们从来没有在整个对讲机系统里对任何学生这样做过。当我走到校长面前时,辅导员也在那里。校长告诉我——我没有夸大其词,下面是原话——她告诉我,所有的动物都要死。"

从那天起,阿莱娜觉得辅导员的眼睛一直盯着她。她告诉我:"辅导员开始把我叫到她的办公室,因为我在纸上乱涂乱画。我以前就在纸上乱涂乱画,但从来没被叫去过办公室。我画了一个外星小东西,她说这玩意看起来在做下流动作,我就开始笑了。我想:'你在说什么呢?'从那以后他们一直因为一些傻事叫我过来。他们给我留了个底。"

辅导员和老师欺负阿莱娜,同学们也欺负她。他们会在她背后窃笑或直呼其名。但有个同学还让她挺意外的。"其中一个孩子走到我跟前,他说:'你听说过那个想救猪的女孩吗?'他不知道是我。我说:'哦,是的,真是个白痴。'他拿这个开玩笑,我就让他笑个够。然后我说那孩子就是我。他看着我,说:'哦。'然后他开始告诉我他明白,他也为他的猪哭了。但他所有的朋友都在'美国未来农民'工作,所以他也不能退出,不然会失去朋友。"自从那次谈话之后,阿莱娜常常想,还有多少孩子想拯救自己的动物却不敢说?

阿莱娜救不了柯蒂斯。不过,她还有小玩意要操心。校长不打算让他在猪圈里继续呆更久。阿莱娜不得不给小玩意找一个长期的家。她和她的朋友凯瑞联系了全国各地的动物保护区,询问是否有人能带走小玩意。但保护区都满了,一个月过去了也毫无头绪。阿莱娜越来越绝望。

一天,阿莱娜母亲的一个教会朋友告诉她,有个新成立的保护区，只需要四十五分钟的车程。在全力支持自己的父母的陪同下，阿莱娜拜访了得克萨斯州安格尔顿的"吵闹女孩保护区"，如果需要的话，她准备随时向他们发起求助。一家人参观了场地，并见了创始人蕾妮·金苏南。听到阿莱娜的恳求后，蕾妮目不转睛地看着她说："我们要带走你的猪。我们会爱他的。"

安德森医生朝着一匹马的嘴里看了看，大声说："豪车看起来不错。"

在我看来，豪车像只猫一样紧张。兽医把一小条伊维菌素驱虫膏挤进他嘴里，然后他就像一个吃了难吃的药的孩子一样来回吐舌头。隔壁牛厩里，两头公牛警惕地注视着。接下来，医生以惊人的速度将破伤风、西尼罗河病和狂犬病的一连串疫苗注射到豪车一侧的脖子上。豪车被打垮了，发出响亮的嘶鸣。"对于一个阿尔法雄性来说，你是个大宝贝儿。"安德森医生对他说。

我在"吵闹女孩保护区"待了一周，第一天很忙。这位兽医正在进行每季度一次的巡访，要检查、接种和治疗一大堆动物，这片96英亩的土地是以下这些动物的家：一只公鸡、一只山羊、三只鸭子、四只猫、四匹马、九条狗、二十四只母鸡、四十八头牛和四头猪（包括小玩意）。再加上蕾妮·金苏南和她的丈夫汤米，就是一百个家庭居民了，还有数不清的野生居民。

这天早上，凯特、一个保护区的雇员、汤米、两只狗威龙和公主，还有我，一路跟着兽医检查每只动物。处理完豪车后，汤米就把他放了。豪车飞奔到马厩的另一个角落，向任何愿意倾听的同伴嘶嘶诉说着自己遭受的不平之事。下一匹马对医疗检查比较心平气和。安德森医生用手在她的胁腹和下腹摩擦。"下腹部有点肿胀，一边有腹壁疝，可能是被踢的。会自愈的。"

给四匹马注射完疫苗后,安德森医生把注意力转向了奶牛。当我们进入牛厩,仍在大声抱怨的豪车安静下来,回头看着我们。好像他知道自己没有危险了,现在可以观摩奶牛被折磨。有两头奶牛,一头全黑,另一头腿是白色的,体形巨大,每头重达1 700磅。我懂猫、狗和松鼠,但我不懂牛。奶牛,尤其是大型的公牛,它们尖利的角让我有点害怕。水手第一次获救时严重营养不良。现在他是个老头儿:脾气暴躁,多疑。尽管如此,汤米还是平静地鼓励着把他带到了角落。安德森医生给水手注射了几针疫苗,水手保持着安静。他最好的朋友大鸟,则完全是另一回事。

不知怎么地,汤米引导大鸟离开牛厩,进入一个绿色的固定槽。现在,困难的部分来了。我们试着哄他沿着槽的廊道走,这样我们就可以将两端合拢。但是大鸟拒绝了。他朝着两侧一次又一次地猛撞。我们只好用我们所有人的体重——凯特(和我差不多重)、汤米和我靠在两端开口上,尽量确保整个槽不散开。它随着大鸟的猛撞而摇晃,嘎嘎作响。我们也一样。我以前从没做过这种事。我很紧张。

水手站在牛厩里,关心地看着他的朋友,大声哞哞叫。树林里出来了五头母牛,回应着他的呼唤。她们来回哞哞叫,加剧了骚动。公主和威龙在我们脚下狂吠。公鸡喔喔叫,山羊咩咩叫。还有那些母鸡,我不知道她们在做什么,但也没帮什么忙。汤米喊:"别动!别动!"凯特来回跑,我咬紧了牙关。每个人似乎都在焦虑和抱怨。除了那些看起来很享受看热闹的马。

突然,汤米喊道:"小心!"大鸟猛地冲了一下固定槽,把凯特撞翻了,而他获得了自由。我看着那尖利的犄角,赶紧跑出他的逃跑路径,把凯特扶了起来。汤米、凯特和我转向安德森医生,脸上带着同样的问题。

她说:"我在他逃跑之前打完了。"

呸！再也不想经历这个了。我看见大鸟向母牛那边躲去。她们聚集在他周围，低声地哞哞叫着，好像在说："好了，好了，一切都结束了。"我不知道那些牛女士们是否曾聚在一起，对大鸟的屄样翻翻白眼。

我们休息了几分钟，擦了擦沾满汗水的脸，喝了一口水，然后跳上川崎骡子，一辆敞篷越野车。威龙坐在汤米的大腿上。公主对车来说太大了，只能在后面追着我们跑。安德森医生带着一把装有疫苗的飞镖枪。我们开车穿过保护区寻找肉桂，汤米告诉我，这是一头讨厌禁闭和针扎的奶牛。他们不都是吗？我想到大鸟，满腹狐疑。汤米告诉我，以前他们想把肉桂关起来，她毁了一个牛厩，但是，他补充说："她真是一头温柔的牛。"

汤米穿着短裤、格子短袖衬衫和棒球帽，看起来应该在高尔夫球场上开车，或是手持金属探测器在旧战场上踱步。对于一个宁愿把退休时间花在寻找内战徽章而不是追逐母牛的人而言，他看起来很放松。当我们在泥泞的车辙上颠簸前行时，汤米转过身来对我咧嘴一笑，金色的毛毛虫胡子扭动着。"我们有越野车，有枪，有狗。这有点让我想起了打猎的日子。"太阳光在他眼镜上跳跃，好像他正眨着眼睛开玩笑。

"你想念过去吗？"我问。

"我第一次得到这片土地的时候。我只杀了两头鹿。当你和他们住在一起……他们早上在这里，晚上也在这里。我坐在围栏外，就是不想杀他们。我认识他们。"

我们开了半个小时找肉桂。到处都能看到成群结队的奶牛，它们在树下休息或吃草，但却找不到肉桂。我无所谓，享受温暖的阳光、微风、牧豆树的气味、灰尘和健康的动物就好了。

最后我们发现肉桂和另外两头奶牛一起在外牧场晒太阳。肉桂是红棕色的，一头婆罗门牛，背上有一个驼峰似的大凸起。汤米在几英尺外停车。安德森医生用飞镖枪稳稳地射出一枪。肉桂跳起来，跑了几米，飞镖刺入她的侧腹。我们跟着她一直到飞镖掉下，然后捡起飞镖，驶回牛马厩那边。

  安德森医生还有最后一个病人要看。凯特抱着母鸡露露，医生检查了露露右脚底部大而硬的脓肿。大黄蜂足，一种由葡萄球菌引起的感染，在鸡群里很常见。安德森医生用剪刀切开脓肿并将其清除。露露扭动着，发出一阵轻柔的哦哦声。"我知道，"安德森医生低声对露露说，"没关系。我知道。你可以啄我。"当脓液流出时，凯特觉得不舒服，把露露递给汤米让他抱着。引流完毕后，安德森医生给露露涂上磺胺嘧啶银膏，一种外用抗生素，并在伤口周围缠上绷带。"绷带保留一个星期，"她告诉汤米，"把她关在笼子里。"

  露露一点也不喜欢这最后一招。汤米刚把她抱进笼子，露露就想往门口跑。但是另一只母鸡挡住了她的去路，在汤米关上门之前挤了出去。从鸡笼传出大约十五只母鸡的争吵声。"她们会冷静下来的，"汤米对我说，"等到晚饭时间。"

  我看着手机上的时间，已经下午很晚了。蕾妮早就离开了，开车在城里到处跑腿。等着她回来之际，我走到独个儿站在牛厩里的水手跟前，大鸟仍然没回来，在什么地方和一群可能正安慰他的女士们一起。我在几英尺外的地方停下，这样水手就不会感觉被逼得走投无路了。"嘿，水手。"我叫他，伸出了手。水手靠墙站着，怀疑地看着我。"我不会伤害你的，"我恳求道，"来吧，大男孩。"我在那里站了十五分钟，伸着手，对水手低声说了些好话。他趴了下去，低着头，好像在打盹，但还是睁着一只眼，警惕着我。

  我放弃了。蕾妮回来了，拿着一把吉他向我走来，胳膊上的银手镯叮当作响。"阿伊莎，"她喊道，"想和我一起下去与奶牛一起唱

伴生：我们与动物的故事

歌吗?"

不是对牛弹琴唱歌,而是和牛一起唱歌。我从没收到过这样的邀请。

我对嬉皮士的东西没啥喜好。虽然不想看到动物受伤,但也从未渴望与奶牛交流。不过,我看着蕾妮迷人的笑容。为什么不呢?我们沿着一条土路跋涉,来到一个外牧场,发现了一群牛妈妈和她们的孩子,我想应该还有一些阿姨。大鸟和他们在一起。

"呜呜呜!"蕾妮喊起了名字,"胡迪尼!幸运儿!吵闹女孩!"

蕾妮摊开毯子,我们扑通一声坐下。两头黑牛径直走到蕾妮面前,和她碰了碰头。"这是吵闹女孩,"蕾妮说,抚摸着这额头上有一块钻石形白色皮毛的奶牛,"这是她的孩子,幸运儿。大家都认为这地方是因为我而命名的,我是个爱吵闹的女孩。实际上她是我的第一个女儿。是她开启了这一切。"

她拨了下吉他,开始唱歌:"谁会下一个进入那红红红红红拖车!谁在路路路路路上走。"

嗯,我还不知道这首歌的意义,但觉得它听起来相当悲伤。好在这首歌结束后蕾妮唱了一首更欢快的曲子。她一边唱,其他的奶牛一边走近过来。大约有二十头母牛和小牛跟着这首歌轮流哞哞叫,好像真的在和蕾妮一起唱歌。

在他们妈妈的注视下,两只棕白斑点的小牛犊走到我跟前,轻轻推我。"他们想和你玩。"蕾妮告诉我。小牛持续用他们天鹅绒般的头碰我的头,直到把我推翻在地。我笑了起来。

蕾妮跟着笑。"他们不是很可爱吗?"奶牛继续在我们周围聚集,她对我说,"无论如何我也没想到这一天会到来。第一个保护区是从以前的养牛场来的。"

但实际上这个保护区差点就没了。汤米和蕾妮也差点就离婚了。

汤米和蕾妮那所农场风格的房子俯瞰着保护区的大部分。在他们的客厅里，我坐在沙发上。两条狗围到身侧，打着呼噜在我腿上流口水，还有一条狗趴我腿上扭来扭去。我们上方的墙上，过去常常挂着鹿头和麋鹿头的工艺复制品。汤米把脚跷上安乐椅，一只叫作子弹的猫挂在椅背上舔他的脸。蕾妮一如既往地疯狂，在客厅、厨房和她的办公室之间忙作一团。阿萨姆茶的麦芽味从我的杯子里袅袅升起。这是我来到这里的第二个晚上，我觉得我熟悉这个地方。

蕾妮抓起一瓶营养饮料"激情"，加入我们。她和汤米结过两次婚。"我是在 90 年代初认识她的，"汤米告诉我，"她是酒吧里的乡村音乐歌手。我还记得蕾妮当年的厨房海报，大蓬烫头，充气霓虹蓝袖子，银色紧身裤和银色靴子，就像飞侠哥顿漫画里的人物。"

蕾妮和汤米相遇于得克萨斯州的皮尔兰，他们第一次结婚几年后，就因性格迥异分开了。不过，两人在镇上经常见面。汤米是陶氏化学公司的一名化学家，蕾妮做房地产。那时，她的头发已经不蓬了，衣服也不紧了，但乡村音乐明星的个性仍然令汤米着迷。相识十年后，汤米和蕾妮再婚了。不过，这一次有很大的不同：蕾妮不得不搬到安格尔顿，住在汤米的养牛场。他买下这个牧场作为退休后的补充收入。蕾妮搬进来，但她并不像她丈夫那样对牧场充满热情。

蕾妮伸手去拿她的"激情"。早些时候我犯咖啡瘾，问过她是否有茶，她说："为什么不试试'激情'？它含所有的抗氧化剂和维生素，会带给你需要的所有能量。"她听起来就像一个做广告的，这并没有让我惊讶。她把销售"激情"作为一个小副业。我疑惑地瞅了眼柜台上那瓶热带梦激情混合饮料。"哦，我还是喝茶吧，谢谢。"

蕾妮喝了一大口，咂咂嘴，好像在告诉我看看你错过了什么，然后说："我刚到这里的时候，根本不想和奶牛有任何关系。我对他们不感兴趣。"

"所以发生了什么?"我问,吹了吹茶杯。

"汤米跟我说过有头小牛需要妈妈,一个活泼的小东西,真的很吵,这就是为什么她会叫吵闹女孩。我用奶瓶喂她,每天两次。我就像吃了一粒药丸,掉进了兔子洞。喂她的时候,我突然进入这个可以看到其他奶牛的地方了,能看到她们的孩子,能看到她们。这些我以前从没注意过。我开始关心他们了。"

她又喝了一口。"是我给奶牛起的名字,我叫她吵闹——"

"我告诉过你不要起名字的。"汤米打断了她。

"我知道,"蕾妮回答他,然后对着我说,"他一直告诉我不要给他们起名字。我不得不从兔子洞里穿回去,重新做一个牧场主的妻子。但是后来红色拖车来了。"

汤米通过繁育奶牛和出售牛犊赚取额外收入。红色拖车来的那天,他和一个朋友会把牛犊围起来,装上拖车,然后运走。蕾妮自己无法生育,所以她对母牛的痛苦和她们失去孩子的事情变得极为敏感。

"阿伊莎,这太可怕了,"她说,"母牛们在哭号。我想进去躲一躲,但我还是能听到妈妈们的尖叫。她们的孩子被带走了。孩子们站在拖车里,不知道发生了什么。妈妈们尽可能跟着拖车走。当拖车转弯时,她们也沿着栅栏线转弯。她们站在路边看着拖车离开,叫喊着杀人啦杀人啦[1]。这太可怕了。我真不敢相信我们会这么做。我拼命摇头,然后尖叫:'我们怎么能这样,怎么能这样?'汤米会说:'你最好忍着点儿,习惯它。'"

汤米说:"蕾妮就在那个时候疯了。"

---

[1] 原文为 screaming bloody murder,是加拿大摇滚乐队 Sum 41 的一首重金属摇滚的标题,蕾妮作为一名前歌手,应该是有意而为用了这个说法。——译者

一只猫跳到汤米腿上，他叫佛陀。汤米立刻转过身来腾出地方。"你说'疯了'是什么意思？"我问他，只见他的手臂下意识地搂住了佛陀。

汤米看着蕾妮："你要告诉她吗？"

"不，"她笑了，"我知道你喜欢讲这部分。"

我看着汤米。他说："她出去放了些小标记。"

"为了纪念这些动物。"蕾妮补充道。

汤米长长地叹了口气。"是的，她带着鼠尾草①一起出去了。我跟她说：'你在外面干什么？'她嘴里念念有词地抱怨着。"

"我和我的鼠尾草一起唱祷，我是——你还好吗？你在发出奇怪的声音。"

我忍不住。我竭力憋住的笑声迸发而出。

"我知道，"蕾妮又笑了，"我知道。但你必须明白。这对我来说是从未经历过的。我一下子要承受那么多。我在外面唱祷。我在哭。我在乞求宽恕。"

汤米抬头看向天花板。"这让我感觉不太好。"

我问汤米："拖车来了几次？"

"大概十到十二次。但情况变得越发糟糕。"

"怎么变得越发糟糕了？"

蕾妮替汤米回答了这个问题。"我开始叫他谋杀犯。"

我满怀同情地瞥了汤米一眼。他看着我，耸了耸肩。可怜的人。汤米和蕾妮是全然相反的两种人。他安静，蕾妮激烈。他随和，蕾妮果决。在人生的这个阶段，汤米唯一的愿望就是安定下来，退休。但

---

① 燃烧鼠尾草是一种源自美洲原住民的传统仪式，被认为可以净化负能量的空间或环境，带来智慧、清明和愈合。——译者

蕾妮新冒出来的同理心打破了他的平和。

一条狗从厨房走了进来,把爪子放在蕾妮身上。摸着狗狗的头,蕾妮说道:"我知道汤米不喜欢这样。当我对他说这些话的时候,我知道这伤害了他的感情。我能从他脸上看出来,他看我的眼神就好像在说'你怎么敢这么说我',因为我说他是谋杀犯。因为我知道他喜欢动物。"

"但我反驳了她,"汤米说,"我说,等一下。你手里拿着一个福乐鸡三明治,拿着汉堡包和牛排,你还说我在谋杀那些奶牛?我知道自己在做什么。你才是那个不知道自己在做什么的人。"

我转向蕾妮。"所以他生气了,说你是个伪君子。你什么反应?"

"每次他那么说我的时候,都刺痛了我的心,因为这是真的。这是真的。"

"她喜欢福乐鸡三明治。"汤米说。

"是的。我喜欢上好的肋排。我喜欢所有的培根。现在我的内外不矛盾了。我们俩,"——她向汤米点了点头——"现在我感觉是完整的。但当时的情况是,我开始感到非常分裂。我爱我的丈夫。我想尊重他的生计,尊重他对我们退休的选择,尊重我们做的事。但我实在受不了了。"2014年12月,当红色拖车过来把小牛运走时,蕾妮达到了一个爆发点。"那辆拖车走后,我开始看所有这些屠宰场的视频。我在办公室里哭了。"

汤米补充道:"她会在里面哭,然后我就会说:'蕾妮别看那些胡说八道。'她哭得那么大声,我都没法听见电视里的声音。"

"我停不下来,"蕾妮说,"我会越陷越深。就像我必须感受一切,因为我一生中都没有感受过任何东西。我强迫自己去感受。"蕾妮对奶牛的同情与日俱增,她对汤米的愤怒也与日俱增。他对她的愤怒也一样。他们打架,几乎每天都冲着对方大喊大叫。离婚似乎再一次不可避免。

蕾妮说:"汤米一直问我:'你要我做什么?你要我做什么?'他生我的气,是因为我否定了他的生计。我否定了他的身份。"

蕾妮不知道怎么回答汤米。几周过去了,蕾妮上网阅读有关动物保护区的资料。"有一天,"她说,"我往外看,看到了奶牛,我想,天哪,我们要做的就是改变我们的看法。"这一次在蕾妮眼中,看到的不是一个牧场,而是自己的保护区。她回屋里,找到汤米,说了一句他最意想不到的话。她问:"你为什么不把牛卖给我?"

汤米翻了个白眼。"当她对我说这句话的时候——我不会告诉你我具体回了什么——我就是告诉她'这简直是毫无道理地发疯。你犯蠢啊。在得州没有这样的地方。这里不是加州或者纽约'。"

不顾汤米的嘲笑,蕾妮发起了一场筹款活动,六个月里她筹集到36 000美元。有了这笔钱,再加上汤米勉强同意以1美元的价格把土地租给她两年,一个保护区就这样诞生了。不过,他们的婚姻仍处于破裂边缘。蕾妮说:"你可以想象一下,我和汤米还在一起,没离婚,我要买他的牛。我夺走了他的生计。你可以想象这种关系的紧张程度。"

汤米摸着佛陀的脚。"我告诉自己我不会再离第三次婚了——在和蕾妮之前我结过一次婚。"

尽管汤米决心为他们的婚姻而战,但他和蕾妮互相说的伤人话却深深刺痛了对方。他们住在同一屋檐下,但分房而居。在笔记本电脑上,蕾妮夜以继日地读霍华德·莱曼的故事,他是第四代牧场主,后来成为一名动物保护和环境保护活动家。莱曼没有建过保护区,但蕾妮希望他能作为一位前牧场主向另一位前牧场主之妻提供建议。她试着联系了他几个星期。然后,圣诞节晚上,一个小小的奇迹发生了。莱曼接了她的电话。

伴生:我们与动物的故事

"你好,莱曼先生吗?"她对着电话问道。

"这一定是蕾妮吧。"他回答。

"你怎么知道的?"

"你给我打过几次电话,发过几封邮件。"

蕾妮拿着电话走到房子后面,离开家人的聚会,向莱曼倾诉心声。她哭了,为奶牛,为自己的婚姻。听完她的故事后,莱曼对她说:"蕾妮,我要告诉你一件事。你要开始像爱奶牛那样爱你的丈夫。"

我站在水手的牛厩外,手搭在门上,试图把这头牛哄过来。这是过去四天来的第八次尝试。不知为什么,他过去受过虐待这一点深深触动了我,尤其是因为他不可爱,不惹人怜爱,并不是那种通常会引起人们同情的动物。他尖锐、有角、易怒,就像小时候的我一样。我真想打破他的不信任,所以这次带来了食物,新鲜的草。但水手往后退躲开我,像匹马一样从鼻子里出气。然后他看着我,好像在反抗,好像在说:"说真的,你觉得那种老把戏对我有用吗?"不,这对水手不起作用。但我知道对其他的动物会有用。

我在猪圈里发现了小玩意,脑袋枕在阿莱娜腿上。阿莱娜如今在家上学,摆脱了那所高中的霸凌。她告诉我,加入"美国未来农民"项目以来,从来没那么快乐过。小玩意满一岁时,保护区为他办了一场生日聚会。作为聚会上的演讲嘉宾,阿莱娜对这次讲话感到很紧张,然而,当她在一大群观众面前哭着描述自己是如何失去朋友柯蒂斯和胖墩儿时,台下全都为之潸然泪下。陷入麻烦以来,她第一次体验到一种归属感。她不再需要遵从别人的期望,也不再需要掩藏对所有动物的爱。

两年前阿莱娜第一次把小玩意带到保护区,从此每周五下午都会去探望他。给他刷牙、洗澡,和他一起玩。大多数时候,他们就像现在这样享受彼此的陪伴。另外两头猪,油面酱和便士,在附近休息。和小玩意一样,便士是由一位前"美国未来农民"的学生带过来的,他无法忍受自己的猪被屠杀。阿莱娜告诉我,这三头猪是好朋友,尽管没有达到小玩意和柯蒂斯那样的亲密。

我手里拿着新鲜的草,投喂一路小跑过来迎接我的便士和油面酱,心满意足看着他们饱吃一餐。小玩意还和阿莱娜在一起。我从猪圈里走入用篱笆围起来的小院子,发现了胡椒,一头银黑白相间的侏儒山羊。和所有自保护区开业以来加入的动物一样,胡椒也是被救援来的。他的人类父亲死于心脏病,他需要一个新家,一周前刚刚来到这里。直到胡椒习惯了周围的环境,汤米和蕾妮才把他关进这个小院子里。他和另一名新成员——常春藤,一只粉灰色的猪——共用一个院子。

"嗨,胡椒,"我走过大门时大声喊道,"嗨,常春藤。"他们都向我走了过来。胡椒的嘴唇向后噘着,露出牙齿,好像咧着嘴在笑,他急吼吼地用头撞我。常春藤比较胆小。我蹲下来让她嗅我的手。她让我在她耳朵后揉她的头,不过,动作不能太突然,否则她就会匆匆离去。摸她的脸,她就会惊慌失措地尖叫。揉她的肚子,她会高兴地发出呼噜声。我从没见过比这更情绪化的生物。

胡椒有两个永恒的目标:吃东西和逃出围栏。他试图从我身边冲过大门,我及时抓住了这个小傻瓜。我不能让他出去,但我可以给他吃的。我从箱子里舀了一铲麦片款待他。哦,天,胡椒和常春藤都爱脆谷乐的麦圈,冲上来吃的时候差点把我撞倒。我忍不住给过量了,因为喜欢看到他们激动的样子。又舀了几下后我关上了箱子。"没了!"我命令道,更多是对着自己,而不是对着他们。胡椒很快对我失去兴趣,跳上一个木桶去看保护区里的其他动物。他在这个临时演讲台上大声地咩咩咩，根据语气，我推测他对其他动物的评价不高。

我走出院子，听到远处汤米的拖拉机引擎发出的隆隆声，抬头正好看到他开车穿过田野，腿上坐着威龙。公主追着他们跑。汤米远远地看到我，咧着大嘴笑着挥了挥手。汤米和蕾妮的婚姻熬过了最低谷，他们现在更亲密了。尽管汤米更愿意安逸地退休，但他还是投身这场和蕾妮以及他们养的一家小动物的新旅程。两人现在有了共同的目标，他们的新伴侣关系建立在信任、同情和理解的基础上。

三只母鸡从旁边走过，叽叽喳喳地互相叫唤着，走向我所不知道的命运。我刚到时根本分不清，现在可以分辨出她们了。这三只鸡总是在一起。一个显然是领头的，也许是三人组的女主管。另外两个跟着她在院子里转，进了车库，进了我的车（我忘了关车门），总是聊天，总是检查东西。我从来不知道鸡的好奇心有这么强。车库里重新摆放了一些纸板箱，这三只就去了那里，嗅着，啄着，跳上桌子，以便看得更清楚。看着她们走过时，我想起了露露。

露露，那只脚上缠着绷带的小鸡，和十五只母鸡共用半个鸡笼。另一半的鸡舍里养着一组新来的鸡，之前是被当作诱饵来训练公鸡打架的。这些鸡最初被装在小鞋盒里送过来。"她们被打得很惨，阿伊莎，"蕾妮第一次把我介绍给她们时告诉我，"看看，现在多漂亮。"

鸡舍越来越拥挤了。随着越来越多的动物在这里安家，保护区的其他地方也一样，越来越拥挤。由于工作人手只有三名——汤米、蕾妮和凯特——许多修理工作堆积在那里，还有栅栏需要修补，谷仓需要建造。我在电话里和帕特里克说了这些，他说下次会和我一起过来，帮忙做点木工活。

征得蕾妮的同意后，我找到了露露，过去几天她一直被关在笼子里。"她需要一些新鲜空气和阳光，可怜的家伙。"蕾妮告诉我。我把露露抱在怀里。我刚到这里的时候从来没抱过鸡，在保护区待了四天后就已经像个抱鸡专业户了。我把露露带到常春藤和胡椒的院子里,让她下到草地上。胡椒和常春藤出来迎接客人。他们看着露露在地上啄了几分钟,然后就走开了,因为露露没有带着脆谷乐一起来。露露走来走去,好像在找什么特别的东西。我跟着她。

啊,她找到了。院子另一头是一片干土。露露在尘土中拖着脚走了几秒钟,然后把屁股放下来。她仰面翻滚,双脚在空中踢来踢去,一边伸展翅膀,一边扭动肥嘟嘟的小身体,一直咕咕叫。我从没见过小鸡洗尘土浴,但是天哪,她看起来比我这辈子见过的任何人都要幸福。

就是这么简单的需求。一点阳光,香甜的草味,一些尘土可以打个滚。还有,没人伤害她。

最后一个晚上。

暖熏熏的空气中,我躺在床上瑟瑟发抖,等待着。只是等待。我知道它会发生。那个压得人喘不过气的问题是:什么时候?接下来的五分钟吗?半小时?还是必须再等两个小时?

箱式风扇嗡嗡作响,与敞开窗户里的热气搏斗。我的床就在窗户下面,但强制对流的空气直接从我上方吹向另一处,好像根本不愿意管我。腋窝和手掌黏糊糊的。不过,我还是把被子一直拉到了下巴。我又热又冷。

我用被咬过指甲的手指敲着秒数。这是游泳课上学到的。一千,两千,三千,四千。

我听到窗外一个男人开怀大笑,然后是另一个。跟着响起一个女孩甜美的笑声。都是十几岁的少年。就在上面两层,我能听到他们在公寓楼后面的声音。我没法单独认出他们,但可能偶尔在大楼里碰到过。尽管他们的谈话很愉快,但还是让我害怕。我见过他们在大楼后面树林里做的事。这是星期六晚上,是他们抽烟、吸毒、做爱的时间。

　　远处的墙传来一阵轻微的咳嗽。接着又是一阵咳嗽和一阵沙沙声。我稍稍抬起头,从毯子上望去。哥哥的床和我的床呈直角放置,靠着远端的墙。卡姆兰几乎头一碰到枕头就睡着了。现在他动了动,咕哝着什么,转过去背对着我。他醒着吗?我的手指停了下来,竖起耳朵等待。然后他轻柔的鼾声再次响起。我把头放了回去。一万七千。

　　我不需要看第三张床,它也是垂直的,但和我的床靠着同一面墙。像我和卡姆兰的床一样,它有一个双人床垫和弹簧箱,一个金属框架,便宜的棕褐色床单和蓝色棉被,没有床头板。妈妈为每张床缝制了一个不同颜色的枕头,想让我们的房间变得舒适一点。我的这个是我最喜欢的颜色,水蓝色,哥哥的是森林绿,妹妹的是橙色。不过今晚,橙色枕头没有在它本应该呆的床上,那个位置放着一个棕色枕头,带了漂过的渍痕。萨哈尔把她的宝贝枕头带去了隔壁,和我的父母以及我第二个小妹妹睡一间卧室。像昨晚一样,我们的客人将在萨哈尔的床上睡觉。

　　帕科拉①散发的油脂味弥漫在空气中,这是我最喜欢的零食。今晚有家庭聚会。表兄弟姐妹、舅舅、姨妈、外公外婆和家族朋友们挤在我们公寓的小客厅里,分享了一顿丰盛的晚餐来招待我们的客人。

　　我的兄弟姐妹和表兄弟姐妹们一起享用了帕科拉。但我今天在外面呆了几个小时,错过了。厨房里可能还剩了一些。妈妈总是会做很多食物,她宁愿吃不完,也不愿有人饿着肚子离开她的餐桌。想到把

---

① Pakora,一种来自印度次大陆的油炸食品,通常用土豆、洋葱、番茄等蔬菜混在面糊里,再加上香料煎炸,有时候也会放鱼或者肉进去。——译者

帕科拉蘸上番茄酱，吃下甜甜浓浓的酱汁和辛辣的炸土豆，我就口水直流。但我不会离开卧室，只要他还在外面。

三万七千。三万八千。为了分散注意力，我抬头看了看对面的墙，正好在哥哥上方。一张《大白鲨》的电影海报遮住了米色公寓墙上那条 3 英尺长的裂缝。自从这部电影上映，卡姆兰就迷上了鲨鱼。他把打零工挣来的大部分 25 分银币、1 角银币和 5 分镍币都存了起来，用来收集与鲨鱼有关的所有东西。鲨鱼书、鲨鱼画、鲨鱼模型、鲨鱼海报。他说，它们是被误解的生物，有一天他要成为一名海洋生物学家拯救它们。我不知道。我没看过这部电影，但海报上的鲨鱼在我看来确实很吓人。当鲨鱼潜伏在水面下时，一个金发美女毫无察觉地游着泳。鲨鱼会把她拖下去吗？她能在水下呆多久？我能呆多久？

五万六千——卧室的门慢慢打开了。我的身体一下子变得僵硬。在哥哥的鼾声、风扇的巨大嗡嗡声、父母在隔壁房间安顿下来的声音、外面狂欢少年的叫喊声这些所有的声音中，我仍能听出他在镶木地板上的柔软脚步声，我的耳朵已经被训练出来了。现在我嘴里的味道不是甜番茄酱，而是某种酸涩。睡衣沙沙作响，随着他越走越近，我的心跟着他每一步跳动。

像往常一样，我闭上眼睛，假装睡着。脚步声在我的床边停了下来。我双手攥得很紧，疼得要命。我感觉到毯子被拉开，直到我露了出来。接着，我感觉到他的身体爬上我身体时的重量。有湿东西滴在我脖子上。当他拽住我紧贴膝盖的黄色睡衣时，他的呼吸在我耳边热乎乎的。他把睡衣拉到我的腰部以上。当他的手沿着我的大腿游走时，他的呼吸加快了。

我不想这样。再也不想了。"住手。"我低声说。

塔卢普的手继续游动。他听到了吗？我又大声说了一遍："住手。"他愣住了。这次他确实听到了。我觉得他很吃惊。但我比他更

伴生：我们与动物的故事　　261

吃惊。过去几年，我们都经历过这样的场景，一次又一次，跨越两个大陆，我从未说过一句反抗的话，更不用说两句了。以往的每个夜晚，我都静静躺着，保持沉默，假装在别处。但今晚不行。

住手。

我对戴夫这么说，是为了保护西尔维斯特。而现在，在这个晚上，我要为自己说出这些话。

我屏住呼吸。塔卢普的重量离开了我。我没有看，但听到他撤退到空床上的脚步声。薄床垫的弹簧在他的重压下嘎吱作响。我呼出一口气，把睡衣拉了回去。这将是接下来很长一段时间里我最喜欢的睡衣。今晚以及从今天开始的每一个夜晚，我都可以安心睡觉了。

在温暖的草地上，当我看着小鸡露露时，小猪常春藤走过来坐在我旁边。她抽着鼻子闻着空气。

"好吧，常春藤，"我对她说，"我们现在做什么？"

她抬头看着我。咻咻咻，咻咻咻，她回答。

我记得阿莱娜描述过和她的猪玩追逐游戏。我从小就没有玩过追逐游戏，但在这里，在这些动物中间，我觉得自己有点像个孩子。他们释放了我多年未曾感到过的纯真。也许从来就没有感到过。

我跳起来。"常春藤！"我叫道，"来吧，姑娘！"我从她身边跑开，躲到了木屋后面，那是她的家，然后回头看着她。"常春藤！"我又喊了一声。

噜克，她有反应。她跳了一小会儿，开始跟着我跑。这招真的很管用！我一边绕着棚子跑，一边不停喊她的名字，她一直追着我。我们转了一圈又一圈，直到我上气不接下气。我扑通一声倒在地上，大笑。她也停了下来，走到我跟前，嗅了嗅我的手，发出一声噜噜噜噜噜克，然后走到棚子的另一边。我站起来跟着她。在木制结构一侧的小开口下有一个干草窝。常春藤扑进窝里,身体扭来扭去好几次,直到找到最佳位置。她把鼻子塞进温暖的干草里,深深地叹了口气,闭上眼睛,睡着了。接下来半个小时,我就坐在常春藤身旁,手放她头上,分享她的平静。

我们如何让自己健康?自从第一次认识到自己的抑郁症以来,这个问题就一直困扰着我,早在我成为医生之前。成了医生之后,医学界也没有给出答案。我同意世界卫生组织对健康的定义,即"身体、精神和社会关系都安康的状态",只不过它从未指导过该如何达到这种状态。然而,坐在这里看着常春藤的时候,我离答案更近了一点。

通往健康的道路,特别是心理健康和社会关系健康,建立于我们与他人的同理心关系之上。在我抑郁期间,我是完全孤独的,陷入了一种孤立的精神空虚,被扔进一个似乎没有尽头的忧虑、悲伤和痛苦的漩涡。但是,我和其他人的关系在保护我少受这类折磨方面发挥了重要作用。这些通过善良和理解得到加强的联系,把我武装起来,让我能更好地掌握自己的命运。正如我在许多人身上看到的那样,自己并不孤单。当我们感觉彼此相连,就会成为最强。

同理心赋予我们力量。有了同理心,就有了信念,有了信心,有了勇气。如果没有同理心,我在过去几年中遇到和认识的大多数人都不会为了变得更好而改变自己的生活,或改变他人的生活。如果没有对失犊母牛的同理心,蕾妮可能永远不会有开设保护区的信念。如果没有她和汤米之间的同理心,她可能永远不会有信心实现这一目标。如果没有对西尔维斯特的同情,我也不会勇敢面对塔卢普。透过西尔维斯特的受虐,我开始认识到我所受的虐待是什么。通过同理心,人类和动物之间赤裸裸的分界变得模糊起来,在某种程度上,我明白西尔维斯特的斗争就是我的斗争。我的斗争也是他的斗争。

所有形式的虐待都有一个共同点。它们躲在沉默背后。只有发声才能让它们揭开面具。我对西尔维斯特的同情教会了我要为他说话，这也给了我改变自己人生道路的力量。

住手。

这两个字的力量无比神奇。对我自己而言，它们讲的是，别再怀疑自我价值，别再屈从别人的规则，别再接受别人给我的答案。对塔卢普而言，它们讲的是，我不会再保持沉默。这两个字改变了我的生活。它们是我说过的最艰难的话，但它们让我自由了。

有了同理心，我们就能要求一个更美好的世界。既为自己，也为他人。一个少一点悲伤多一点快乐的世界。但要实现这样一个世界，难道不是必须包括动物吗？难道我们不应该伸出双臂，把动物带入我们的同理心之圈吗？

我们竭力把自己和其他动物分开。我们告诉自己动物不会笑（大鼠会），不会悲观（猪会），不会使用工具（乌鸦会），不会理解时间（灌丛鸦会），不会数数（小鸡会），不会对别人使花招（松鼠会），不会有同情心（老鼠会），不会传承文化（黑猩猩会），不会对自己的死亡感兴趣（大象会），不会互相安慰（田鼠会），不会使用语言（土拨鼠可能会），甚至不会爱，好吧，这么说是认真的吗？如果我们足够诚实，就该承认以上对其他动物的评价其实更适合我们自己。

如果说有什么特征能真正把我们和其他动物区别开来，那就是：没有其他物种像人类一样有能力自欺欺人。我们精于此道。我们在画布上空白的地方肆意涂抹，即便这掩盖了风景中更大的真实。我们忽略那些冒犯我们世界观的东西。我们不相信我们无法忽略的东西。我们把我们不能不相信的东西合理化。这种事会发生。这是必要的。事情不像我们想的那么糟。最危险的是，这很正常。

正常两个字在我们耳畔私语，好听且空泛，同时偷走了我们的同理心。

这种思维模式也助长了对动物和其他人类的残忍行为。不过，我们不需要成为正常的囚犯，我们可以解放自己，认识到人类和动物在很大程度上有着相同的挣扎——对安全、舒适和友爱的需求。我们和动物的解决方式是一样的。对动物的同理心是我们对人的同理心的延伸，自然而然，不可避免。

哈佛大学的心理学家杰罗姆·卡根曾指出："尽管人类遗传了一种生物学偏差，使他们能够感到愤怒、自私和嫉妒，还使得他们粗鲁、好斗或暴力，但人类同时也遗传了一种更强烈的生物学偏差，让他们具有善良、同情、合作、爱和伸出援助之手的能力，特别是对那些需要帮助的人。"我们的神经系统串接了一个积极的反馈回路，鼓励同理心生长。换句话说，我们练习得越多，同理心就会变得越强。

我们与动物的联系正在延伸。我们越来越认识到，和动物结成的友情能带来爱和治愈。现在开始人类用一种不同的眼光来看待那些传统上受到诋毁的野生动物，像狼、秃鹫、老鼠、蝙蝠甚至鲨鱼都比以往更受欢迎。一些研究人员指出，美国人对待野生动物的态度正在转向，认为这些动物"是大家庭的一部分，值得关心和同情"。媒体越来越多地注意到物种的消失，以及食用动物和实验动物的苦难，这反映出我们对它们日益加深的关爱。

我们逐步认识到彼此的生命相互关联，动物的身心健康无法同人类的身心健康割裂，双方共享的是相同的命运。

今后，我们选择如何与动物相处，将取决于我们愿意怎样和它们在一起。不是作为捕食者和猎物，或是作为主人和仆人，而是作为亲人、伙伴和朋友，肩并肩地走下去。当我们选择这样做的时候，不会失去任何东西，得到的则是我们的健康，我们的幸福，我们的人性，以及不可替代的友谊。

我坐在常春藤身旁，我们的太阳慢慢地睡着了。然后，一个接一个，来自遥远世界的数以百万计的太阳眨眼醒来，和我打招呼。我听到大家都安顿下来进入夜晚。常春藤在睡梦中打鼾。从车库里传来蕾妮和汤米因为什么事而发出的低笑。头顶的树上鸟儿沙沙作响。池塘里鸭子呱呱呱。鸡在咯咯咯，牛在哞哞哞，马在嘶鸣，狗在呼哧呼哧。沉浸于星光和嗡鸣，我记起了莫扎特的《第二十一钢琴协奏曲》，在人类和动物惬意满足的声音里，听到了一首美的交响曲。

充电头刚到这儿。这是一头看起来像泰迪熊的棕色小奶牛，在他们参加"美国未来农民"项目的儿子对牛失去兴趣后，充电头的人类父母不忍心看到他被杀死，就把他送到了这里。经历了长途跋涉，小牛摇摇晃晃地走出他的拖车。"哞——噻！"他一边说，一边环顾他的新家。然后又叫了一声，"哞——噻！"他全身心地投入这两个音节的哞声之中。

从东边的牧场上，传来二十头奶牛对他的回应，有公牛、母牛、小牛、老牛。他们走出树林，好奇地靠着篱笆排成一行，挨个儿把头伸过栅栏，用鼻子去碰充电头的鼻子。欢迎，他们对着新朋友说。

我离开了充电头和其他奶牛，走向主牧场，然后背靠着篱笆躺在地上，闭上了眼睛。在牛的叫声中我放松下来，想起了西尔维斯特。那次和戴夫对峙之后，我们再也没提到过他伤害西尔维斯特的事。但这么多年来，我一直在想，他是否后悔当初对待西尔维斯特的方式。他质疑过所谓的正常吗？这些问题，直到我们和西尔维斯特相处的最后时刻才有了解答。

那时我十九岁，正在父母家的前廊看书，戴夫的车开进我们家的车道。他经常拜访我们在弗吉尼亚维也纳市的家，但那天，我立刻意识到出事了。当他从车里出来时，他瘦长的身体佝在了一起。

我去车旁迎他，那张脸上刻着悲伤。"西尔维斯特病了，"他告诉我,声音发颤,"肝衰竭,快死了。兽医告诉我他只剩下几天时间。"他抬头看着头顶上古铜色的李树叶子。"我直接就过来了。"

我往戴夫的车后座看,西尔维斯特蜷缩在毯子上。我的天,他太瘦了!我能看到他的肋骨,他的眼睛发黄、凹陷,他的肚子胀得厉害。

"我明天要让他睡觉,"戴夫说,"你要和我一起去吗?"

第二天下午,我在动物医院外面的停车场找到了戴夫。他在等我,这样我们就能一起带西尔维斯特进去了。我要求先和西尔维斯特呆一会儿。在进入医院冰冷的无菌环境之前,我想最后一次和他呆在一起。我走进戴夫的车,跪在车厢底板上。西尔维斯特看着我的眼睛,用最后一点力气让尾巴拍打着座位。我用头靠着他的头,吸气。车子里有他的味道——麝香味、温暖的气味。我试着忘掉便溺的气味和疾病的气味。我把手伸进他的毛发,抚摸着他柔软的肚子。当泪水从我眼中涌出时,西尔维斯特舔了舔我的脸。这是他最后一次安慰我。当时我想做的一切就是安慰他。

当我下车向戴夫点头示意时,他深吸了一口气,用毯子把西尔维斯特裹起来,抱在怀里。西尔维斯特太虚弱了,当他被带到兽医那里时,没有像往常一样反抗。戴夫抱着西尔维斯特,低声对他说:"真是个好男孩。好孩子。维斯蒂,我的好孩子。"

我们走进大厅,那里有其他客人和各种动物——猫、仓鼠、狗,还有一只鹦鹉在等待。看到我们进来,这些人压低了声音,满脸同情地看着。他们知道我们来这里是为了什么。当人们去给他们的动物实施安乐死时,脸上会有某种特定的表情,悲伤中夹杂着决绝,与恐惧做着搏斗。

我们被带入一间检查室,兽医和一个助手正在那里等着,体恤地问候我们。金属检查台很冷,他们提供了一条毛巾,但我们坚持让西尔维斯特裹在他那条柔软的蓝棕相间的毯子里。我运用临床经验让自己和接下来的手术保持心理距离。我看着兽医检查西尔维斯特的左后腿，并在周边摸索是否有完好的血管。他们用注射器取好了戊巴比妥①，尽管我试图分散注意力，可是当针头刺穿西尔维斯特的皮肤时，我仍然缩了一下。兽医把注射器往回抽了一点，检查是否有血。西尔维斯特的血液散入戊巴比妥。他的生命进入了死亡。兽医确信针管已插入静脉，便推动了注射器。我看着注射器空了。死亡进入生命，飞奔在西尔维斯特体内，直达他的心、肺、胳膊、腿。信使进入大脑底部，它宣布说是时候切断肺部的呼吸，停止心脏的泵动了。是时候停止了。

我退后，让戴夫与西尔维斯特度过最后的时光。他的双臂环绕着西尔维斯特的身体，双手抱着西尔维斯特的头。"没事的，维斯蒂。爸爸在这里。爸爸将永远和你在一起。"他低声说。西尔维斯特的头耷拉下来，戴夫把它放在毯子上。西尔维斯特走了。

戴夫扑倒在西尔维斯特身上，颤抖，大哭，好像在请求原谅。

"我们会出去，让你有时间和他单独在一起，"兽医说，"多长时间都行。"

我看着戴夫抚摸西尔维斯特的身体，抚摸他的鼻子、耳朵和爪子。他检查了西尔维斯特的左后腿，那里插着针，现在还多了绷带——我甚至没有注意到兽医加了绷带。戴夫困惑地看着绷带。然后他抬起那条腿，亲吻伤口。我强忍即将倾泻而出的泪水，走到外面，走进这个即将逝去的下午，独自悲伤。

戴夫同西尔维斯特的尸体待了半个小时。后来他让西尔维斯特做了火化，骨灰盒就放在他的床边。当我回过头去看看戴夫的情形时，

---

① 一种镇静剂，能减缓大脑和神经系统的活动。——译者

兽医悄悄走到我面前说："我曾经把很多动物安放在它们的主人面前，但我从来没有见过谁哭得像你舅舅那样。"

　　充电头和其他奶牛继续来回叫唤，因为兴奋而越来越大声。从我背靠的篱笆后面，传来另一种声音，那是患有关节炎的腿发出的沙沙声和缓慢脚步声。我感到一个有点犹豫的脑袋穿过木栏杆轻轻推我，牛角温柔地抵着我胳膊。我站起来，转身，看到水手那双温和的棕色眼睛，这双眼睛和西尔维斯特的眼睛没什么不同。

后 记

十几岁的时候,我听过一个故事,长大后,在努力让这个世界变得更好的过程中,每当我面对巨大的挑战不知所措时,就会求助于它。随着时间推移,它演变成不同于当初的版本,但基本上,故事的核心是这样的:

一天清晨,我在暴风雨过后沿着海岸散步,发现广阔的海滩上,目力所及之处都是海星,向着两边铺了一路。

远远地,我注意到另一个人站着,凝视着沙子里的什么东西。然后他弯下腰,把那东西扔到碎浪之上。

我向他走过去,看见他不时地弯腰捡起一只海星,并把它扔进海里。我喊道:"早上好!可以问一下你在做什么吗?"

那人抬起头回答道:"把海星扔进海里。它们被潮水冲上了沙滩,自己回不去。除非我把它们扔回水里,不然海星就会死掉。"

我回道:"但是这个海滩上一定有成千上万的海星!你只有一个人。恐怕这么做也不会带来多大的改变。"

这名男子弯下腰,捡起另一只海星,尽可能远地把它向海里掷去。然后他转过身来,微笑着说:"我改变了那一个。"

默默地，我也开始寻找并捡起一个仍然活着的海星，把它打着旋儿扔进远处的海浪之中。"我懂了，"我说，"让我来做另一个投手吧。"那时，我开始想，他不再是一个人。

（改编自洛伦·艾斯利[①]《掷海星的人》。水手出版社，1979。）

也许没有哪个人能拯救世界，但他可以拯救一个生命……或是两个。想想看我们一起的话又可以拯救多少。

想知道你可以如何帮助改变现状，请访问阿赫塔博士的网站 www.ayshaakhtar.com。

[①] Loren Eiseley，1907—1977，宾夕法尼亚大学人类学和科学史教授，自然科学作家，著述颇丰并有一定影响，其写作主要涉及培根的思想、人类史前起源以及达尔文的贡献等主题。——译者

Aysha Akhtar
OUR SYMPHONY WITH ANIMALS
copyright © 2019 by Aysha Akhtar, M.D.
ALL RIGHTS RESERVED

图字：09-2020-777号

图书在版编目(CIP)数据

伴生：我们与动物的故事/(美)阿伊莎·阿赫塔(Aysha Akhtar)著；小庄译. —上海：上海译文出版社，2022.10
(译文纪实)
书名原文：OUR SYMPHONY WITH ANIMALS
ISBN 978-7-5327-8953-5

Ⅰ.①伴… Ⅱ.①阿… ②小… Ⅲ.①纪实文学—美国—现代 Ⅳ.①I712.55

中国版本图书馆CIP数据核字(2022)第155816号

伴生：我们与动物的故事
[美]阿伊莎·阿赫塔 著 小庄 译
责任编辑/张吉人 装帧设计/邵旻 观止堂_未氓

上海译文出版社有限公司出版、发行
网址：www.yiwen.com.cn
201101 上海市闵行区号景路159弄B座
启东市人民印刷有限公司印刷

开本 890×1240 1/32 印张9 插页10 字数176,000
2022年11月第1版 2022年11月第1次印刷
印数：0,001—8,000册

ISBN 978-7-5327-8953-5/I·5554
定价：55.00元

本书中文简体字专有出版权归本社独家所有，非经本社同意不得连载、摘编或复制
如有质量问题，请与承印厂质量科联系．T：0513-83349365